Steve-

2/12/75

AMATEUR COMPUTER USERS GROUP
HOMEBREW COMPUTER CLUB . . . you name it.

Are you building your own computer? Terminal? T V Typewriter?
I/O device? or some other digital black-magic box?

Or are you buying time on a time-sharing service?

If so, you might like to come to a gathering of people with like-minded
interests. Exchange information, swap ideas, talk shop, help work on
a project, whatever . . .

We are getting together Wednesday nite, March 5th, 7 pm at the home
of Gordon French 614 18th Ave., Menlo Park (near Marsh Road).

If you can't make it this time, drop us a card for the next meeting.

See ya there, Fred Moore

Hope you can come.
There will be other Altair builders there.

图为Homebrew计算机俱乐部邀请函

"批判传播学" 编委

丛书总顾问： 童兵

丛书编委（排名不分先后，以中文首字笔划为序）：

丹·席勒（Dan Schiller，美国）

冯建三

吉列尔莫·马斯特里尼（Guillermo Mastrini，阿根廷）

孙皖宁（澳大利亚）

邱林川

林春（英国）

珍妮特·瓦斯科（Janet Wasko，美国）

科林·斯巴克斯（Colin Sparks，英国）

胡正荣

格雷厄姆·默多克（Graham Murdock，英国）

特里斯当·马特拉（Tristan Mattelart，法国）

斯拉夫科·斯普里查（Slavko Splichal，斯洛文尼亚）

童世骏

葆拉·查克拉瓦蒂（Paula Chakravartty，美国）

批判传播学·译丛系列

赵月枝 吕新雨 | 主编

网络效应：

浪漫主义、资本主义与互联网

[美]托马斯·斯特里特（Thomas Streeter） 著
王星 裴苒迪 管泽旭 卢南峰 应武 刘晨 译
吴靖 卢南峰 校译

The Net Effect:
Romanticism, Capitalism, and the Internet

华东师范大学出版社

华东师范大学出版社六点分社 策划

华东师范大学－康奈尔比较人文研究中心资助

总　　序

　　当今世界正处于全球化发展的转折点,资本的全球化流动所带来的政治、经济、社会、文化与生态等方面的危机不断加深。如何面对这些问题,全世界的人文与社会科学都面临挑战。作为对资本主义的批判和对人类解放的想象与信念,马克思主义并没有随着柏林墙的倒塌而消亡,反而在这些新的问题与危机中,在新的历史条件下获得了生机。马克思的"幽灵"在世界各地正以不同的方式复活。

　　与此相联系,世界范围内的传播体系与制度,一方面作为技术基础和经济部门,一方面作为文化意识形态领域和民主社会的基础,也面临着深刻的转型,而转型中的巨大困惑和危机也越来越多地激发人们的思考。一系列历史与现实中的问题亟需从理论上做出清理与反思。以马克思主义为重要理论资源的批判传播研究在长期复杂的历史与现实中,一直坚持不懈地从理论和实践层面推动传播学的发展,在国内和国际层面上促进传播制度朝向更平等、公正的方向转型,并为传播学理论的多元化作出了重要贡献。今天,时代迫切要求我们在世界范围内汇聚马克思主义传播学研究的各种力量、视角与方法,探索以马克思主义为基础的新批判理论的新路,对当代社会的危机与问题做出及时而有效的回应。

　　由于中国问题和传播问题是讨论全球化危机与出路的两个重要领域,中国传播学界具有担当起自己历史责任的义务和条件。马克思主义新闻传播理论与实践在 20 世纪以来的中国新闻史上有着极其重要的历史地位,在全球视野中整理、理解与反思这一理论传统,在新的历史条件下促进这一历史传统的更新与发展,是我们孜孜以求的目标。这个全球视野不仅面对西方,同时更向非西方国家和地区开放,并希冀在不同的比较维度与视野中,重新确立中国当代马克思主义传播研究的立场、观点与方法。

近一个世纪前,在1929—1930年的世界资本主义危机后的欧洲,在法西斯主义屠杀共产党人、扼杀左派思想的腥风血雨中,法兰克福学派的学者们用大写的"批判"一词代指"马克思主义",在他们所处的特定的历史语境下丰富与发展了马克思主义传播研究。此后,"批判"一词,因其体现了马克思主义学术思想的内核,几乎成为马克思主义和一切以追求人类解放和挑战不平等的社会关系为价值诉求的学术取向的代名词。今天,我们不愿也无需遮掩自己的马克思主义立场。我们把本书系定名为"批判传播学",除了出于文字的简洁性考虑之外,更是为了突出我们的批判立场,强调我们弘扬以挑战不平等社会关系为价值诉求的传播学术的主旨。当然,批判的前提与归宿是建设,批判学术本身即是人类自我解放的建设性理论实践。在此,我们对传播的定义较为宽泛,包括任何涉及符号使用的人类意义分享实践以及这些实践所依托的传播技术和知识基础。

本书系以批判的政治经济学与文化研究相结合的道路,重新检讨作为马克思主义新闻传播理论前提的观念、范畴与知识谱系,反思马克思主义传播理论在历史和当代语境下中国化的成就与问题,探讨中国革命与建设的传播实践对马克思主义传播理论的丰富、发展和挑战,分析当下的经济危机与全球媒体、信息与文化产业的状况和相关法规、政策,以及全球、区域与民族国家语境下的传播与社会变迁。我们尤其关注当代全球政治经济格局中的中国传播定位和文化自觉问题以及发展中国家的信息社会现状,社会正义与批判的生态学视野下的信息技术与社会发展,文化传播、信息产业与阶级、种族、民族、性别以及城乡分野的互构关系,阶级意识、文化领导权的国际和国内维度,大众传媒的公共性与阶级性的动态历史关系、文化传播权利与全球正义等议题。我们还将挑战横亘于"理论"与"实践"、"观念"与"现实"、以及"批判传播"与"应用传播"间的简单二元对立,不但从批判的角度检视与质询那些维系与强化不平等社会关系的传播观念与实践,而且致力于促进与发展那些挑战和变革现有不平等社会传播关系的传播政策、观念与实践,并进而开拓批判视野下的组织传播、环境传播、健康传播等应用传播领域的研究。最后,我们也致力于马克思主义传播研究方法论发展与经验研究的批判性运用,探讨文化研究如何在当下传播情境中更新其批判活力,关注媒介教育、文化赋权和社区与乡村建设的理论与实践,以及大众传媒与网络时代的大学、学术与跨国知识流通如何强化或挑战统治性知识权力关系等问题。

本书系包括"批判传播学译丛"、"批判传播学文论"和"批判传播实践"三个系列。"译丛"系列译介国外批判传播研究经典文献和最新成果;"文论"系列以专著、讲义、论文集、工作坊报告等形式展示当代中国马克思主义批判传播学研究的前沿;"实践"系列侧重传播实践的译作和中国经验,包括有关中外传播实践和劳动过程的实证研究、卓有成就的中外传播实践者有关自己的传播劳动和传播对象的反思性与传记性著作、以及富有批判性的优秀新闻作品。

华东师范大学—康奈尔比较人文研究中心(ECNU-Cornell Center for Comparative Humanities)和2013年7月成立于北京的中国传媒大学"传播政治经济学研究所"是这套书系依托的两家专业机构,并得到华东师范大学传播学院的支持。宗旨是在当代马克思主义和跨文化全球政治经济学的视野中,推动中国传播学术的创新和批判研究学术共同体的发展,尤其是新一代批判传播学人的成长。

在西方,面对信息资本主义的持续危机,"马克思回来了"已然成了当下批判传播学界的新发现、新课题和新动力。在中国,在这片马克思主义自20世纪初就被一代思想家和革命家所反复思考、探索与实践的古老土地上,我们愿以这套书系为平台,为发展既有世界视野又有中国学术主体性的21世纪马克思主义传播学而努力。在这个过程中,我们既需要对过去一个多世纪马克思主义传播理论与实践做出深刻反思,需要与当代西方马克思主义传播研究与实践前沿建立有机的联系,需要在克服媒介中心主义的努力中与国内外人文与社会科学的其他领域产生良性互动,更需要与各种不同的传播研究学派、观点进行真诚对话,彼此砥砺,以共同加强学术共同体的建设,推动以平等与民主为目标的中国社会发展,促进以和平与公正为诉求的世界传播新秩序的建立。

是所望焉。

目　录

中译本序

吴　靖

　　计算机革命是一场真正的革命吗？它的革命性到底体现在哪里？是人还是计算机自己,决定了革命的方向与成败？这些问题在今天提出来似乎有些不合时宜。当我们随时随刻都能在媒体中听到信息与数字技术又产生了伟大的技术突破,科学家、商人、知识分子、政客都在或意气风发,或悲天悯人,或充满忧患地认真讨论人类的未来、人与机器关系的未来,宣称我们站在了历史选择的关口,每向前走一步都会生死攸关的时候,回到(不久前的)历史,从 20 世纪冷战的高潮中挖掘出计算机、控制论、系统论、人工智能、机器语言学、战略运筹学等等我们今天听起来属于一个遥远逝去的时代,但又几乎在所有概念、理论、细节上都铺垫与决定了今天信息社会样貌与可能的想象边界的技术社会史,就成了一场极其必要的智识活动。在争论今天的计算机、大数据、云计算将如何改变人类之前,我们更迫切的问题是,这些所谓人类命运的关口、科学技术的伟大突破、社会革命的风云突变,在历史上曾经发生过吗？是在什么条件下发生的？人类在那个时候贡献了怎样的社会理想、理性思辨、科技能力与符号观念环境,参与了上一次的计算机变革？问这样的问题不仅仅是有趣的技术社会史操练,更重要的是,它让我们积极地去避免第一次是悲剧第二次是闹剧的历史辩证法,在科技霸权显得无以复加的时代仍旧尝试将人类的未来掌握在人类共同体的手里。

由于笔者对西方广播史有过比较详细的涉猎,发现广播从技术初创到体制化的过程中,都受到了两次世界大战、军方的通讯科技民族主义,以及大众消费社会的需求等社会力量强大的塑造与影响。第三世界国家,包括中国在内,即使对无线电技术的社会需求与发达工业化国家有很大的差异,还是在二战后的国际体系中受到西方技术路径的霸权控制,形成了对西方广播模式和制度的路径依赖。与之相类似,计算机与数字传播技术在冷战高潮时期的发展,仍旧延续了技术拓展与人类意图、政治规划和资本欲求之间辩证互动的关系。近年来,一些研究互联网与新信息技术的社会史与文化史的学术著作已经开始更多地关注文化价值观、政治意识形态和社会想象是如何影响信息产业的发展及其社会渗透的。弗雷德·特纳(Fred Turner)2006 年出版的《从反文化到赛博文化:斯图尔特·布兰德,全球网络和数字乌托邦主义的兴起》(*From Counterculture to Cyberculture*:*Steward Brand*,*The Whole Earth Network and the Rise of Digital Utopianism*)就是这样一部具有启发意义的作品。它将人们的注意力引向从硅谷和传媒行业生长出来的信息技术意见领袖们的话语论述及社会活动,并且探讨他们如何创造性地表达一种能与时代精神相呼应、与主流的情感结构产生共鸣的新技术文化。特纳考察了当代大众文化中对硅谷及 IT 精英的崇拜,将他们作为反主流文化的、体现自由价值观的、充满个性及创造力的英雄来普遍颂扬。作者指出这种现象有其历史吊诡之处,因为信息技术,比如 IBM 大型计算机,曾经被反主流文化群体认为是一种对人的工作和生活进行控制及标准化的反动工具,完全与个人自由的社会理想相悖。而这种超级运算机器在今天的文化语汇中,就是大数据、云计算和人工智能。如今的我们难道不应该去问一个与特纳相同的问题:是什么使得"美丽新世界"式的集权统治的象征——计算机和自动控制——摇身一变成为反文化、自由文化和反叛文化的标志,并且在今天的又一轮技术、资本与文化的新浪潮中成为时代的宠儿? 作者认为,像斯图尔特·布兰德(Stewart Brand)那样从反文化运动中兴起并成为新技术意见领袖的文化中介人代表了美国反主流文化运动的一个特定潮流。主流历史叙事似乎认为,反文化运动所倡导的反对权威,注重环境保护,为底层群体寻求社会正义,推崇艺术激进主义等观念,是一套相互紧密联系而统一的信念系统,并且由运动的大多数成员所共享。而特纳指出了运动内部的差异性,甚至是矛盾之处。像斯图尔特·布兰德那样的意见领袖促成的反文化版本,通过他所创立的《全球概览》(Whole Earth Catalogue)或《连线》杂志(Wired)之类的传播平台流行开来,体现了以高科技的硅谷为圆心的新一代美国白人中产阶级男性表达文化反叛及反抗权威的方式——即将大型技术转换成小型的、个人化的工具,并利用它们获取信息、交流和娱乐,其目的和功能主要是改变个体对世界的认知方式,而不是调动新技术服务于集体行动或者是改变社会结构。从某种意义上来说,微型电脑和迷幻剂、瑜伽、冥想等反文化运动中的流行工具属于一个类别,那就是协助将个体的思维与精神转换到另一个世界的技术手段,一个比现实世界更加理想的世界。而这种转换取消了人们通过集体行动来改变现实世界的意义与价值。人们只要拥有和使用某种新技术,便立即获得了解放。(Turner, 2006)

在引出我们翻译的这本托马斯·斯特里特(Thomas Streeter)的著作《网络效应:浪漫主义、资本主义与互联网》之前,还需要再简单介绍一下另外一部信息技术史的作品,保罗·爱德华兹(Paul N. Edwards)的《封闭的世界:冷战笼罩下美国的计算机与话语政治》(The Closed World: Computers and the Politics of Discourse in Cold War America, Edwards, 1996)。如果说特纳的著作考察了反文化运动和新的金融资本如何重新定义和利用在军工联合体中产生出来的大型计算机器，这部著作则为我们描述了计算机成为定义20世纪和新时代的核心机器的过程。作者深度进入二战末期至冷战期间美国日益庞大的军事—工业—学术联合体的形成过程和科研理念，描述了在核战争威胁、冷战双方高科技武器对立、大规模自动化武器预警与合理启动需求下，美国的军事科研以打赢冷战阴霾下的系统化战争为主导想象框架，越来越以高度信息化、自动化和排除人的政治与文化介入为研发理念。爱德华兹指出，所谓"封闭世界"，是一种科学文化基于系统论、自动化理论、运筹学、神经语言学等以数学为基础的想象社会运作方式的模型。这种模型希望开发出完美的计算机器，凭借系统内部的自我输入，完成对整个体系信息能力和执行能力的训练，系统越少与外界进行信息交流，越少受到特定情形和主体——比如人——的干扰与输入，就被认为是越可靠的。也就是说，在最理想的武器系统设计规划中，人的作用要被减少到最小。爱德华兹认为，正是这种通过排除人的伦理和政治抉择，依靠高能量的计算来打赢冷战的狂热，奠定了现代计算机崛起的基础。他为我们指出了军事工业联合体最黑暗的一面，而这一面在大多数涉及早期计算机的讨论中都被太轻易地忽略。并且，当我们在当代的海湾战争和反恐战争中看到高科技、自动化、无人操作的武器在贫穷国家作战时被大量使用，平民伤亡被"理性地"称为"附带伤害"的时候，或者资本精英宣称某些工作必然要被机器替代以增加效率减少失误的时候，应该意识到对于"计算的机器"的社会想象背后，去人性化的权力与控制逻辑并没有随着硅谷新经济的时尚崛起而消退，仍旧构成了当代信息社会得以运作的基础想象架构。

但是，在爱德华兹的"为了控制而生产的机器"和特纳的"自由转喻和服务个体的时尚消费品"之间，计算机的社会使用与文化想象的历史，似乎还缺少许多重要的中间环节。斯特里特的《网络效应》，就是一部试图填补这些中间环节的著作。对于科技成果如何作用于社会，斯特里特提出的问题是，参与其中的科技人员、管理者以及早期使用者，他们的工作体验、社会理想、日常经验，以及所有这些和时代精神的勾连，对于塑造科技的社会文化意涵有什么样的作用？在肯定了爱德华兹强调冷战中的系统论和工具主义意识形态对计算机研发的重要推动作用之后，斯特里特指出《封闭的世界》缺失的部分，是文化研究者称之为计算机前工作人群的生命体验：与计算机一起工作的感受，以及各种阐释群体为这种感受所赋予的意义。也就是说，那些在军事工业联合体中工作的科学家、军事人员、管理者、技术人员，那些在大学、出版机构和大公司中最早使用学术网络、邮件组和办公系统的知识阶层的人群，那些互联网商业化初期的创业者，以及第一代商业计算机与网络产品的消费者，他们在开发和使用计算机的过程中所经历的精神体验和满足，是如何塑造与推动计算机技术向特定的方向发展的？斯特里特将这种主观能动性称为"浪漫主义"，他指出计算机和互联网的历史发展轨迹表明，技术并没有固定永恒的本质，资本和权力也并没有一劳永逸决定新技术的社会使用的绝对力量，参与历史进程的形形色色的人们，将自己的梦想、愿景和希望，注入对新技术的研发、使用与普及之中，并在信息技术发展的每一个阶段，都留下了浪漫主义与资本协商、合作、博弈的痕迹。

按照大体的时间顺序，斯特里特考察了"准社会主义"的军事—工业联合体制度下的科研自由、游戏与创意，以及知识共享、公共服务理念的产生，早期微型计算机带来的艺术浪漫主义及其与反文化运动的结合，第一代文档处理系统为文字工作者带来的解放体验，第一代互联网所提供的信息漫游与自由链接、沟通的愿景给个体的浪漫主义者带来的狂喜，还有信息经济的兴起为新自由主义的逐利个人主义与市场至上理念重新复兴所提供的肥沃土壤等等。作者试图为我们提供一个文化观念如何在社会结构与时代精神的互动中推动历史的叙事。这对于习惯于听到科技发展领域个人英雄主义、制度决定论、技术决定论、市场决定论等各种类型的线性历史故事的我们来说，是一个新鲜并且稍显复杂的阅读体验。书里没有怎样的新技术会给我们的生活带来怎样的革命性变化那种不容置疑的、营销风格的语言。作者认为大理念——数字民主或者自由创造，艺术的人生或者平等与共享——需要在人的日常生活以及使用机器的具体体验中得以表达、呈现、感知与认同。也就是说，我们作为主体所抱有的理念和愿景，塑造了我们对技术的使用，并且共同实现了技术潜在的社会功能。没有人有意识有目的的使用，就不存在技术的社会效果，即"网络效应"。

斯特里特为我们展示了观念在技术史中的能动性。他指出，一项嵌入社会的技术，需要被赋予与主流社会价值观、日常生活以及个人体验相关的意义。换言之，技术必须被所嵌入的人类经验进行文化性地调制。或者我们应该在此基础上更向前迈进一步，人类的政治规划、社会理想、未来愿景和主张，需要在新技术酝酿、组织研发、社会用途普及的初期阶段，就进行参与、干预和介入。技术作为人类的创造物，是有目的的人类劳动的成果，人类的政治讨论与规划，应该内在于，而不是外在于科学技术的社会生产与社会组织之中。尤其是在人工智能、大数据、普遍网络通信的时代背景下，对新技术的讨论无法摆脱对人的边界、人与人的社会关系、理想社会秩序等的期许和讨论。这，应该是阅读和研究多样的技术社会史对我们当下和未来最大的意义所在。

致　　谢

这本著作的诞生历时很久,因为我选择的是一个快速变化并且不断给日常生活带来惊奇的课题。这里我只能提及一些这一路走来给予我帮助的人。丽莎·亨德森(Lisa Henderson)在这本书的成书过程中给我提供了很多卓有见地的批评性意见、讨论、耐心和大部分好的肯定。我要感谢希尔维亚·斯卡佛(Sylvia Schafer)给书名提供的建议并且在我最需要的时候给予的鼓励。此外,还有许多人给我提供了很好的建议、批评及知识上的讨论,包括迈克尔·科廷(Michael Curtin)、克里斯蒂娜·邓巴-海丝特(Christina Dunbar-Hester)、凯茜·福克斯(Kathy Fox)、塔勒顿·吉尔斯派(Tarleton Gillespie)、玛丽·卢·科特(Mary Lou Kete)、贝丝·明茨(Beth Mintz)、约翰·达勒姆·彼得斯(John Durham Peters)、克里斯蒂安·桑德韦格(Christian Sandvig)、罗斯·汤姆森(Ross Thomson)和弗雷德·特纳(Fred Turner)。感谢本·彼得斯(Ben Peters)和拉斯马斯·克雷斯·尼尔森(Rasmus Kleis Nielsen)的热心以及邀请我参加了一些具有启发性的研讨会。感谢澳大利亚布里斯班文化政策研究中心的领导们在 1999 年夏天提供的研究基金。我非常感激高等研究院及其成员在 2000—2001 年期间提供的帮助,尤其是克利福德·格尔茨(Clifford Geertz)、琼·斯科特(Joan Scott)和社会科学学院的所有成员，他们给我提供了许多富有洞见的、很有价值的评论、批评、交流与鼓励。要感谢纽约大学出版社的莎拉·巴尼特-韦泽(Sarah Banet-Weiser)、肯特·A.奥诺(Kent A. Ono)等诸多编辑、评审及员工，以及版权编辑杰·威廉姆斯(Jay Williams)所给予的帮助、建议和对我缺点的容忍。我要感谢佛蒙特大学"联合学术"(United Academics)教职工会，它虽然占据了我部分时间，却令我得以管窥通达民主决策的成熟路径实际上会是什么样子。最后，谢谢我的儿子塞斯(Seth)，无论他的音乐有多糟糕，他总能给我的生活带来惊喜与快乐。

绪　　论

"传播"记载了现代憧憬的点点滴滴。

——约翰·达勒姆·彼得斯

　　有些人依然认为理性、技术、现代化,与文化、想象力、自然、表现力,是相互对立,抑或是截然不同的。这本书正是从这一假设介入,以互联网为例证明事实并非如此。互联网混杂了人类的所有憧憬,既通过明显的方式——比如互联网股市泡沫,也经由更隐微的方式——比如某些层面的互联网技术设计,以及互联网的管控趋势。为了更好地理解技术与人的渴望,本书将会对它们之间的纠葛予以细致的考察。

　　以上述这种方式看待互联网就会发现,我们现在所使用的联网台式机并不是 20 世纪 60 年代那些大型计算机的直接衍生物,反倒是对它及其所代表力量的一种反抗,而这种反抗从某种程度上来说是文化层面的。早在 20 世纪 60 年代,工程师们怀揣着各自不同的构造和使用计算机的想法,凭借着所谓的浪漫主义,为他们不同的设计构建正当理由。到了 70 年代和 80 年代,诸如斯图尔特·布兰德(Stewart Brand)、泰德·尼尔森(Ted Nelson)和史蒂芬·利维(Steven Levy)这些懂行的通俗作者也加入其中,在一幅更加清晰明了的愿景中呈现这些意图。

原始的大型计算机常与一些寻求逃脱人类窘境的错误努力联系在一起,如控制核战争的威胁、打赢越南战争、文秘工作自动化,或者将学校里的孩子们变成勤勉顺从的电子百科全书用户。人们谋划使用计算机控制人类的复杂性,并将其绑定在可预测框架之中,在意识到这些计划之愚笨后,越来越多的人开始将计算行为重新阐释为一种表达、探索或艺术形式,将他们自己视为艺术家、反叛者,或两者皆是,并寻找能够强化这一阐释的志同道合的共同体。人们想要表达自己,也就是说,人们想往且需要自发性、创造性、屠龙式英雄主义,而与计算机之间的直接且未经计划的互动,正好提供了某种诱人的、稳妥可控的不可预见性,可以用来满足这些目的。这就解释了为何我们需要小型而不是大型计算机,为什么需要个人电脑而不是专门的文字处理器,为什么我们需要开放的、"端对端"的互联网而不是公司的专有系统,为什么我们需要在20世纪90年代投资网络公司,为什么我们需要开源软件。我发现这些散乱无章的想法,其实彼此之间是相互影响的。比如,在很大程度上,统治了政治经济意识形态四分之一个世纪的新自由主义,与对互联网的浪漫比喻密切相关。与此同时,互联网也成了重要的集体思想工具,帮助人们打开思考民主的新形式。

所有这些并不仅仅只是由浪漫主义引起的结果。原因很复杂,而且在我看来,在任何情况下总有些东西会触动浪漫主义,而我们将看到,正是浪漫主义与其他趋势相互作用的特定机制,使得浪漫主义能够产生后续影响。但是本书想要说明的是,围绕并塑造我们生活的数字机器,并不是某种科技的必然产物;也不是"它曾被我们误解,然后今天它的真正作用终于被发现"。同时,它也不是"市场"独立运作的结果,书中所描述的大部分情形,买与卖都没起到太大的作用。需要注意的是,虽然经济与技术因素在互联网的发展中起着不可置疑的作用,但是深层的文化驱动力才是至关重要的:那些沉甸甸的令人难忘的过去,以及人类凝聚在一起的热情,可以清晰地说明这一点。

本书是一部关于美国计算机通信的浪漫史,关注了美国的社会与政治想象之间随互联网技术发展而密切互动的过程,考察了文化是如何影响互联网构建的,以及互联网结构在社会文化与政治思想中又是如何发挥作用的。在某种程度上来说,这是一个"制度(institutions)如何思考"的案例研究。①《网络效应》探索了各种各样的计算机通信方式如何在多年的发展中孕育,并聚焦于那些曾影响政策的观念。自 20 世纪 50 年代以来,计算机主要被想象成快速解决复杂数学问题的工具,而本书恰恰回溯了与计算机有关的其他方面:如 50 年代作为核战的工具,60 年代前期则成为试图消除社会生活的纷繁复杂与混乱的数学手段,60 年代后期作为启迪民智的书写阅读工具,70 年代作为反文化运动的乐园,80 年代成为自由市场优胜劣汰的评价标志,90 年代初期成为有待征服的新前沿,以及 90 年代后期作为试图超越市场的无政府主义者的开源乌托邦。本书不仅求证这些不同思想与假设的真实状况——常常是不准确的——而且还关注它们对互联网的形成以及生活方方面面的确切影响。

方法:现代生活的感觉是如何塑造现代生活的

《网络效应》一书更多关注的是互联网对于时代的表达,而不是研究其作为未来的使者;这本书并非关于勇往直前、开创未来、下一个大事件或理念创新与经济前景,也不警示人们,如果不采取行动,便会失去什么,发生什么。实际上,有时候,探索一些已经发

---

① 参见 Mary Douglas, *How Institutions Think*（Syracuse University Press, 1986）。

生的事，比急于寻求预言更能发掘洞见。因此，与沃尔特·本雅明（Walter Benjamin）相同，《网络效应》一书回顾过去，而非展望未来。[①] 它更关注社会与文化潮流塑造互联网的方式，以及互联网反过来如何影响这些潮流与趋势，并在他人眼中的历史断代处，寻找互联网的史前印记。本书将历史阐述与哲学理论问题探讨结合起来，[②] 采用提问的方式来进行写作，更多的是以回答问题的角度展开，而不是为了赢得争论。

本书一开始就有好几组问题。有一组源于我先前的研究工作。在《售卖空气》（Selling the Air）一书中，我发现广播技术的发展——如同 1994 年的互联网，在 1920 年曾令世人惊叹不已——可被视作一种社会哲学实践，是一种社会想象的产物，正如科技或经济必需品。我发现，在很长一段时间里，广播政策既不是现实的蓝图，也不仅仅是在其他地方合法化决策的意识形态。甚至，政策矛盾与认知错误本身在广播技术和机构的社会建构过程中扮演了关键角色；焦点问题在于政策话语中的生产力，即便当两者彼此矛盾时。[③] 随着 20 世纪 90 年代互联网的迅速发展及其影响力的不断扩大，我发现它与 20 年代的广播具有惊人的相似之处，我感到

①　参见 Walter Benjamin, "Theses on the Philosophy of History", in *Illumina-tions*, ed. Hanna Arendt, trans. Harry Zohn(Harcourt, Brace & World, 1968), 253—64.

②　虽然本书翻阅了一些一手材料，但它更多是一部历史阐释而非研究原始档案的作品。本书是科技研究、政策研究和文化研究的一个交叉，大体上着眼于互联网技术的社会建构，同时也走得更远，将更加广泛的文化趋势引入科技研究，比如浪漫主义，并且发现了文化与科技之间的联系在特定的法则和架构下被建构出来。

③　参见 Thomas Streeter, *Selling the Air: A Critique of the Policy of Commer-cial Broadcasting in the United States*(University of Chicago Press, 1996)。帕特利斯·弗里希最近被翻译过来的 *The Internet Imaginaire* 一书接续了 *Selling the Air* 的路径，弗里希认为，围绕互联网的各种修辞，不仅仅要被揭示出来，而且要理解其在互联网建构中扮演的角色，以更广阔的视角进行解释。弗里希的作品非常具有启发性，针对特定的节点，《网络效应》对于文化和政策制定之间的联系，开展了更加具体而扎实的考察，并更加聚焦于一些特定的主题(如浪漫主义在其中扮演的角色)。参见 Patrice Fli-chy, *The Internet Imaginaire*, trans. Liz Carey-Libbrecht(MIT Press, 2007)。

好奇,互联网愿景在塑造决策时可能会起到何种类似作用。

当我考察这组相似的发展时,两件事情让我感到惊讶:一是20世纪90年代中期,极度迷恋市场的新自由主义在政治经济实践中显著复活;二是常被舆论注意,却在某种程度上未被充分解释的那些现象——比如类似计算机网络政策制定那样枯燥且带点技术官僚气息的事情,却不合时宜地充满了激情瞬间,它们通常发生的方式,感觉上有悖于人们对商业资本主义本性的既有认识。我从1999年发表首篇论文以来,[①]就努力寻求一种不同的历史阐释方式,解读反叛、自我表达、技术、市场政策是如何相互作用的,包括一些鲜有人关注的事情,如由军方资助的计算机系统。

对此思考愈多,就愈是发现它们彼此缠绕。理解其中之一,就需要理解其他种种。因此,最终本书的主题也扩展至探索现代生活的感觉如何塑造现代生活,追问主体之间的互动或个人经验,与技术、政治、经济之间的关系。我对于互联网的最初观察也成为这项案例研究的基础,帮助我们理解有关文化、社会和现代生活等较大的问题。[②]

思想广泛分享的习惯是如何随时间变化的? 一些作者通过阅读名家名作及其传记研究观念史。我们继承了约翰·洛克(John Locke)、亚当·斯密(Adam Smith)关于权利、自由、市场的理念;斯图尔特·布兰德的职业生涯影响力横跨20世纪60年代和90年代两个时期,我们通过他的生活与工作,理解60年代反文化对

---

① 参见 Streeter, "That Deep Romantic Chasm: Libertarianism, Neoliberalism, and the Computer Culture", in *Communication, Citizenship, and Social Policy: Rethinking the Limits of the Welfare State*, ed. Andrew Calabrese and Jean Claude Burgelman (Rowman&Littlefield, 1999), 49—64。

② 正如丽萨·基特尔曼所言:"人们感知意义的方式,以及他们如何认识他人,并与他人交流,他们如何认识过去,认同文化",在某种程度上,对这种形式的媒介史做出了很大的贡献。(参见 Lisa Gitelman, *Always Already New: Media, History, and the Data of Culture* [MIT Press, 2008],1。)

于 90 年代计算机的影响。其他人也会更多地审视文化，并在文化形式中寻求时代精神或世界观。例如，雅各布·布克哈特（Jacob Burckhardt）从 16 世纪意大利的艺术与建筑中看到了文艺复兴的精神，而近期的学者则在 80 年代受赛博朋克影响的广告、小说、电影中，看到了对可塑性自我的后现代赞美。[①] 我一方面借鉴了以上两种传统，但同时，我自己则更倾向从社会层面上处理所要讨论的问题。

传统的知识文化史倾向于运用个人传记，按时间顺序寻觅观念与思想，这些个人传记中的观念被假定为是有意义的和连贯的。这样做的优点是可以将观念的发展与真实的个人联系起来，并且可以把他们每个人都彼此联系起来；它是一种避免以偏概全，也避免对观念做空泛论证的方法。然而，通过个人传记来确立思想体系的连贯性存有出现错误的风险。约翰·洛克清晰地表达了个人财产权理论，但是将他的学说与西方资本主义中至关重要的"占有性个人主义"智识习惯相类比，并不能解释为何这一理念如此流行，或者，为何洛克的财产权利理论经常被套用，而他关于宗教的观点却常常被人们忽略。[②] 斯图尔特·布兰德 20 世纪 60 年代的

　　[①]　比如，可以参见 Ted Fridman，*Electric Dreams*（New York University Press，2005）。

　　[②]　贯穿全书，我偶尔将"洛克式"作为缩略语，指的是这样的观念：个人劳动是公正社会的基础，由此推导出立法保护财产权，虽然我知道，以此指代这种关于权利的流行理论，在很大程度上忽略了约翰·洛克作品的真实关切。洛克的作品仍然被用来代表这种特定的财产权理论，为了理解这一点，大家可以参见一些值得尊敬的法学权威的文章，如 Robert P. Merges，"Locke for the Masses：Property Rights and the Products of Collective Creativity，"SSRN eLibrary，5 Jan，2009，papers. ssrn. com/sol3/papers. cfm？abstract_id =1323408，and William W. Fisher III，"Theories of Intellectual Property，"in *New Essays in the Legal and Political Theory of Property*，ed. Stephen R. Munzer（Cambridge University Press，2001），168—99。关于对洛克财产权理论的经典批判分析，参见 C. B. Macpherson，*The Political Theory of Possessive Individualism Hobbes to Locke*（Oxford University Press，1965）。这种阅读洛克的方式是有局限的，相关讨论参见 John Dunn，"What Is Living and What Is Dead in the Political Theory of John Locker？"，*Interpreting Political Responsibility：Essays* 1981—1989（Princeton University Press，1990），9—25。

理念,的确被带入 80 至 90 年代的赛博文化中,但是这并没有解释为何这一引入会如此成功,或者说为什么他的某方面思想(如环境保护主义以及对极度逐利的唾弃)在 60 年代引人注意,而另一些思想(比如计算机科技以及转向市场的自由主义倾向)在 90 年代才发酵。一些计算机领域的著名作者时常会改变他们的想法,或说一些与过往想法相悖或无关的话。随意从电影、小说和广告中得出关于社会的泛泛之论同样冒着过度假设的风险。苹果在 1984 年为麦金塔电脑(Macintosh)所做的电视广告只在全国播出了一次,它能告诉我们 20 世纪 80 年代的普遍文化? 还是说只是那个时代文化中很小的一部分?

　　知识社会学一个世纪以来的学术成果,为我们提供了理解社会生活观念的几条原则。首先,观念并非像可以独立取得和丢弃的孤立位元(bits)那般存在,而是只要它们在广泛的思维模式、思想范式,以及提供一般世界观的价值与信仰系统中的地位得到保证,这些观念就能生灭不息。(理查德·道金斯[Richard Dawkins]的流行概念"模因"[memes]的主要局限,无疑是它将观念视作独立于更大思想系统的单一位元)[①]当 20 世纪 60 年代,数字先驱道格拉斯·恩格尔巴特(Douglas Engelbart)首次提出,可以借助键盘和鼠标,通过视窗界面实现计算机交互控制时,不仅仅是几个装置的发明。在对计算机的不同想象之中,恩格尔巴特是一个关键性的人物。这一想象,是计算机如何成为通信工具——如同我们今天所看到的——而不是作为 60 年代中心化的、用于计算和管理的设备。恩格尔巴特提出了关于计算机的另类观点,一种完全不同的思想体系,认为鼠标和重叠的窗口是简单的表达。如果你只是孤立地看待鼠标或界面,你就会错失使其成为可能的

---

　　① 参见 Erkki Kilpinen,"Memes Versus Signs: On the Use of Meaning Concepts about Nature and Culture", *Semiotica* 2008,8,no. 171(2008):215—37。

潜在想象。

其次,观念浮现于共同体之中。一些独特的个体做出了重要的贡献,但是这些贡献只有在一个共享思想体系的共同体中,才能不断生长并得到滋养。艾萨克·牛顿(Isaac Newton)发明了微积分,但莱布尼茨(Leibniz)几乎在同一时间也提出微积分,这并非巧合。[①] 如果恩格尔巴特周围没有志趣相投的共同体或至少是接受者,那么他的理念便无处存活。因此,首先要寻找的,是广泛共享的模式转向,在特定时间发生了什么。于是,分析的主要对象是共享观念、知识、方法、思考习惯和对话的共同体。当个体表达更为广阔的思想体系的变化及其特征时,个体的行动才是最重要的。

第三,观念不可避免地存在于与社会结构的关系中。当然,这种关系很复杂,绝不是可以自主控制的。观念需要赖以生存的养分,掌控资源和人脉的人所组成的共同体使他们可以主动宣传和维护自己。神学需要一个教堂和一群信徒;以新的方式使用计算机需要资金的援助和机构化的场所。但是,这些因素之间的联结绝少是程式化的。在互联网史中,对于每一个像恩格尔巴特这样富有远见的人来说,还有许多其他重要的人物,他们并没有清晰宏大的政治远见或其他想法。例如,时常被誉为超文本三大先驱之一的安德里斯·范·达姆(Andries Van Dam)是一名谦和的大学教授和研究者,他给计算机编程注入一种愉快的专业工匠精神,而不是对远大前景的热情。当其他人在预测未来时,他却在建立工作程序,更重要的是,他教会了一代代学生使用计算机的新可能,而这些学生中后来有很多占据了行业关键位置。除了努力促使计算机成为通信设备的热忱以外,他的努力很少表现出来自文化潮流或政治的影响。

因此,建造互联网时留着长发或戴反战胸针的计算机科学家,并不能天然地成为反文化群体,正如他们的资金大多来自军方,也

---

① 同上,72。

没有使他们成为战争机器。思想体系与广阔社会结构简单机械地一一对应的情况是罕见的。[①] 牧师告诉信徒关于控制生育或离婚的教诲是一方面,但社区里的实际情况就是另一回事了。同样,工程师承诺使用计算机进行军事研究,而他的研究生们却经常为讨论政治和科幻小说的电子邮件列表撰写协议。因此,机构支持并不能说明,官方信仰与其所建造机器的政治价效(valence)之间,存在一个清晰且牢不可破的纽带。

　　思想体系和机构之间的混乱关系对研究者始终是一项挑战。正如我们所见,新的观念经常会受到牵制,并不是因为遭到大理论的阻挠,而是遇到了小的日常经验,比如在使用计算机的过程中经常会遇到不可避免的阻力,或者使用一个以前不可能使用或者太昂贵的新发明时,人们产生的持续惶恐,或者在一个慢悠悠的工作日里格子间职员一点不为人知的发现乐趣,一些东西冲击着能量还不为人知的计算机网络。思想体系经常在一个默会言语与默会行动的习惯层面运作,而不在清晰的信仰系统中,决策的累积随时间变得逐渐清晰。至少,在研究生研讨课程或硬科学之外,思想体系的改变如同心脑习惯的改变一样。("模因"的概念仍在流行用法中具有吸引力,是因为凭借对流行语和口号的强调,它能稍许捕捉到新观念流行起来背后的非正式机制:通过口号、热情,以及"常识"的隐性的特殊文化形式,也通过理性公理、证据、原则和教义。)

---

　　① 这里涉及一个更加广泛的问题,这个问题由政治学家兰登·温纳在二十年前那篇题为"人造物是否有政治?"的著名文章中提出,并在后来被反复提及。参见 *The Whale and the Reactor:A Search for Limits in an Age of High Technology*(University of Chicago Press,1988),19—39。当他写作这篇文章的时候,在环保圈中流行的断言是,核能天生就是集中的,甚至是威权的,而太阳能天生就是去中心化的和民主的。温纳总结道,这类一概而论的断言过于简化了,但是,在考察一系列科技通过不同方式看似拥有政治的案例后,温纳总结出他所谓的"both/and position",他想要近距离地观察,同时考察特定的技术及其生效的社会情境,观察那些能够梳理出情境与技术的关系的进程,发展出一套更好的解释,关于构建一个更加民主的社会生活的努力中,到底哪些因素在起着最紧要的作用?温纳的问题仍然未被完全解答。

有时候，理念能令人兴奋，比其逻辑上能令人信服更加重要。

　　某种意义上，本书提供了一种概括性的方法，从三个层面上的联系出发，考察观念与机构相互作用的微观结构问题：（1）与技术相关的共享感觉经验；（2）赋予经验意义的文化传统；（3）与传统、经验相关联的政治理念，尤其是那些在互联网结构中影响政策制定的理念。

　　人们通常用文本和理论来思考，但在创作这本书时，我发现人们通过对象与机构来思考。不管计算机自身能否思考，它们都是人们思考的工具，并促使我们反思自身，以及我们与他人之间的关系。大观念——比如重获新生的市场公平理念，或者对数字民主的热情——有时能够帮助个体更好地解释他们日常的机器使用经验，并与整体生活相联结。于是，日常生活经验层面牵引了知识潮流，只有这样，才能抽象出更加正式的结构化原则表述。因此，这本书寻求的哲学，不仅仅是彻底阐明的理论，亦是想探寻观念如何与日常生活以及计算机使用经验进行互动。我发现，较之作者本人的生活或工作经历，始终保持对事物从上而下全面细致的观察，有时更能阐明作者的观念成功的原因。

效应：网络效应存在于它自身产生的过程之中

　　但是当我们开始自上而下地研究时，如何能从一堆琐碎中寻找重点？例如，互联网与冷战军事想象（有人认为这种想象引发了互联网早期的发展与技术进步）之间有什么联系吗？再者，互联网与许多互联网先驱倡导的乌托邦民主诉求之间又有什么关系？

　　我没有采取从文本到时代思潮的研究方式，而是寻找一些文化潮流引发物质变革的情境。本书审视了一些案例，通过这些例子可以看到，人们是在什么情境下调用文化系统来合理化使用计算机的感觉，在正式或非正式政策制定中，这些合理化的行为又如何发挥作用。换而言之,我搜寻一些政策制定的案例,从中能切实看出,知识框架与感觉交叉在一起,塑造影响互联网构建,以及一些还无法完全得到解释的政策转向。①

　　在撰写本书的过程中,人们根据书名"网络效应"认为这本书是研究互联网对人——对儿童、教育、家庭、国家的影响。然而,这些都不是本书所要探讨的问题。一方面,真实的社会变迁是长远而深刻的,往往持续几十年甚至几个世纪。学者们现在还在极富见地地讨论着,从被广泛接受几个世纪以来,纸质书对于人类文明的影响。一个多世纪以来,电话的全部影响仍然还是一个社会学之谜。测量一项像互联网这样的新技术的社会效果——互联网作为消费品的历史勉强超过十年,而其特征和涉及面仍日新月异——终归会成为猜测和空喊口号。

　　另一方面,有一个问题是"效应"意味着什么。技术社会学家和历史学家很快会告诉我们,要警惕过度简单的技术决定论。技术决定论把诸如电视、互联网等技术想象成独立于社会之外的东西,好像它们是从天而降的,然后从外部对社会施加影响。事实上,技术是被社会建构的。② 它们深深嵌入社会化过程和选择,并

---

　　① 在互联网文化研究的作品中,弗莱德·特纳的《从反文化到赛博文化》是少有的认真考虑罗伊·罗森茨威格呼吁的作品,后者主张考察 60 年代反文化形式和理想主义的电脑文化与驱动大量早期互联网研究和生产的冷战军事野心的古怪合流。《网络效应》在充分吸收特纳作品的基础上,对这一合流提供了一个更加深远的解释。参见 Fred Turner, *From Counterculture to Cyberculture: Stewart Brand, the Whole Earth Network, and the Rise of Digital Utopianism* (University of Chicago Press, 2008), and Roy Rosenzweig, "Wizards, Bureaucrats, Warriors, and Hackers: Writing the History of the Internet", *American Historical Review* 103, no. 5(Dec. 1998): 1530—52。

　　② 技术作为社会建构,奠定其历史研究取向标准的作品包括 Wiebe E. Bijker, *Of Bicycles, Bakelites, and Bulbs: Toward a Theory of Sociotechnical Change* (MIT Press, 1997); *The Social Construction of Technological System: New Directions in the Sociology and History of Technology*, ed. Bijker, Thomas P. Hughe, and Trevor Pinch (MIT Press, 1989); and Pinch and Bijker, "The Social Construction of Facts and Artefacts: Or How the Sociology of Science and the Sociology of Technology Might Benefit Each Other", *Social Studies of Science* 14, no. 3(Aug. 1984): 399—441。

被其塑造着，因此它不能被视作是独立于社会之外的。互联网尤为如此。计算机的设计选择不单纯是技术层面的，例如，同样是微处理器，可以进行导弹制导、文字处理、家庭游戏，而从更大的层面上来说，这是一种社会化的选择。[①]（尽管计算机有时产生了意料之外的结果，甚至让我们感到惊喜，这种惊喜更多的是关于我们自己，而不是机器的内在；想想在互联网发展早期，电子邮件出人意料的大受欢迎。）因此，现代计算机正处在一个生产过程之中，由社会和文化选择逐步累积，这种选择处于计算机目的与社会能力相互竞争的图景之中。进一步地，这些选择主要存在于强社会关系预设的集合之中，这些预设关于社会等级或自我建构。如同唐娜·哈拉维（Donna Haraway）曾说的，技术由"动态的社会互动冻结的时刻所构成"。[②] 从某种意义上来说，确实是这样的。那么，这一有趣的问题就不是互联网对社会产生的效果是什么，而是互联网是如何被社会建构的，以及这一建构过程在社会中起着什么样的作用，[③]对于互联网看似唯一并广泛进入公众意识的构建方式，我们从中学到了什么。

　　不过，社会建构论更多是框定问题，而不是解决问题。正如雪莉·特克尔（Sherry Turkle）在其早期作品中所言，在某种意义上，

---

① 例如，计算机工业部门和美国联邦政府在 90 年代关于是否应该管制微处理器出口的争论，由于其潜在的军事应用，这种管制有时候也会威胁到作为玩具机器的电脑游戏控制台。参见 William Glanz, "Clinton Seeks to Ease Computer-Export Rule: GOP Lawmakers Cite Security Concerns", 2 July 1999. *Washington Times*, AI。

② 参见 Donna Haraway, "A Cyborg Manifesto: Science, Technology, and Socialist Feminism in the 1980s", *Simians, Cyborgs, and Women: The Reinvention of Nature* (Routledge, 1990), 164. 理查德·奥曼也说过类似的话："技术……本身就是一个社会进程，受到围绕其的权力关系的浸透，并且继续通过人们的意向重塑。"参见 Richard Ohmann, "Literacy, Technology, and Monopoly Capital," *College English* 47 [Nov. 1985]: 681。但是，我需要补充的是，哈拉维的整个引证包含了一个前提限制："技术和科学论述可以被部分地理解为建构性的东西，作为流动的社会互动的冻结时刻"，但是"它们也应该被当作一种执行工具来考察"。

③ 这个问题可以换个问法，在参与我们称之为"互联网"的一系列实践中，社会对自己做了什么？

计算机简单得如同罗夏墨迹实验,我们可以规划梦想与理解力,一个人可以轻松地忽略技术的具体细节,仅仅关注人们怎么想象它。① 人们经常通过各种乌托邦棱镜来审视互联网,将其描绘成另类的自由竞争市场或社群主义合作的化身。这些主张非常有趣,但是它们首先告诉我们的,更多是诉求者的政治取向,而不是他们对互联网做了什么。

但是,从另一个层面来说,互联网技术是靠集体的逐步努力实现进步,这比其他任何技术都表现得更为明显。它的构建与组织方式都离不开创造者们对它的想象,即便这种想象是片面的或不准确的。所以,更重要(和更难分析)的问题是,各种各样共享的甚至是不确切的观点如何塑造互联网决策? 它们又是如何塑造互联网的构建、特征及其在社会生活中的作用的? 文化和政策如何互动以使互联网如其所是?

这是促使我撰写本书的主要方法论问题。随着我了解到大量错综复杂的技术信息、个人叙述、构成互联网史的政治事件,我找到了大量关于文化在互联网政策和设计选择中扮演重要作用的实例。互联网以多种方式存在于文化之中,如电影、小说、约会习惯,甚至是宗教,不过我寻找的是那些可以证明对互联网自身构建产生影响的文化实例。本书对因果关系的探寻,旨在理解互联网不是产生什么效果的东西,而是它自身就是一个社会建构的过程。网络效应存在于它自身产生的过程之中。②

---

① Sherry Turkle, *The Second Self : Computers and the Human Spirit* (Simon and Schuster, 1984).

② 我第一次想到这个标题,是在"网络效应:互联网和新白领时髦"里,这篇文章投给了(普林斯顿)高等研究所社会科学学院 2001 年 6 月 8—10 日间的"信息技术和社会"研讨会,参见 www. sss. ias. edu/publication/papers/paper14. pdf. 另外需要指出的是,Gil Rodman 也独立提出了"网络效应"的标题,参见"The Net Effect : The Public's Fear and the Public Sphere", in *Virtual Public*, *Policy and Community in an Electronic Age*, ed. Beth E. Kolko(Columbia University Press, 2003), 9—48.

文化、自我、权力

在一个平凡的日子里,当你坐下来使用电脑,你是谁? 你是一个公民? 一个消费者? 一个管理者? 一名技术人员? 一位艺术家? 你在寻找熟悉,还是寻找惊奇? 你有没有试过重新确认你是谁,你对自我的感觉如何? 或者你希望能打破你的日常生活,去体验一些不同的更好的自我?

针对以上问题,这本书从文化的角度给出了不同的答案,也就是说,理解自我的多种方式处于变动之中,使得互联网的发展产生了差异,这种差异发生的方式恰恰向我们展示了现代生活的特征。理解自我的多种形式无时无刻不在进行着,比如在 20 世纪后半叶的美国,利己主义和自我管理的建构占据着重要的地位。但是,我仍然关注到浪漫主义自身的作用,在浪漫主义的范畴中,自我是活力和内心体验的源泉,召唤我们跨越思维定式的藩篱,以一种更具创造性的方式来生活。甚至可以说,特别是在高科技面前,我们都是浪漫主义者。

从洛克、布克哈特、托克维尔到后现代主义,社会想象如何定义"自我"的问题是一个反复出现的主题。观念史的传统教给我们历史演变的重要性和深刻的复杂性,正如伊恩·瓦特(Ian Watt)所说,"诸多复杂且相互依存的因素被命名为个人主义",[1]后结构主义者也提出,应该对历史中"我"的演进进行研究。这里,自我不是一个幻觉,"社会"也不能机械地决定我们的身份,这种自我也不像在后现代中那样突然变得无限可塑。而是如同克里斯蒂娜·邓巴-海丝特(Christina Dunbar-Hester)曾经说的,"使用[身份分类]

---

[1]　Ian Watt, *The Rise of the Novel: Studies in Dafoe, Richardson, and Fielding* (University of California Press, 1957), 60.

（category of identity）的好处是可以领会人类经验的作用，这些经验具有不断变化的、目的性的、狡黠的、被建构的特征，然而却是真实的"。①

为了理解主体性的"狡黠、被建构但却真实"的特征，我发现运用约翰·弗洛（John Frow）的观点特别有用，他曾经说过："通过体验世界，以及我们与世界的关系，我们获得对自我形式的想象。"②从这个意义上来说，自我形式是一种框架，而不是个人的类型。它们是镶嵌在体制与历史进程中杂乱的模式，在给定的语境之中使人意识到他们是谁。一个人绝不是简单的功利、浪漫或性别自我。在生活中，我们大部分人都认为，采用角色管理或根据不同的场合方式来言谈思考更为必要和有效。例如，我们一会儿饱含激情，一会儿又富有管理才能，上一刻还在照顾父母或伴侣，下一刻就成了市场中利己主义的精明行动者，在这之后又成为拥有数份简历的职场人士。于是，"自我的想象形式"既不是固定完整的身份，也不是以某种机械的方式来确定的。它们是多元的、流动的，但不是无限如此；特定环境下的特定个体有着几种典型的形式，并在其中进行可能的或必要的转换。③ 当然在这种情形下，我们通常都会以我们自己的方式来与这些张力协商，但是社会进程和历史的偶然性给我们提供了一系列完成这一协商的可行策略。④

有没有特殊形式的自我与计算机相关？ 当然存在沿着这些线

①　Christina Dunbar-Hester，"Geeks，Meta-Geeks，and Gender Trouble：Activism，Identity，and Low-Power FM Radio"，*Social Studies of Science* 38，1 Apr. 2008，206।

②　John Frow，*Time and Commodity Culture*（Oxford University Press，1997），187।

③　在所有给定的时间和地点，一些形式的人格总是比另一些更容易被人们接受。一个人感到压力，认为自己有必要根据时间、地点和情境扮演不同的角色，比如，从一个真主的殉道者，到一个唯利是图的商人，到一个自我奉献的家长。它们并不是以机械的方式决定的，但却深受历史和社会关系的力量形塑。

④　参见 E. Gabrielle Coleman and A. Golub，"Hacker Practice：Moral Genre's and the Cultural Articulation of Liberalism"，*Anthropological Theory* 8，no.3（2008）：255।

索进行的思考。例如，软件工程师兼《连线》杂志（*Wired*）的撰稿人埃伦·厄尔曼（Ellen Ullman），曾经发人深省地说有"一种沉迷于编程的孤独的男人"。她的讽刺实际上暗示着这一现象中那些复杂的层面，"编程 15 年，我终于学会了像男性一样接受我的孤独"。①

　　那些关于个人主义历史的原创作品，存在的问题之一是想象单一的欧洲或西方的自我，就好像在特定的时间和地点，每个人都以一种同样的方式在体验世界。关于互联网或计算机传播的修辞经常反映了这一想象，当它以一种普适性的话语说道，"每个人"都在网上，使用电子邮件、脸书等，实际就系统性地忽略了文化、经济壁垒和差异化使用。② 例如，涉足计算机科学领域的女性比例一直都非常小，并且根据一些报道，在过去的十年里这一比例还下降了。同一时期，女性在其他职业领域的参与度却在上升，所以大部分人将这一状况归结于文化、机制和经济壁垒等混合因素。③

　　盲目继承单一的自我传统，断言存在一个统一的普遍性的自我，现在已出现一系列针对这一观点的批评。从杜博斯（W. B. Du Bois）的《黑人的灵魂》（*The Souls of Black Folk*）到 20 世纪 70 年代的女性主义作品，再到今天文化研究的文献，都在强调不同群体体验的不同自我形式，以及主流群体将他们自己对于自我的体

---

　　① Ellen Ullman, "Come in, CQ: The Body and the Wire", in *Wired Women: Gender and New Realities in Cyberspace*, ed. Lynn Cherny and Elizabeth Reba Weise(Seal Press, 1996), 3—4.

　　② 参见 Norris Dickard and Diana Schneider, "The Digital Divide: Where We Are Today: A Status Report on the Digital Divide", *Edutopia: What Works in Public Education*, 1 July 2002, www. edutopia. org/digital-divide-where-we-arc-today。

　　③ 参见 Jane Margolis and Allan Fisher, *Unlocking the Clubhouse: Women in Computing*(MIT Press, 2003)。也可以参见 Ellen Spertus, "Why Are There so Few Female Computer Scientist?" 1991, dspace. mit. edu/handle/1721. 1/7040；Janet Cottrell, "I'm a stranger Here Myself: A Consideration of Women in Computing", in Proceeding of the Twentieth Annual ACM SIGUCCS Conference on User Services(ACM, 1993), 71—76, portal. acm, org/citation. cfm? doid = 143164. 143214; and Joel Cooper and Kimberlee D. Weaver, *Gender and Computers*(Lawrence ErIbaum Associates, 2003)。

验作为唯一经验的倾向所引发的问题和痛苦。(通常说"我们"并不总是错误的;当我这么做的时候,有时它指的是我和读者,有时候它说的是人类共有的特征。)① 但是最终,网络上不存在"每个人",就像没有一个西方个体的单一类型,说"似乎有(一个单一类型)"以及说"'我们'涵盖每一个人",这些倾向都是不准确且颇具诱导性的。

　　但是这一回应并不只是说我们每个人的经验是不同的,或者强调其他身份都是不同于白人男性身份的。当厄尔曼描述"一种沉迷于编程的孤独的男人"时,她指出了我们文化中一种与男性气质相关联的一般性经验模式,并指出她作为一位女性,如何能分享对此的感受:在编写程序 15 年之后,她才能够像男人一样承受她的孤独。这一体验是与男性气质相关联,但并不仅限于此;问题在于,这种关联是如何被历史性地建构出来的?

　　文化研究的诉求从来都不仅仅是自由的人帮助弱势群体发声,或者指出某个社群的经验如何不同于其他的社群;而是重新思考这些声音是如何在最初的地方被建立起来,聚焦于日常生活经验是如何与权力或社会斗争交织在一起。与计算机相关联的"男性孤独症"终究是一个历史和具体环境下的产物,而并不是生物上的。自我形式的孕育在历史的缔造之中。另一方面,这意味着需要仔细探索一个特定群体所承载意义的文化模式。例如,在互联网发展中起重要作用的大多数人都继承了这样一个传统,即掌握技术被想象成是男人的事。从铁路到收音机,从汽车到视频设备,对于技术的掌握被认为是男性英勇和控制的标志。这一历史在本

---

　　① 我非常深思熟虑地使用"我们"这个词,不是因为我认为,在过去的讨论中有一个更大的"我们",而是因为我们需要在未来的讨论中加入一个更大的"我们";我怀揣着政治目的写作,试图向全社会展示这些斗争,将它们从受到限制的狭小的圈子里带出来,不管这些圈子是由于阶级特权、技术官僚、功利主义,还是浪漫化的身份认同造成的。

书所讨论的工程和政策制定的文化之中占有重要的地位，并将在本书的相关章节进行讨论。

但是，文化研究也会有效地介入身份及其差异的讨论，相对于主体的基本特质，它更关心主体之间的关系。汤普森（E. P. Thompson）说社会阶层（文化研究开始研究的社会身份）需要被当作"一种关系，而不是一个东西"来进行理解，[①]"一个由于主体能动性同时也因为条件而发生的主动过程……一些在现实中发生的事情"。[②] 因此，本书很少关注某类人的特定感觉、社会经济或种族状况，而更多地关心具体语境下建构自我的不同动力。赛博专家埃丝特·戴森（Esther Dyson）是一位女性，但她在 20 世纪 90 年代最重要的行为是她的放任自由主义；她是促进和想象在线社会的关键人物，她认为这种在线社会将成为由抽象个体组成的市场，人人在其中追逐自己的兴趣和利益，似乎这些个体的种族、性别或阶级地位都无关紧要。这种自我的自由主义模型（它的诱惑力及其局限性）在 20 世纪 90 年代早期互联网的发展及人们对它的接受中，扮演着重要的角色。

当然，自由主义者对个体的理解傲慢地抽离于历史、社会差异和身体，所有的这些都被认为无关紧要。功利主义者和浪漫主义者的自我形式，依赖从虚无中产生（creation-from-nowhere）的神创论假定，来源于系统性无视潜伏在新观念、新技术和新财富之下的集体和历史条件的理解结构。由于历史和社会原因，男性比女性更容易接受这些被蒙蔽的理解结构。并且我发现，在美国社会的权力运行中，被网络文化促进的身份形式已经明显扮演了重要的角色。不同的计算机体验，从小房间里的网上冲浪，到疯狂膨胀的股票市场上的投资，结合不同的政治话语时，便引发了对文化中

---

① E. P. Thompson, *Making of the English Working Class* (Vintage, 1966), 11.
② 同上，9。

抽象的个体概念的热情的复活,以及对社会关系及不平等的脱敏。在美国,计算机看上去非常令人兴奋,它可以是一种逃离,是某种自由,这一事实更多地发生在男性而不是女性身上。但是,更多是在孤独体验的建构过程中,在对所谓"男性孤独"的促进和强化中,而不是在男性主导计算领域这一简单的统计事实中,与互联网有关的身份变动才显得重要。

　　厄尔曼通过敏锐的观察而非谴责的方式,将男性孤独与程序员编程过程中的个人主义体验联系在一起进行描述。她的作品里拥有大量计算机前孤独的人们,他们热切地期望通过连线来表达、联系、发表主张,但却忽视他们周围的人,那些隔壁房间的人,街道对面的人,身处一个城市的人。厄尔曼的作品运用了小说家对于人类细节的关注,梳理了编程体验的内在构造,发掘了用户的自大和痴迷体验形式,以及过去 30 年美国计算机文化中人们缺乏联系的时刻。①

　　那种男性孤独类型是我们文化事实中的一个片断,即在不同程度上,依据男性对女性的历史权力的模型来想象个人自主性,这些权力包括命令的权力,走出家门的权力,拒绝家务劳动的权力和经济独立的权力。正是这种盲目消极地将自由理解为远离治理、远离依赖和远离他人的习惯,为基于权利的自由市场(rights-based free market)的流行创造了条件。但是,本书想要表明的是,这些自我理解的模式同时也为一种建构出来的匮乏感创造了条件,这种匮乏感能转换成对未知或未得到的他者的浪漫渴望。在这种渴望中,可能蕴藏着改变的种子。

本书章节概要

　　构建互联网的许多集体技术决策都是逐步出现的,并且仍在

---

① 　See Ullman, *Close to the Machine*: *Technophilia and Its Discontents* (City Lights Publishers, 2001) and *The Bug* (Anchor, 2004).

持续发生。因此,对它们的讨论,也以不同的方式交织并贯穿于全书始终。但每一章都会有一个特别选择的主题及相关的观点。共享的观点会在共同体之间逐渐演变,在时空中没有明显的边界。所以,按时间顺序初步组织章节内容时,不同章节之间就会有一些重叠,或者会出现同时发生的事件。

　　第一章引入几个关键概念,探索了推动研究和机构支持的早期文化和体制背景,这些背景带来了互联网的产生。20 世纪 60 年代是计算机观念转变的开始,计算机作为类似于计算尺的运算机器这一原始看法,转向作为与书本、著作和电报同类的交流设备。这一观念的改变对于计算机从过去集中化、批处理到今天互动性、去中心化的转变至关重要。这些差异的本质是关于人类理性特质不同观点的竞争,特别是对手段到目的的问题有不同的看法。计算机是一种实现目的的手段? 或者它们自身就是目的? 比如说作为一种玩乐的方式? 这一章表明,早期计算机已经向他们的设计者们表达并强调了这一问题。

　　第二章追溯至 20 世纪 60 年代后期及 70 年代早期,计算机的可玩性最初是如何发掘并利用的? 随着 60 年代反文化运动的兴起,计算的使用松懈了手段与目的的联系——就引起了对计算机娱乐式的使用——一种亚文化在计算机工程师群体中产生。这进而为现代、互联、可视化计算机的产生创造了条件。本章引入了浪漫个人主义的主题,它作为一种西方文化话语,与某种自我想象的形式持久相关,产生在类似于旧金山反文化这样的环境之中,尤其是在创造超文本(hypertext)一词的泰德·尼尔森作品中所展示的,围绕着从斯图尔特·布兰德和《全球概览》(Whole Earth Catalog)到计算机反文化的计算机梦想。在反对越南战争的社会不满背景下,核心的浪漫主义修辞——通俗语言的策略性使用,对非正式的刻意学习,呼吁自我转变而不是满足需求,感人的反叛英雄故事,以及与工具理性的彻底决裂——开始与计算机的另类使用变得相关。

第三章和第四章都聚焦于 20 世纪 80 年代。第三章考察的事件恰好发生在公共视野中：微型计算机热被视作是新自由市场红火的标志，给里根时代激进的市场导向政策提供了托词。微型计算机革命第一次让大批美国人接触到互动式计算机，这一体验被看成历史偶然的单机技术设计与商业世界中企业特征的结合。从某种意义上而言，互联网在这一阶段被忽视，因为主导文化透过自由市场的棱镜来看待事物，因此在人们的想象中，微型计算机仅与买卖物品的独立个体相关，这一观念遮蔽了社会关系的网络，后者创造了微型计算机并将其投入社会使用。将第一代微型计算机视为商品，促进了社会的流行想象——17 世纪的哲学家约翰·洛克怀旧的市场观如何与现代高科技世界发生关联。

第四章关注发生于 20 世纪 80 年代不为大多数美国人察觉的事件：一种不寻常的非正式、开放、水平合作的文化之发展——一套非常不同的话语实践，不能被简单归纳为今天的"大致共识和运行代码"（rough consensus and running code）与"端到端设计"（end-to-end design）之类的话语。本章考察了这套实践中两个在历史上很重要却不被注意的事件。首先是 70 年代末芯片设计新方法的发展，导致了 80 年代超大规模集成电路（VLSI）微处理器的产生，为此后计算机工业的成长提供了平台。超大规模集成电路芯片的设计过程，能够拿来证明在计算机工程中，社会进程的科技价值——当时的工程师称其为"设计设计过程"——和面向终端的水平网络化关系的价值。其次，本章讨论了一个意义非凡的进程，阿帕网（ARPANET）悄悄从军方分离出来，并转向依靠国家科学基金（NSF）的资助。理论上而言，分组交换的全球计算机网络可以以各种各样的方式问世，但 80 年代的经历却不知不觉将互联网的成长引入一个充斥着不同力量的场域之中，它由军方、公司、大学和国家科学基金构成，在影响更加深远的互联网机构上留下了印记。

　　第五章考察了 20 世纪 90 年代早期被创造的情感结构,因为越来越多的知识工人开始发现了网上交流的愉悦,以及精英们在"信息高速公路"保护伞下探索组织的框架。网页浏览让人们带着一种渴望的情感,追问"下一步是什么?"此时中层掌握丰富的计算机知识,而上层却对此一无所知,为计算机的发展叙事染上了浪漫主义反叛色彩;从理论上而言,一个人可以反叛,表达自己,并一夜暴富。正如《连线》所佐证的,浪漫主体同市场热情的结合,刺激了作为社会关系网络集成的互联网的迅速胜利,也刺激了网络股票泡沫。

　　第六章关注了 20 世纪 90 年代后期开放源代码软件产品合法性的崛起。开放源代码软件运动代表了高精尖科技产业中主流管理原则突然且剧烈的转变。到 1998 年,苹果、IBM、网景以及其他一些公司对开放源代码软件项目投入了大量的资金,而这样的举动在一两年前还会被认为是可笑和不理智的。虽然在这背后也有经济因素(主要是微软的垄断),但同样的条件在 1996 年也存在。单一的经济因素无法解释为何会发生这样的转变。这一章表明,通过将编程重新表述为"一门艺术"而不是编码商品,计算的浪漫化建构成功推动了这一转变发生。埃里克·雷蒙德(Eric Raymond)"教堂与集市"(Cathedral and Bazaar)一文的影响,以及开放源代码促进会(Open Source Initiative)推动的开源话语的传播,都基于开发软件、使用计算机的体验,与软件商业化后的报偿和产业组织结构之间,广泛存在着的张力;同样的浪漫主义在十年前曾经刺激自由市场观,这时转而反对自由市场。

　　结论部分总结了上述章节得出的主要观点:我们对互联网的接纳、使用和继续开发,被我们所经历的互联网出现方式所塑造。互联网的开放是特定发展道路的结果,而不是某种与生俱来的技术本质。因此,要用互联网自身的实践特征和使用方式来书写互联网的历史。在社会层面上,互联网成了一种为人类服务的情感唤起物,为持续探索权利、财产、自由、资本主义、社会等核心原则的内涵提供了新的语境,并超越通常的精英讨论模式进行辩驳。它扮演着重要的角色,质疑市场政策和公司自由主义的确定性,扩大民主辩论与行动可能性的范围,并将从进步主义时代以来一直沉潜的政治议题带入美国的公共空间。但是,开放的兴盛并不是由于技术(或者进步与人性)拥有打破传统与不平等壁垒的本质特性,而是特定历史与文化的结果。浪漫主义的作用在此凸显,在技术和民主的创造中,起作用的是历史的偶然性,而不是一个普遍的真理。作为一项实践议题,美国互联网政策制定的新政治学,如果能将这一历史纳入考量,从浪漫主义和实用个人主义之间广阔的张力出发,以更加丰富和成熟的方式推进民主决策,这才是更明智的。

第一章 "自我驱动的愉悦"：
计算机通信的文化来源

> 空气中弥漫一种复兴的渴望，渴望公共利益找到一种主导决策的路径，以塑造未来……这是一种令人感到慰藉的感觉。信息革命正带来一把钥匙，帮助人们打开新时代的大门。这把钥匙通过卓越的联网计算机与信息真实有效的互动，以抚慰人心的方式，带来自我驱动的愉悦。
>
> ——互联网先驱约瑟夫·利克莱德[①]

引　言

在互联网历史中，这已经成为一个传奇时刻：1962 年，阿帕网（ARPA，Advanced Research Projects Agency）主任杰克·P. 瑞纳（Jack P. Ruina）物色能够领导国防研究部计算机领域研发任务的人才，他找到了约瑟夫·利克莱德（J. C. R. Licklider）。瑞纳称利克莱德"常说自己多么喜欢花大量的时间，从计算机那儿获得安慰……他说他会一直沉迷其中，甚至有些上瘾"。[②] 在 21 世纪初

---

①　J. C. R. Licklider, "Computers and Government", in *The Computer Age：A Twenty-year Review*, ed. Michael L. Dertouzos and Joel Moses(MIT Press, 1979), 126.

②　引自 Katie Hafner and Matthew Lyon, *Where Wizards Stay up Later：The Origins of the Internet* (Free Press, 2003), 27。

的今天，那种与计算机互动的独特感觉已为人熟知。通过计算机游戏、网上冲浪或是编程，全世界的人们都在体验一种强迫症似的感觉，甚至有时对计算机"上瘾"。敲几个键，得到一个回复，再敲几个，又来一个回复，如此不断反复。计算机所提供的少量回复（一些数字、一条错误信息、一幅图像、一个声音）不能解决问题，它们只是邀请用户不断尝试，甚至只是让用户感到自己能正确操作，知道下一步是什么。

　　但是在 20 世纪 60 年代，世界上只有很少的人真正拥有与计算机互动的体验；计算机很少，并且其中只有很少一部分可以通过键盘和屏幕直接与人互动。利克莱德的特殊性主要源于这样的事实——在极少数与计算机有直接互动体验的人中，他将计算机"掌权"（holding power）①视作一种潜在的积极力量；最终他将其称为"通过卓越的联网计算机与信息真正有效的互动，以抚慰人心的方式，带来自我驱动的愉悦"。② 他还有一个著名的论断——它最终将使人类的行为更加高效理智。作为 60 年代大部分时间里的阿帕网计算机项目领导者，利克莱德为该项研究争取了大量资金，从而为互联网奠定了基础。

　　通常而言，感觉体验根据具体的文化语境产生。比如，食用佩奥特仙人掌（peyote，一种仙人掌）在美国大学生那里是一种娱乐方式，而在美国西南部本土萨满教信徒那里，是一种与祖先连接的方式；登山爱好者热爱体验极度刺激的艰难，乃至危及生命的体力透支，而这对于流离失所的战争难民而言，却是最黑暗的绝望。与计算机互动时令人欲罢不能的体验也是一样的，计算机存在于文化语境中，就像佩奥特仙人掌在萨满仪式中，或者在大学宿舍中，人们根据语境赋予技术某种意义。

---

①　参见 Turkle, "Video Games and Computer Holding Power", *The Second Self: Computers and the Human Spirit*, 64—92。

②　Hafner and Lyon. *Where Wizards Stay up Late*, 33—34。

这并非说，除了文化，计算机不受物质的影响。从经济和社会的角度来看，事实可能是，计算机对我们生活的诸多影响，都悄然存在于看不见的大型机构之中，它核算我们的银行对账单、连接我们的电话、维护我们的工资单等。如果那些计算机突然消失了，我们的经济世界将会崩塌。但是，如果我们案头的计算机，那些与我们直接互动和沟通的个人计算机突然消失了，对大多数人而言，再去用电话、打字机、文件柜、复印机，就不只是不方便的问题了。①

一项嵌入社会的技术，尤其是它的很多行为是不可见的，它就要被赋予与主流社会价值观、日常生活以及个人体验相关的意义。② 于是，随着时光的流逝，那些通常非常复杂的意义不断塑造着技术的面貌。换而言之，技术必须被所嵌入的人类经验进行文化性地调制。与交互式计算机奇异吸引力相关的意义是流动的。我们应该看到，一些人认为它是一种上瘾，而另外一些人则将其视作人类解放的潜在源泉。我们了解各种不同的互动体验后，会发现这样的事实只不过是冰山一角。但是，这些意义的流动并非杂乱无序，它们在特定的历史和社会语境之中浮现。

这一章将会探寻美国计算机史早期的几个关键时刻，介绍一些方法，让人们能够理解计算机通信方式诞生的语境。我们将会考察美国技术发展史中被泛称为"公司自由主义"（corporate lib-

---

①　有趣的是，计算机的实际效用在经济学家那里仍然是一个有争议的问题，经常被提出的是生产率悖论，也就是有研究发现，计算机对于生产力的总体贡献并不明显，在某些情况下甚至是微不足道的。比如，可以参见 Thomas K. Landau, *The Trouble with Computer Usefulness, Usability, and Productivity*（MIT Press, 1996）。

②　根据卡洛琳·马文的记载，在 19 世纪晚期，电灯和电话的推广介绍，伴随着不同的努力，试图探索这些科技是否以及如何与身体和社会关系发生联系。参见 Carolyn Marvin, *When Old Technologies Were New: Thinking about Electric Communication in the Late Nineteenth Century*（Oxford University Press, 1990）。相似地，布莱恩·普法芬伯格指出："研究新技术如何获得社会意义的进程，也就是研究急速的经济增长与发展中不可或缺的组成部分。"参见 Bryan Pfaffenberger, "The Social Meaning of the Personal Computer: Or, Why the Personal Computer Revolution Was No Revolution", *Anthropological Quarterly* 61（Jan. 1988）: 41。

eral)的语境，这是一种公司与政府在技术议题上默认协作的方式，同时追溯作为公司组织手段的工具理性传统。然后，我们会考察这种工具理性与交互式计算机带来的强迫症式愉快之间正在显现的张力，在这一张力中，目的与手段(ends and means)都已坍塌，计算机原本用于解决明确的问题，实现机构具体的目标，但人们逐渐意识到，计算机可以成为一种娱乐方式，手段悄然成了目的。

早期互联网史学中的问题：个人自由的胜利，
还是核战争狂热的梦魇？

如果不讲故事，不将过去放置到补充了大量细节的叙事框架之中，一个人很难把过去讲清楚。况且，历史学家讲述的历史故事很少无可非议，对法国大革命的持续争论就是最佳的例证。然而，对于互联网历史而言，迄今为止人们所讲述的故事标示出了一种特殊的张力。正如历史学家罗伊·罗森茨韦格(Roy Rosenzweig)所说，人们在讲述有关互联网历史的故事时，似乎将其看成冷战体系的军事起源和20世纪60年代反文化运动的影响两者之间的撕扯。[①] 以利克莱德的故事为例，科学作家米切尔·沃尔德罗普(M. Mitchell Waldrop)在其2001年的自传中，用了一系列热情洋溢的词语描绘利克莱德。"利克"——沃尔德罗普喜欢这么称呼他——是一位亲切的人文主义者，是具有远见的工程师和领导者，是为"计算机个人化革命""提供道路指南"的互联网之父。[②] 作为阿帕网计算机项目的主管，利克莱德"为美国近四分之一个世纪生机勃勃的计算机研究，布下根本的局面与进程"。[③]

---

① 参见 Rosenzweig, "Wizards, Bureaucrats, Warriors, and Hackers", 1530—52.

② M. Mitchell Waldrop, *The Dream Machine: J. C. R. Licklider and the Revolution That Made Computing Personal* (Penguin, 2002), 175.

③ 同上，176。

现在我们再来看科学史学家保罗·爱德华兹(Paul Edwards)在其 1997 年出版的《封闭的世界》(*The Closed World*)一书中对利克莱德的看法。根据爱德华兹的说法,利克莱德之所以非常重要,是因为他是军事应用及计算机研究资助中的核心人物,他使"赛博格话语"(cyborg discourse)具体化,这种思考模式诞生于冷战时期,将早期计算机技术和网络与人工智能的"虚构、幻想和意识形态"融合在一起。[①] 在爱德华兹的叙述中,利克莱德不是沃尔德罗普口中亲切的、赋予计算机以人文主义的幻想家,而是一名冷战鼓吹者,依托计算机控制系统,集中对人和复杂性进行军事控制,这是一种灭绝人性和危险的理想系统,最终目的是打赢核战争。爱德华兹指出,互联网中产生的大部分核心创新,如多进程、分时(time-sharing)、计算机网络互联,以及易用性、交互式、图形化并借助屏幕呈现的用户界面,其之所以形成只是因为它们符合军事命令和控制的愿景。爱德华兹引用了一段韦斯特摩兰将军(General Westmoreland)在越南战争后的讲话,韦斯特摩兰将军声称,"我看到一支拥有一整套控制系统的军队,它建立并围绕在通信、传感器、火力指挥和必备的自动数据处理等先进技术之上,这套敏锐捕捉不断变化的战争局势的系统,能够为作战指挥官提供实质性帮助,以做出及时周密的决策。"爱德华兹继续提到:

> 这是理想的语言和技术的乌托邦,并不是实践的必然。它代表了一种胜利的梦想,包括不流血的胜利者、远程控制的战争、近乎瞬时的速度、决策和命令的确定性。它是一个封闭世界,一个被理性和技术力量有序控制的混沌危险的空间。[②]

---

① Paul N. Edwards, *The Closed World : Computers and the Politics of Discourse in Cold War America* (MIT Press, 1997), 266.

② 同上,72。

爱德华兹强调,核战争想象被冷战的紧迫性所驱动,由此产生了大量资金,在美国用以支持作为通信设备的计算机的诸多重要研究,一直持续到20世纪70年代,并且直至今天仍是研究的重要动力,尤其是在罗纳德·里根(Ronald Reagan)总统的"星球大战"(Star Wars)计划后,被再度刺激。

这里我们掌握了早期互联网历史的主要特点之一。沃尔德罗普讲故事的方式,让它看起来好像成了一场去中心化的、个人化计算机战胜集中的、非个人化计算机的逐步胜利;这是一场关乎个人自由、自我控制和独特性的胜利。爱德华兹的版本则完全相反:这个故事关乎核战争想象,试图通过集中控制和命令来抹除个体性。

这里的差异不在于事实,两位作者都进行了扎实的一手资料收集工作。利克莱德当然预测了今天计算机所拥有的一些特征,但他也无可置辩地耗费了职场生涯中诸多时光,建立计算机系统以打赢核战争。不同之处在于,故事是如何被讲述的,事实是怎样被编织进叙事之中的。这一张力或矛盾在有关互联网的叙述之中随处可见,它需要一些认真的思考。

技术创新的困惑

持续的技术创新似乎是工业世界的重要特征。技术创新如何产生,这个问题通常不是一个小问题,也不是一个纯粹的知识问题。技术创新是衡量现代化的核心标准,实现技术创新是每个国家政府和大多数主要政党理论(从马克思主义到里根主义)的现实追求。如果不考虑简单化的极端状况,如纯自由市场或纯集中计划,技术发展的潜在模式仍是非常多样复杂的,并与政治愿景的激情纵横交织。在技术创新的历史中,互联网是一项重要的案例研究,这不仅仅是因为它对较早时期已有的许多创新模式提出了质疑。就像苏联出人意料的解体一般,互联网惊人的成功使我们不得不重新思考这样的大变革是如何发生的。

　　出版物讲述英雄式个人的故事来再现发明史,这种方式仍旧非常盛行,天才们通过他们的决断力和天赋获得成功,而其他人都错了。学校里的孩子们通常都被告知,莱特兄弟在自行车商店里发明第一架飞机,爱迪生发明了灯泡,马可尼(Marconi)发明了收音机这类故事。有时这一倾向也导致一系列的"第一":西屋电气的 KDKA 是"第一家"广播电台,20 世纪 60 年代早期保罗·巴朗(Paul Baran)为后原子时代的通信发明了分组交换,1993 年马克·安德森(Marc Andreessen)在伊利诺伊大学发明了第一个图形网页浏览器马赛克(Mosaic)。事实上,互联网的历史充斥着许多聪明的小人物通过奋斗最终战胜各种愚笨官僚、军事和商业巨头们的传奇故事。利克莱德的故事很令人着迷了,另外还有道格拉斯·恩格尔巴特,他发明了鼠标、视窗界面以及其他我们今天已经熟悉的计算机特征,还有他真诚的政治理想主义。拥有卓越协作精神的阿帕网先驱们——他们首创征求意见(RFCs, Request for Comments)的传统——为开发互联网的技术标准奠定了持久、轻松的民主基调。还有引领娱乐化、自作聪明的反文化风气弄潮儿泰德·尼尔森,他创立超文本(hypertext)一词,并在普及概念方面扮演了重要角色,这些概念至今仍根植于微型计算机和万维网领域。

　　但是,科技史学家们告诉我们,这种技术史的叙述方式有着严重的局限。不可否认,天才的确存在,但故事通常更为复杂。正如罗伯特·默顿(Robert Merton)在其《一人和多人》(Singletons and Multiples)中所言,许多创新似乎在同一时期发生在不同人的身上。① 马可尼只是 20 世纪之交众多无线电研发人员中的一个;布

---

　　①　参见 Merton, "Singletons and Multiples in Scientific Discovery: A Chapter in the Sociology of Science", 470—86。

莱恩·戴维斯(Brian Davies)几乎在巴朗发明分组交换的同时，独立发表了关于这项技术的提案；怀特兄弟确实发明了第一架可以上天的飞机，但如果他们没有，其他人最终也会做到。[①] 事实上，在爱迪生之前就已经有了其他的灯泡，在马可尼之前也有了其他的收音机，在 KDKA 之前有其他的广播电台，在分组交换之前有其他的同类设计，在马赛克之前有其他的网页浏览器。[②] 考察了特殊技术首例的代表性，我们发现它是一个循序渐进的演变过程，而非从天而降；是一些个体所组成的群体同时工作的结果，而不是由某人独立完成。个体确实有着独一无二的决定性贡献，但他们只有在协同工作中，在有着同样知识背景、由互动个体组成的社区和群体环境之下，才能做到这一切。因此，创新是一个社会化过程。为了解说这种状况，科技史学家提出将其称之为"无形的学院"(invisible colleges)，指的是通过期刊、专业联系和其他方式分享知识的创新者们组成的分散社区。[③]

但是，创新是一个社会化过程，这一观察在回答问题的同时，也产生了许多问题。知识和新观点总是在行政指令的链条中浮浮沉沉。对于每一位知名的创新者或每一项关键的发明物而言，总有许多不知名的或鲜为人知的个人在背后默默耕耘，通常是他们在实际建造机器，探索新应用。只有在这些事实的基础上，领导者

---

① 关于无线电通讯发展史的贡献，参见 George Jeffrey Aitken, *Syntony and Spark: Origins of Radio* (John Wiley & Sons, 1976)。关于怀特兄弟到底有没有对飞机的发展做出关键贡献，比较全面的讨论参见 Tom D. Crouch, *The Bishop's Boys: A Life of Wilbur and Orville Wright* (W. W. Norton, 1989)。

② 比如，关于电灯，1878 年，几乎在爱迪生之前一年，约瑟夫·斯万申请到一个真空碳丝白炽灯泡的英国专利，参见 "Sir Joseph Wilson Swan", *Britannica Online Encyclopedia*, www. search. eb. com/cb/article—9070587。

③ 参见 Diana Crane, *Invisible Colleges: Diffusion of Knowledge in Scientific Communities* (University of Chicago Press, 1972); Nicholas C. Mullins, *Theories and Theory Groups in Contemporary American Sociology* (Harper & Row, 1973); and Daryl E. Chubin, *Sociology of Sciences: An Annotated Bibliography on Invisible Colleges* (Garland, 1983)。

才能理解新的发明创造。很难确定,或者说不可能确定,在多大程度上,利克莱德是一位新理念的杰出创造者,还是说他仅仅是其他人理念的领导者。而且,"社会"也不比"天才个体导致发明创造",更能全面完整地解释事实。例如,互联网和计算机网络或许是在军事语境下产生的,但这不意味着这些原始的动机,存在于它们的特征或社会功能之中。

与此同时,从目的论的角度阐释事物还存在一个危险,在看待这些过去事件的细节时,似乎都指向我们当前所处的时代,好似我们当前的状况是命中注定的一般。你可以在利克莱德早期作品中发现他提到的事物,让我们以为事情在那时就已发生。但是,通过当下事态的棱镜筛选过去的细节,一幅过度清晰的图景画出的,是一条不可避免指向我们现存状况的线性轨迹。正如我们看到的,利克莱德有一些富有先见之明的想法,但是,另外一些看似很奇怪的想法和预测就远远缺乏准确性。在各个案例中,他首要的影响力来源于教学和拉赞助,而不是实际设备的建造。目的论的解释否认,事物发展到现在这个样子,在某种程度上是因为偶然事件的积聚;它否认,目前的状况不一定是历史必然规律的结果;它否认,事物可能是偶然的,甚至结果可能差异巨大。因此在回望历史时,我们会发现有一些时刻对于未来有着先见之明,能够判定"不会走哪条路"或者集体性的错误,但我们要超越这种回望中的先见之明。[①] 历史不仅需要去看人们正确的地方,也要去看他们的错误或者不同之处。有无数技术的故事,为了一个目的的开始,又结束于另一个目的:人们期待电报和飞机能结束国际冲突,亚历山大·格雷厄姆·贝尔(Alexander Graham Bell)想象电话将用于有线广

---

① 在那些科学社会学领域的"强势"工程下,这有时候被称为对称性原则,在这里关于科学和技术的想法至少在一开始是中性的,不管它们最后有没有取得胜利。比如,可以参见 Kenneth Lipartito, "Picturephone and the Information Age: The Social Meaning of Failure", *Technology and Culture* 44(Jan. 2003): 50—81。

播,而早期有声无线电传输的研发者们将其想象成一种无线电话。(与此同时,想象中的技术运用与实际情形的偏差,不必被视为技术的自发性,仿佛技术发展独立于社会过程和社会目的。)

因此,在社会语境与技术潜能及其发展之间,在社会语境与随时间推移的技术社会愿景之间,需要具体分析那些复杂的互动。在某种意义上,事实表明,特定的发现和创新在特定的时空中似乎弥漫于空气之中,只待合适的有技能之人来发现。但搞清楚到底是什么弥漫于空气中,要求我们探求其复杂的状况,而不是将其化约为单一的社会因素。因此,这就需要往回走一步,去考察技术发展背后更广阔的历史模式。

构建美式大系统:公司自由主义以及军工学联合体

互联网起源的标准说法,多半是它作为一种通信方式被发明,以便抵抗大规模的核战争。有了互联网,即便某一节点被随机消灭了,这一系统也能继续运行。这种说法过于简单了。正如一些参与其中的核心人物所指出的,[1]互联网的核心概念和技术,其实是依托更加广泛的应用发展而来,而不是想象中的核战争生存能力。然而,这一说法之所以能够流传,多半是因为它便于解释计算机结构中的分布式特点,同时也多半是基于这样的事实:基于计算机和分组交换的互联网络概念的源头之一是保罗·巴朗为兰德(RAND)公司发表的一系列"分布式网络"文章,而这些文章针对的正是核战争可存活的互联网络的实际需要。[2]

但是从另一个层面上而言,一直以来,将后核时代的生存能力作为互联网起源之一,这一神话与另一个更深层的事实产生共鸣:

---

[1] 参见 Hafner and Lyon, *Where Wizards Stay up Late*, 10。

[2] 同上,54—63。

在很大程度上,互联网是得到美国国防部高级研究计划局(AR-PA,一段时间里前面加上防御的 D 而成为 DARPA)的资助,在此基础上才被人们创造出来的,这一冷战机构产生于 20 世纪 50 年代,主要是为了应对苏联从发射第一颗人造卫星斯普特尼克(Sputnik)以来取得的技术优势。即便它不仅是为了想象中后核时代的应用而发明,在战后时期,军事对于先进技术的研究兴趣也远甚于具体的应用。更确切地说,它与以核武器为核心的社会政治信念紧密相关。

1945 年,麻省理工学院的科学家及管理者万尼瓦尔·布什(Vannevar Bush)发表了一篇广为流传的报告,写的是科学研究的战后政策。① 布什的《科学:没有止境的前沿》(*Science, the Endless Frontier*)回溯了他在"二战"中的经历,尤其是曼哈顿计划的组织。布什是一名政治保守主义者,不像爱因斯坦或奥本海默那样会对制造原子弹的道德后果感到极度痛苦。对于布什而言,曼哈顿计划只是一次激动人心的成功,且可以成为所有技术进一步发展的典范。布什认为美国政府应该资助科学技术的基础研究。因投资评估的不确定性,私营企业无法承担基础研究的风险。因此,政府和大学、军队等非营利组织应该开展最初的高风险探索性研究,然后再将成果转化成产业,用以发展商业上的应用;政府资助的研究最终产生可被商业利用的实际效益。正如布什指出,"必将有一系列新的科学知识推动私营或公营企业前进的车轮"。② 布什的观点颇具影响力,助推了国家科学基金会及其他类似机构的成立,并塑造了美国持续半个世纪的技术创新思考。布什勾画

---

① 参见 G. Pascal Zachary, *Endless Frontier : Vannevar Bush , Engineer of the A-merican Century*(MIT Press, 1999)。

② United States Office of Scientific Research and Development and Vannevar Bush, *Science, the endless Frontier*(U. S. Government Printing Office, 1945), chap. 3. 2, www. nsf. gov/about/history/vbush1945. htm#ch3. 2.

的政策是成功的，先依赖公共资金，再通过商业，这种发展技术的模式为我们带来了卫星通信、微波炉、计算机、喷气飞机，在很大程度上也带来了互联网。[①]

布什提出的技术发展路径影响巨大，但并不是没有先例。它是 20 世纪美国通常称为公司自由主义[②]的这一政治经济思想普遍性潮流的症候，并与一个广泛的思想紧密相连，这一思想认为，政府和工业界应当以加强经济和技术发展融合为名，在关键时刻进行合作。在 20 世纪 20 年代，这一思想也为赫伯特·胡佛（Herbert Hoover）担任商务部长时的作为奠定了基础，他利用温和的政府法规扶植了商业广播工业的发展，与此不同的是，富兰克林·罗斯福（Franklin Roosevelt）努力通过政府资助的方式来推动经济发展，资助了田纳西河流域管理局等技术项目。

公司自由主义是大公司式的，一方面是它与大公司的兴起不谋而合，后者已成为主导的经济组织形式，另一方面它引入了一定程度的集体主义观和公私机构协作。它又是自由主义的，它试图用传统的个人主义理念，比如自由企业制度，去平衡垄断性大公司崛起所带来的集体主义和协作式的社会管理观念。这里所定义的公司自由主义可以追溯至上个世纪之交。历史上公司和政府之间一直是相互依赖的，这也是为什么 20 世纪大公司与大政府的崛起

---

① 关于"线性模型"的局限性有一个未曾间断的讨论，它的前提假设是，从基础研究，到应用研究，到发展，到技术扩散，这里面也许有一个清晰的线性路径，人们常常认为这种思维是从布什《科学：没有止境的前沿》中衍生出来的。参见 Karl Grandin, Sven Widmalm, and Nina Wormbs, *Science-Industry Nexus：History，Policy，Implications* (Science History Publications，2004)。

② 关于这点的概述参见 Ellis W. Hawley, "The Discovery and Study of a 'Corporate Liberalism'", *Business History Review* 52 (Autumn 1978)：309—20。这种公司自由主义理论一般归功于那些"修正主义者"，也就是围绕威廉·阿普尔曼及其学生马丁·J. 斯科拉建立的美国历史学派。参见 William Appleman Williams, *Contours of American History*(W. W. Norton, 1989)，and Matin J. Sklar, *The Corporate of American Capitalism*, 1890—1916：*The Market*, *the Law*, *and Politics* (Cambridge University Press, 1988)。

是同步发生的。它不是一个紧密组织、完全僵化的系统，而更像数十年来养成的一套惯习和思维方式（就像许多对大公司咬牙切齿、代表各类社会弱势群体的公民社会团体，常常使用"公共利益"这种实际上属于公司自由主义的语言，来实现他们的目标）。[1]

这一长期存在的政商合作模式很少被广泛的公共话语所承认。[2] 但的确存在由管理、工程、政府中的关键人物所组成的社群，对于他们来说，这种政商协作就是常识。在所有"市场"鼓吹者与插足产业的"政府"之间暴风骤雨般的争斗背后，是公司的核心社群和公共领导者已经悄然习惯并达成共识，认为公私机构能够并且应该在某些领域有效合作。这种实践群体的长期存在和发展，使得一定程度的合作变得理所当然，并且公私部门界限的模糊满足了高生产力的需要。

这些政商合作的核心领域之一，便是万尼瓦尔·布什推崇的高科技发展领域。左派和右派都倾向于将公私部门想象成根本对立，在这种文化之中，听到工程师们深刻探讨为企业、大学和政府机关工作的相对优势与不足，是非常具有启发性的。例如，早期开发阿帕网的参与者们，充满感情地回顾公私部门管理体系中"松散"的监督和探索式的方法。阿帕网的核心人物可以随心所欲无视军队长官看似愚蠢的请求，有时他们需要和有趣且内行的人一起工作，而忽略军事头衔和工作定位。[3] 博尔特（Bolt）、伯南克（Beranek）、纽曼（Newman）等私营咨询公司，是阿帕网的主要私

---

[1]　参见 Streeter, "What Is an Advocacy Group, Anyway?", In *Advocacy Group and the Entertainment Industry*, ed. Michael Suman and Gabriel Rossman(Praeger Publishers, 2000), 77—84。

[2]　学院左派是一个例外，在这里，人们的范式主要受到批判国家理论传统的启发，将美国标准的商业史或者 20 世纪美国史，改写成强调大商业和大政府相互支持的历史。比如，可以参见 *Bringing the State Back In*, Peter B. Evans, Dietrich Rueschemeyer, and Theda Skocpol(Cambridge University Press, 1985)。

[3]　参见 Hafner and Lyon, *Where Wizards Stay up Late*, 37—38, 89。

人承包商,因其内部浓厚的学术氛围,它们常常被认为是麻省剑桥地区排名第三的大学(于哈佛大学、麻省理工学院之后)。[①] 技术史学家托马斯·休斯(Thomas Hughes)充满崇敬地谈到,在战后时期,冷战所产生的"应对国家危机的信念"如何使得70年代之前高级军事技术的研发者们"充满活力并有效地(抵制了)大项目和组织中普遍存在的官僚倾向"。[②]

万尼瓦尔·布什的技术发展路径成了一种支配思想,但并不流行。[③] 那些在大学、高科技公司、国家科学基金会和五角大楼等大型组织中工作的专业人员,能够很好地理解利用大量的政府资金去发展后续产业需要的技术基础。这便是军工联合体的基本原理,而军工联合体这一术语也成了一个横跨政治光谱的称号。布什的技术发展路径与某些美国核心价值观念背道而驰。

布什的路径基本上有意模糊了公私部门之间的界限,并将决策权转交给公司和机构内部的一些小团体。有些诡异但又不可避免地,布什的观点同时受到左派和右派的严厉批评。共和党人德怀特·艾森豪威尔(Dwight Eisenhower)总统在其1959年的讲话中首次提出了"军工联合体"一词以示警告,这只是早期的一个片段。在20世纪60年代后期,新左派把对军工联合体的批评当作其固定的宗旨。一直到80年代,里根政府的右翼反大政府秉性,使得基础研究的联邦资助被削减了一半,政府借此推动基础研究更加依靠私营部门。

近些年来,托马斯·休斯代表他口中的"军工学联合体",以有

---

① 同上,86。

② Thomas P. Hughes, *Rescuing Prometheus* (Pantheon, 1998), 10.

③ 葛兰西的传人聚焦于统治思想获取大众默许的方式,前者很大程度上是通过有权者向无权者发送和阐明观念实现的。一些成为"常识"的大众观念,不过是"统治阶级观念"的子集。其他思想模式对于保持统治思想的多种样式也是重要的,但会被放在聚光灯之外,而不会变得流行,在这个例子里是通过专家机构的形式保存。

些孤独的声音谈论高科技公司、大学研究项目和政府机关之间的关联,提出它们曾经持续半个世纪共同创造了诸多伟大技术成就。[1] 针对后越战一代对联合体普遍的鄙视,以及美国政府资助研究资金长达二十年之久的衰退,他在谈论中感到有些恐慌和沮丧。他颇具说服力地提到,对政府资助研究的反对,是对技术创新本质的误解。他指出,微型芯片设计与制造的惊人进步,以及过去三十年通信技术的发展,并不是市场独自行动的结果。在所有的案例中,关键性的进步都是靠政府资金发展而来的。

在国家科研委员会(National Research Council)资金的支持下,休斯担任了一个咨询委员会的主席,并获得特许,为政府提供关于科学技术研究事务的建议,该委员会准备了一份名为《资助革命:政府对于计算机研究的支持》(*Funding a Revolution: Government Support for Computing Research*)的 1999 年度报告。[2] 为了极力驳斥新自由主义对政府的不信任,以及市场是所有创新动因的相关信念,该报告不遗余力地详述了政府资助以及机构在引发计算机革命中所起的基础作用,从网络技术,到大规模集成微处理器,到计算机图像处理。这份报告在它的一般结论中无可争辩地表明,对于大多数计算机技术的研发,最初的政府资助至关重要。总而言之,从某些管理者和工程师的角度而言,万尼瓦尔·布什的技术发展路径中所蕴含的公私界限模糊的理念能够成为一种力量。这种模糊为美国的政治想象制造了麻烦,但看起来,正是这种模糊为科学技术的探究开拓了一定程度的"开放"空间。

但是休斯在军工联合体中寻找启发的努力,使其陷入了和美国主导意识形态相对立的麻烦,一种深嵌于美国精神的观念是:大

---

[1] 参见 Hughes, *Rescuing Prometheus*。

[2] National Research Council, *Funding a Revolution: Government Support for Computing Research* (National Academies Press, 1999). Online at www. nap. edu/reading room/books/far/.

政府与大公司不可信。考虑到这样的事实，虽然爱德华兹和沃德罗普对利克莱德的阐释截然相反，但他们的叙事都很厌恶大政府资助的、官僚组织式的机构。在沃德罗普的叙述中，热衷于"个人"计算机的利克莱德和他的伙伴们是创造性的个体，他们借助他们的勇气、才华，抵抗心胸狭隘的官僚形式和政治干涉，从而获得胜利；而在爱德华兹的叙事中，利克莱德正好代表了那种心胸狭窄的官僚主义。但是，两位作者都没有显露出和休斯相似的立场，后者或多或少认同官僚机构的正面意义。

美国对公司自由主义模式的矛盾心理，也不能一概否定为思维简单。公司自由主义是好还是坏？这是一个很好的问题。休斯赞美的诸多技术成就，并没有成功运作（如 SAGE），或是如愿运作的话有可能毁灭我们所知的人类世界（洲际弹道导弹），这些事实对于我们评价公司自由主义至关重要。但这是一个复杂的问题，只有在这一问题上超越各种不同的传统认识，并仔细寻求具体的操作方式，才能开始作答。在某种意义上，本书将互联网视作是公司自由主义运作的案例进行研究。在互联网发展早期，有一些事情做对了，互联网是一个"好政府"的案例，表明政府权力的某些方面确实有效运作，从而改善人类生活。但是，本书并没有完全按照万尼瓦尔·布什的观点来论述，而认为有必要通过思考，理解这里面到底什么是对的。

界面的文化：批处理与互动的对立

爱德华兹在《封闭的世界》中孤独地强调：不仅仅是军事经费，还有军事的设计和意图，为现代计算机的崛起设定了舞台。爱德华兹指出了军工联合体最黑暗的一面，而这一面在大多数涉及早期计算机的讨论中都被太轻易地忽略，这是不应该的。但爱德华兹的这本书主要写于互联网如今日所是之前，因此，他并没能提出一个目前看来非常明显的问题:"封闭世界"如何导致"无政府主义的"互联网的诞生?爱德华兹的叙述缺失了一部分,文化研究者称之为计算机工作人群的生命体验:与计算机一起工作的感受,以及各种社区为这种感受所赋予的意义。

系统"科学"与数据处理

在 20 世纪 50 年代和 60 年代,使用计算机的常见方法是批处理。一位用户通常需要准备一堆穿孔卡片,每一张都含有一个单独的指令或数据区域,然后把它交给计算机操作人员,几小时或几天之后便可得到打印出来的结果。这一过程也从侧面反映了当时的计算机何其昂贵、精密和稀有,除了经过特殊训练的操作人员外,其他任何人想直接使用这些机器都是不可能的。批处理是一种配给访问的方式。各种批处理方式持续发展至 70 年代,直至交互式终端的出现。(MS-DOS 的用户或许还记得. bat 文件就是含有一系列依次执行的指令;. bat 指的就是 batch,批。)但是,批处理也有意或无意将自身导向某种思考的习惯。这非常符合计算机最初的定义——为了进行精确计算而生,并且在运行计算之前,科学家或统计学家需要设计好一个公式或数据块。

20 世纪 60 年代,计算机开始以昂贵大型机的形态进入商业世界。银行和另外一些大型企业发现,对于维护和操作各种信息形式(如客户的邮件列表和金融交易记录),计算机非常实用。这成了 60 年代计算机工业发展最快的领域。在 IBM 的引领下,计算机成了大公司的一部分,并且自身也成了一桩大生意。

在这个时期,批处理占据统治地位,部分是因为计算机配给使用的实际原因,同时也是因为它符合了大公司的组织化气质。计算机被用于大型垂直整合企业的协调和理性化,在大型组织和预先设定的表述清楚的任务和表格之间,追寻一致性和可预测性。

手段与目的的分离是哈贝马斯（Habermas）等人所描绘的"工具理性"的标志，这一逻辑与官僚主义和大型科层制组织相关：先制定目标和程序，然后所有人和事都要根据一些狭隘的规则去实现。企业总部地下室中的大型机器就体现了这一逻辑。按照预定的方式，它们执行从顶层事先严格制定好的程序任务，这符合"T 型"公司模式。这些计算机不会因有趣而被歌颂，它们被想象成力量。那时候，斯坦利·库布里克（Stanley Kubrick）的电影《2001 太空漫游》里残忍的智能计算机 HAL，用流行文化最充分地表达了人们对计算机的普遍感觉。

　　然而这一时期的反讽之处在于，随着计算机越来越常见，它们却越来越少地用作实际的计算或数学运算，而被用来分类、组织和比较，做一些与今天的数据库相关的事情。其背后的逻辑结构渐渐不再是数学，而是字母和文字的排序，特别是字母的任意排序。到 1970 年左右，相较于复杂运算，大多数计算机更多地被用来操作符号；较之今天的数据处理，当时的数值计算要少得多。利克莱德和他的同事们有时将这一趋势作为思考计算机全新使用方式的案例，他们认为计算机更多是一种通信设备，而不仅仅是昂贵的计算机器。[①] 但是这不符合大多数人的预想。人们依然倾向于认为，从根本上来说，计算机是计算工具。计算机科学教授及先驱安德里斯·范·达姆曾在 20 世纪 60 年代向主管计算机的大学副校长提出请求，尝试把计算机用于人文学科的实验。管理者不太愿意这么做，因为"那将颠覆计算机为工程师和科学家制造数字的真

---

　　① 比如，在 1962 年，恩格尔巴特指出："计算机只是被当作一个数学设备，这种刻板印象是非常狭隘的，最基础地，计算机可以用来操纵任何表达形式的任何符号。它并不仅仅是一个用于数学计算的或者其他固定形式的机器。我们的目标是帮助每个个体操作在工作中符号化的概念。数学本质包含但是限制了真实生活中的很大一部分情况。"（Douglas C. Engelbart, "Letter to Vannevar Bush and Program of Human Effectiveness", in *From Memex to Hypertext*: *Vannevar Bush and the Mind's Machine* [Academic Press Professional, 1991], 239.）

正目的"。管理者继续说道："如果你想在文本上胡作非为，那就用打字机。"①

这一愿景在后来得以持续，但并非通过宣称计算机并不完全是数学的，而是相反，将计算机准确运算的光环带入了非运算的问题领域，计算机可以使我们"计算"人类事务。因此计算机的非数值应用被归入了数据处理和信息处理的僵化准则之下。数据处理，常常意味着带来数学般的科学精确和效率，以及对越来越多领域的控制。

这一梦想接近当时最宏大和最具影响力的知识框架的核心，即系统科学或控制论，它在 20 世纪 60 年代晚期达到巅峰。系统科学的核心理念是，几乎一切都可以通过反馈回路的功能组织系统来设想和定量分析，从弹道导弹到企业科层制度到政治进程。总之，计算机在管理和军事指挥控制中的运用，以及它们在维护目录等日常任务中的应用，被当作同一主题下的不同种类来简单理解。系统科学令人激动之处，不仅仅是理解复杂性的可能，而大多来自控制复杂性的可能。系统科学的理念，让远距离沟通和控制人类事务可以被理解为是兼容的，且几乎是整合的。无论在学术界还是在像兰德公司（RAND）这样考虑坦克和基础设施的世界里，系统科学不仅仅为军事复杂问题提供了解决方案，也为市内冲突、贫困和不平等问题提供了解决方案。②

但是，即便没有系统科学的总体框架那般宏大，日常生活数学化的梦想也渗入到生活的各个领域。有关内嵌于信息处理中的愿景如何落实，我们现在所谓的办公自动化在最初兴起时的情况，可以做一个微小却有力的例证，这亦是一种出现在批处理衰落时期

---

① Andries Van Dam, "Hypertext'87 Keynote Address(Transcript)", *Communication of the ACM*, 1 July 1988, 890.

② 参见 Jennifer S. Light, *From Warfare to Welfare: Defense Intellectual and Urban Problems in Cold War America*(Johns Hopkins University Press, 2005)。

却追求同样潜在逻辑的趋势。在 20 世纪 60 年代后期和 70 年代前期，IBM 引领的计算机产业引入了集中文字处理中心的概念。出于效率和节约成本考虑，传统的秘书将会被一排排大型计算机终端前工作的"新秘书"团队所替代。① 这一景象被称为未来的办公室，其他一些高科技公司也摸索着进入了这个显然具有蓬勃生机的市场。人们被告知，计算机将一线办公室自动化，与机器和工程技术将工厂自动化是一个原理。《福布斯》(*Forbes*)热切地预测，"随着自动打字机能够以惊人的速度打出无差错的信件，办公室将几乎不需要秘书"。② 1973 年，施乐公司(Xerox)总裁彼得·麦科洛(C. Peter McColough)如此形容他们公司的战略："在接下来的十年里，如果我们要在办公室产生真正的效率，我们将不得不改变传统的组织架构。一位主管配备一名秘书的理念将不再有效或划算。我们将减少并重新定位纸的作用。"③

只过了十年，麦科洛的观点成了商学院流行的反面典型，一个关于管理策略缺乏远见的研究案例。

"人机共生"与工具理性的局限

少数人另有一些想法，利克莱德是其中一员。批处理的主要例外起初直接来源于 20 世纪 50 年代冷战的军事成就。军方看重喷气式飞机、雷达和为了满足速度需求而最终产生的弹道导弹。到 20 世纪 50 年代初期，计算机得到大力发展，几乎能够瞬间计算出导弹和飞机的弹道及飞行轨迹，因此操作人员能够采取与二战

① 参见"The Office of the Future: An In-depth Analysis of How Word Processing Will Reshape the Corporate Office", *Business Week*, 30 June 1975, 56。

② "Good-bye to Gal Friday? Can You Conceive of a Huge Office with Only a Few Secretaries? IBM Can, and So Can Xerox and a Host of Other Companies", *Forbes*, 15 Dec. 1975, 47.

③ 引自"A Market Mostly for the Giants: IBM and Xerox Will Leave Little Room for Other Competitors to Move In", *Business Week*, 30 June 1975, 71。

中使用雷达技术类似的方式来使用计算机,却可以跨越更远的距离和具有更高的准确率。该领域的学科术语成了通信、指挥、控制,利克莱德在阿帕的官方头衔成了行为科学及指挥控制项目主管。使用计算机和通信技术,获得更细致的信息,做出更迅速的远距离反应,扩展军事控制能力,从而让控制中心掌控更多,减少前线自发性,这是他们的目标。麻省理工学院林肯实验室里,一个被称为旋风(Whirlwind)的早期实验计算机最终成长为 SAGE 项目——核预警系统的初始部分。① 从其自身角度而言,SAGE 并不成功——现在许多人说,这一系统只有在实际的核交换条件下才会运作②——但不同寻常的是,这种计算机的使用模式引入了像雷达一样的阴极射线管(或 CRT)。SAGE 就是现在人们所谓的"交互式的"。于是,在冷战时期企图掌控核战争之不可控性的环境中,这成为人们"玩"计算机的首次经历。

这便是利克莱德在首次体验与计算机直接互动后就上了瘾的技术。一些人也见识过与计算机直接互动带来的赋权,毫无疑问他们会认为这很奇怪但没什么意义,你也许会注意到那些事情的其中一部分,但接着就是耸一耸肩,然后去做其他事情了。利克莱德独一无二的智慧在于,他给这一体验赋予了积极的意义,具体来说,就是把这种体验置于特定的、合法化的知识框架中。与他同时代的另外一些人也做出了一些具体的技术创新,致力于构想计算

---

① 参见 Kent C. Redmond and Thomas M. Smith, *From Whirlwind 10 MITRE: The R and D Story of the SAGE Air Defense Computer* (MIT Press, 2000), and Hughes, *Rescuing Prometheus*, 3, esp. chap. 2。也可以参见 Edwards, *The Closed World*, chap. 3.针对这些系统的工作极大地启发了 20 世纪 60 年代交互式计算机界面的研究,尤其是 Ivan Sutherland 在 1963 年首开先河的"机器人绘图员"(Sketchpad)程序,参见 Ivan Edward Sutherland, "Sketchpad: A Man-Machine Graphical Communication System", *Computer Laboratory Technical Reports*: UCAM-CL-TR-574, 3 Sept. 2003, www.cl.cam.ac.uk/techreports/UCAM-CL-TR-574.html.

② 到了这时,SAGE 的第一次更新换代已经完成了,SAGE 设计用来探测空中轰炸机,而后者已经被洲际弹道导弹取代了。参见 Edwards, *The Closed World*, 37—38。

机的新用途，例如，伊凡·苏泽兰(Ivan Sutherland)在计算机图像化方面所做的重要工作。但是，利克莱德似乎为别人提供了框架，去理解像伊凡那样的创新，而不仅仅把它们看成普通的小发明。在领略交互式体验的乐趣方面，利克莱德是一位引领者，并试图将它引入新的、更加普遍的方向。

20世纪30年代至40年代，约瑟夫·利克莱德曾接受心理学教育，对于人们如何处理信息有着特别的兴趣。系统科学或控制论观念发展的关键事件之一，即所谓的梅西(Macy)会议，这是二战后在麻省剑桥地区召开的一系列会议。诺伯特·维纳(Norbert Wiener)、利克莱德和许多其他奠基人物出席了这场只有受邀才能参加的会议，会议诞生了一系列具有重要影响力的术语和概念，如爱德华兹所说，"用通信工程术语重新定义了心理学和哲学的概念"。① 利克莱德等人将出现在这些会议中的概念——负反馈回路、输入与输出等——带入到一个被喻为"封闭世界"的知识系统，这是一个因军事目的而将人类与机器融合在一起的知识系统。"思考如同信息处理"的理念为以下观念奠定了基础：计算机能够成为大脑(人工智能领域的奠基石)，以及人们可以由集中控制的通信系统理解、组织(系统科学的奠基石)。

利克莱德的重要影响力来源于他在20世纪60年代阿帕计算机研究项目中的领导角色，在那里，他把大量资金分配给许多人，这些人后来发展出互联网的实践和协议。而他的思想，以及那个时代话语环境的象征含义，可以用一篇20世纪60年代的文章来表明，这篇文章叫作《人机共生》(Man-Computer Symbiosis)，可以说是对计算机交互性的前沿综合思考。②

如今，大多数人以典型的目的论范式阅读此文，在文章中寻求

① 同上，181。
② 参见 Waldrop, *The Dream Machine*, 178—79。

似乎可以预测我们今日情形的元素,比如利克莱德所言的"桌面显示与控制"——可以被视作桌面计算机先驱的一些东西——或者他提议使用便于计算机操作的图形和图标。在这一基础上,这篇文章经常被当作激励现代计算机革命的核心文本被引用。无可争议的是,在20世纪50年代和60年代前期,早于大多数人,利克莱德就开始寻找批处理的替代方案,但我们需要仔细考察其原因。[①]

《人机共生》是一篇奇怪的作品。它当然不是对科学或工程的直接贡献,它仅包括一些对实际技术发展和进步的随意征引,其主要的经验证据是所谓的时间和运动分析,差不多就是利克莱德描述他如何度过一天。题名引发的幻想——人与机器以一种共生关系进行互动,就如两者都是生物体——很少被认真思考过。

保罗·爱德华兹对这篇文章提出了批判性讨论,集中于它的冷战机构化背景,还有它关于人机关系的赛博格式愿景,以及暗示人性在可预测、可控制系统中的退却。[②]爱德华兹指出,标题就隐喻了这基本是人工智能科幻想象的变体。利克莱德有时引用一则预言:计算机的能力将在1980年超越人类大脑——这一领域一大堆极度乐观的预言之一——并建议在这一刻来临之前的过渡时期采用人机共生战略。

这篇文章发挥作用的部分原因在于,利克莱德提出,与计算机的直接互动可以让枯燥的工作自动化,比如,科学家和管理者可以让计算机为他们绘制图形,而不是花时间用手来画,从而将他们的精力节省下来,用于解释结果。不过,利克莱德小心地区分"共生"

---

① 同上158—83。Rheingold这样描述这一思想,"如此醒目和浩瀚,如果它被证实的话,它改变的不仅是人类历史,而是人类的进化"。(Howard Rheingold, *Tools for Thought: The History and Future of Mind-Expanding Technology* [The MIT Press, 2000], 141.)

② 参见Edwards, *The Closed World*, 266—67。

与"计算机仅仅是人类能力延伸"这样的见解。他的主要理念是，计算机将成为快乐的、可会话的奴隶，能够处理好那些占用知识工人大量时间的烦琐工作，这样人们便可以专注于真正的学习和决策。

利克莱德提出他的规划有两个主要的理由，其中之一来自给予他资助的冷战军事设计。他写道，"想象在计算机的帮助下"利用批处理"尝试领导一场战斗"。"显然，开始制定第二步计划之前，战斗就已经结束了。人机互动就像你和一名与你能力互补的同事一起工作，但这要求人机比人人更紧密的配合，比今天所有可能都要紧密的配合。"①

被利克莱德排在军事原因之前的另外一个理由却是这样的：

> 提前能想到的许多问题，很难提前想清楚。通过计算机参与直观指导的试错程序，可以找到推理中的缺陷或揭示解决方案中不可预测的变化，它们将会被更容易、更快地解决。如果没有计算机的帮助，其他问题不能被简单地阐述。当庞加莱（Poincaré）说"问题不是'答案是什么？'问题是，'问题是什么？'"时，他预测了一群重要计算机用户的失败。人机共生的主要目的之一是将计算机这一机器有效地引入技术问题的形成环节。②

这是一段颇具哲学意涵、令人玩味的重要文字。利克莱德试图以他那个时代符合《封闭世界》逻辑的语言来说明，与计算机即兴"玩耍"可能用处颇多。"玩"可以被定义成一种为了自身，而不是预先设定目标的活动。利克莱德想让计算机系统具有交互性，

---

① Licklider et al.，"Man-Computer Symbiosis"，*IRE Transactions on Human Factory in Electronics*（1960）：4.

② 同上，3。

它们可以变成敲敲打打虚度时光的系统,这样你就可以和它们玩耍,而无须一个严格的具体计划或目标。不论其他人对此说什么,在计算机入迷式的使用体验中,这种看待计算机的方式为利克莱德提供了一种"意涵",可以论证他在机器中获得的愉悦。①

回顾过去,我们会合情合理地认为"人机共生"多半是奇怪的、错误的或站不住脚的,虽然这篇文章的影响力不是因为它在具体技术方面的论述。他努力清晰阐明机器给他带来快乐的原因,将自己及其读者带到其所处知识氛围主流逻辑的边缘。利克莱德不是一名哲学家,但是他将问题的形成带入计算机进程——问题是"问题是什么?"——他对所处机构中以工具理性为特征的技术专家统治的观念,表达了某种程度上明智的挫败感。作为一种操作实践,批处理把手段与目的强行严格分离,对于任何给定的问题,这些问题,还有回答问题的方法,都在一堆卡片递交给计算机之前被完全制定好。利克莱德为计算机实践寻找合法性,并不是为了获得先在的、严格制定好的结果,他在寻求一个替代品,替代被传统批处理强化的狭隘工具理性。

利克莱德将计算机即兴玩耍合理化的渴望,把他带到了主流逻辑的边缘,但并没有让他超越这一主流逻辑。与另类逻辑的简要暗示相伴的仍是发动战争、指挥和远距离控制的事实,这一定程度上说明了利克莱德所处的时空大环境,虽然他能够看到一些对等的异类模式(一定程度上也说明,在我们的时空中我们为何做不到)。到了1965年,虽然赢得战争的关切在利克莱德的作品中开始靠边站,但它们仍然普遍重视对某一抽象个体的远距离控制。例如他提到,一个计算信息系统会将"知识丰富的用户"带到"更像

————————

① 　这里并不是说,在计算机世界和国防建设的其他地方没有这样的玩闹心态。核弹头的制造者也许也充分享受他的工作。但是这种乐趣并不是他们为他人工作的理由。利克莱德的独特之处在于,他将某种玩乐方式建构为合理化的东西。

是总经理或司令员的位置……他会说，他想要在知识基础上进行操作，他想看看结果是否有意义，然后他再决定下一步要做什么"。① 甚至从事个人或政治探索的使用者，也会下达命令，要求执行操作，完成任务。这一理性是工具性的，即便它的应用不再公然如噩梦般可怕。

到 20 世纪 60 年代中期，利克莱德也开始将乌托邦思想加入到对互联计算机可能的描绘之中。他说，如果一个含有"家庭计算机控制台"和电视接收机的大规模计算机网络得以建立，市民便可以"知晓、感兴趣并参与到政府管理的过程中来……政治进程将成为一个巨大的远程会议，竞选就成了候选人、宣传者、评论员、投票人之间长达数月的一系列交流与沟通"。② 重要的并不是利克莱德提前 40 年预测了博客空间——那是简单的目的论分析——重要的是他努力合理化与计算机的互动，并为此勾画了大略的前景，而这一努力正是为了克服工具理性中手段与目的的分离。

恩格尔巴特、布什和百科全书梦

在这里，利克莱德可能已经呼应了他的门徒道格拉斯·恩格尔巴特的想法，那时恩格尔巴特工作于帕洛阿尔托的斯坦福研究所的一个实验室。恩格尔巴特因发明了视窗界面、鼠标，并提出互联计算机可被用作合作设备的想法，在今天为人所知。毫无疑问，他的工作是重要且具有影响力的。但我们不应该把当下事物当作棱镜来认识事件，或者推论出，他的观点或具体发明所产生的影响仅仅是因其才华和远见，这么想将使我们陷入困境。当然，恩格尔巴特和他的团队不是唯一研究计算机作为通信机器的团体。例如，在 20 世纪 70 年代，当恩格尔巴特继续他的研究项目时，伊利诺伊大

---

① Licklider, *Libraries of the Future* (MIT Press, 1965).

② Hafner and Lyon, *Where Wizards Stay up Late*, 36, 34.

学的计算机科学家正在研发 PLATO 系统，这一系统主要用于教育，并使用了触摸屏来操作图形界面；我们今天都使用鼠标，而不是触摸屏，也许仅仅是因为时间、资金、地理的意外和偶然。[①]

　　然而恩格尔巴特的研究表明了当时的主导逻辑与活生生的技术经验之间的互动方式。尽管受美国国防部高级研究计划署（ARPA）的资助令他受限于利克莱德的方式，但恩格尔巴特的研究成果很少或几乎没有像利克莱德那般明显地流露出冷战指挥控制愿景的影响。（爱德华兹没有提及恩格尔巴特。）相反的是，恩格尔巴特坚持认为，他的"人类效率项目"对社会进步十分必要。恩格尔巴特将利克莱德提高人类解决问题能力的兴趣提高到一个更宏大的层次，他这样介绍自己的项目：

　　　　人类面临更加复杂和紧迫的问题，他们是否能够高效处理这些问题，对于社会的稳定和持续进步至关重要。一个人的效率并不仅仅取决于他对一个问题施展了发达的先天智力或体力……还因为他使用了有效的工具、方法和策略。后面这些可以通过直接调整来增加效率。斯坦福研究所设计了一套研究计划，系统发展那些调整方法……我们寻求的可能性，涉及整合人机之间的工作关系，在这种关系中，与计算机亲密、持续的互动使人类获得了根本性改变的信息处理及描述技能，并且，明智有效地利用这些技能，可以给人类解决问题的方式带来巨大的变革。我们的目标是极大地提高解决个人现实生活问题的效率。在社会意义上，这一项目可以同利用核能、探索外太空或攻克癌症相提并论，其潜在的回报值得我

---

① 参见 Stanley G. Smith and Bruce Arne Sherwood, "Educational Uses of the PLATO Computer System", *Science* 192, n. s. , 23 Apr. 1976, 344—51。就像某个评论此书的评论家指出的，笔记本电脑触摸板和 iPhone 及其效仿者，给数字传播带来的触摸屏潮流，也许标志着恩格尔巴特计算机交互界面的衰弱，而开始返回到 PLATO 系统。

们对相关领域的问题进行联合攻关。①

　　虽然恩格尔巴特仍致力于推进"与一台计算机亲密、持续的互动"，但对利克莱德的"共生"——"人机工作关系"——仅仅做出了一个微弱的回应。最终，恩格尔巴特以一种宏大的方式，将其努力描绘成一个"人类智力增长"的系统。

　　比利克莱德的观点更为清楚的地方在于，至少在一定程度上，恩格尔巴特的项目继承了启蒙思想的魅力，这可以在狄德罗（Diderot）的百科全书中找到经典性表述。这位 18 世纪为百科全书做出杰出贡献的法国启蒙运动思想家希望理性地组织并传播当时所有的科学技术知识，进而去除迷信和非理性的热情，赋予个体权力，并促进人类进步。他的理论认为，通过将现代知识有效地汇聚在一起，会使个体产生更加理性和有效的行为，进而形成一个更好的社会。此外，狄德罗首创的百科全书不是"线性的"、单一作者的（新技术的后现代爱好者总有这样的刻板印象），它拥有一百多位作者，以及丰富的图表及说明（今天的多媒体），并且试图让读者交叉引用和查阅，而不是从头至尾逐篇阅读。恩格尔巴特是这一传统的继承者，怀有与百科全书学派相同的信念：一个理性组织的、可获得的知识系统，将征服这个世界令人困惑的复杂，进而克服人类的愚蠢。

　　百科全书的梦想是自启蒙运动以来西方思想延续下来的特征。在 20 世纪 20 年代，一些图书管理员开始吹捧当时的新技术——可以按百科全书式索引进行信息存储的缩微胶卷的魔力，缩微胶卷使得大量信息可被广泛使用并易于检索，进而传播启蒙。也许是意识到了这一点，万尼瓦尔·布什在 20 世纪 30 年代开始思考缩微胶卷的优点，它可以使"一千卷的内容放在两三立

---

①　James M. Nyce and Paul Kahn, *From Memex to Hypertext* (Academic Press, 1991), 237.

方英尺的桌子里,按几个键就可以在某人面前投射出一个给定的页面"。① 作为管理大量工程项目的技术精英,布什发现了穿越巨量技术信息的方法。布什写道,"因成百上千其他工作者的发现和结论,研究者犹疑不定,但我们使用的方法,能在顷刻之间穿过迷宫找到重要条目,同横帆航行时代所用的方法是一样的"。② 于是,在一篇 1939 年首次成稿并在 1945 年《大西洋月刊》(*The Atlantic Monthly*)上出版的文章中,布什粗略地提出了一个奇妙的办公机器,叫作"memex"(Memory-Extender 的简称,扩展存储器),它能自动操作某人在图书馆里所做的事情——查阅信息、精读目录、做笔记等——所有这些只需按下嵌在桌上的几个按钮。

布什所描述的 memex 不是数字的,没有联网,甚至是行不通的。它与现代个人计算机的相似之处几乎都是表面的。事实上,蒂埃里·巴迪尼(Thierry Bardini)对这一观点表示怀疑,即它是现代个人计算机发展过程中的重要因素。③ 但布什理应受到赞

---

① Waldrop, *The Dream Machine*, 27.

② Bush, "As We May Think", in *From Memex to Hypertext*: *Vannevar Bush and the Mind's Machine*, ed. Nyce and Kahn(Academic Press, 1991), 89.

③ 利克莱德并没有在《人机共生》中引用布什。沃尔德罗普认为,利克莱德当时听说了布什"memex"的提法,但没有阅读这篇文章。也许是恩格尔巴特对布什 1945 年的"memex"提法重生了兴趣,而这个概念如今一般被当作是现代计算机标准的一部分。参见 Waldrop, *The Dream Machine*, 185。

恩格尔巴特报告说,当他阅读 1945 年《大西洋月刊》上的"As We May Think"文章时,他就被布什的梦想俘获了。另一点也是非常重要而为我们所知的,就是恩格尔巴特讨论"As We May Think"的方式,是通过拨款提案。他正在要钱。将他的古怪计划与布什在工程学社区的巨大权威和权力联系起来,并不会有损于他的计划。所以,也许布什"memex"概念里对于现代交互式台式电脑的预言和期待,同样程度上也应该归功于恩格尔巴特。巴迪尼有力地说明了,恩格尔巴特受惠于布什,但也汲取和引用了其他更加重要的思想资源。参见 Thierry Bardini, *Bootstrapping*: *Douglas Engelbart, Coevolution, and the Origins of Personal Computing* (Stanford University Press, 2000)。最近的学术研究揭示了保罗·奥特莱特从 30 年代开始的工作,回顾了布什"memex"提法之前更早的科学工作。参见 W. Boyd Rayward, "Visions of Xanadu: Paul Otlet (1868—1944) and Hypertext", *Journal of the American Society for Information Science* 45, no. 4 (1994): 235—50, 还有 Alex Wright, "The Web That Time Forgot", *New York Times*, 17 June 2008, www.nytimes.com/2008/06/17/health/17iht—17mund.13760031.html? pagewanted=oall.

誉，因为他提出了以下观点，即一台像 memex 的机器，具备能在文件和其他一些信息之间建立"追踪"的能力。这大概是第一次提及类似超链接（hyperlinks）的东西。超链接这一概念的起源不应被过分夸大。追踪或超链接的概念只不过是交叉引用理念的一种变体而已，与脚注、分类卡片或索引的功能相似。在超链接之前，人们阅读所有的书时并不都是从头至尾的线性阅读，而不关心相互之间的联系。例如，没有人从头到尾阅读含有法律文件的著作；法律信息以这样一种方式被组织，即允许某人追踪至其他文件，以寻找相关先例、论述等。布什只是增加了机器可以自动进行交叉引用的想法，并提出除了给作者、编辑以外，这样一台机器也给读者赋予了权力。因此，从很大程度上来说，布什和恩格尔巴特传承并拓展了启蒙思想中百科全书理想的传统，而不是偏离它。

但是，恩格尔巴特和布什 memex 的提议都清晰地表明，他们认为，关键并不在于启蒙哲学家最讨厌的中世纪迷信及传统的黑暗，而是没有被组织起来的信息太多。这是他们百科全书梦想中的新烦恼。换而言之，传统的脚注、图书馆、索引和分类卡片等方式未能实现启蒙思想家们想象的开明世界。在某种意义上，百科全书的最初梦想现在已经实现了，但它未起作用。现代社会充斥着被各类知识装填的图书馆，而不仅仅是各类百科全书，但人类的愚蠢却一如既往，无处不在。通过 memex 及其"追踪"，布什提供了一种迷人的可能性，即人们可以使用一台机器，触碰几个按钮，就能穿越复杂的迷雾，在前行的时候可以建立相互联系的踪迹。布什关于 memex 的短文提供了一个技术解决方案，恩格尔巴特一生的工作则主要是实现这一方案，让知识工人运用技术得以驯服不确定性和复杂性。

比起承袭百科全书观念进而形成后来被称为信息检索这一计算机子领域的工作，恩格尔巴特的工作更具革命性。（恩格尔巴特自己也努力将他的工作与信息检索区别开来。）巴迪尼发现了很多不同,甚至说恩格尔巴特是沃尔夫语言理论(Whorfian theories of language)的传人,如果这是真的话,则说明恩格尔巴特应属于非笛卡尔认识论的世界。① 巴迪尼表明,恩格尔巴特确实知道萨丕尔(Sapir)和沃尔夫(Whorf)的著作,正如沃尔夫认为语言形式会塑造意识,恩格尔巴特相信传播符号的形式和方式会阻碍或帮助理解。恩格尔巴特不仅对如何更快或更有效地获取信息感兴趣,还对计算机赋权的新传播结构如何实现新的更好的概念化感到好奇。

但恩格尔巴特的项目仍是一种对心智增长的追求。在它的初始目标、资金来源和驱动假设中,它都是有关心灵的项目。沃尔夫通过论证不同的语言产生不同的生活概念,而使得概念化本身偶然化。至少在沃尔夫的理论中,一定程度上不再存在康德式的心灵的普遍范畴,存在的是基于历史和日常生活而形成的理解的偶然形式;思考需要运用语言,而语言又无可避免地镶嵌在时空之中。作为一名理论家,恩格尔巴特不是完全的沃尔夫主义者。他的起点假设是,世界的问题只是需要更多更好的智识,而不是不同的社会关系或是对于历史传统偶然性的信奉。

像许多 19 世纪乌托邦主义者的作品一样,恩格尔巴特的著作中也有关于真诚理想主义的深刻内容,采用他那夸张的机械工程师式的风格来描述社会改良系统。加之他的远见卓识与谦逊风范,对他的项目投以批评的眼光似乎都是无礼的。但值得指出的是,恰恰是顽固附着于其观点的理想主义,使他的想法极为迷人,以至于让讨论远离了某些棘手的问题。一方面,恩格尔巴特的观点对传统的学术技巧和体制,以及现存的知识世界感到深深的不耐烦。传统的组织信息方式真的都不好吗? 乌托邦式希望存在于

---

① 参见 Bardini, *Bootstrapping*, 33—57。关于沃尔夫的相对主义和乔姆斯基的语言普遍主义路径的差异,参见 George Steiner, "Whorf, Chomsky, and the Student of Literature", *New Literary History* 4(Autumn 1972):15—34。

恩格尔巴特这样的论述之中:计算机不仅能够提供图书馆目录及索引的便捷入口,还能极大地改善它们,进而增长人们的知识。为了理解早期的恩格尔巴特,你必须认同计算机不仅能够完成简单、直观进入并操作信息的任务,还要相信,比起过去五个世纪为完成任务而精心设计的机构和技术,计算机能以明显更加优越的方式来进行。

另一方面,恩格尔巴特的百科全书梦想本身是什么?匮乏的信息入口及控制真的是我们今天问题的核心吗?知识匮乏真的是问题所在,是进步的重要障碍吗?启蒙思想中一个重要的想象是,如果人类可以获取有关世界的足够信息,并且拥有理解它们的方式,天平将会在我们的眼前落下,作为一个整体的人类社会将获得极大的改善。虽然不可否认,科学革命剧烈地变革了人们的生存方式,但大约一个世纪的体验却让我们质疑起了这样的信念——更多的知识会自然而然带来更多的人性和理性行为。正如 1944 年,流亡的德国评论家马克斯·霍克海默(Max Horkheimer)和西奥多·阿多诺(Theodor Adorno)在观察第二次世界大战中诸多科技导致的恐怖后,写道:"启蒙一直致力于将人们从恐惧中解放出来,并建立自己的主权。但完全被启蒙的地球,却到处充斥着灾难的号角。"①通过计算机或是其他方式获取信息,才能让我们更好地找到这些灾难的根源?世界的问题真的是那些知识不足的人?或是他们经常说的社会结构?价值?又或是资源享有问题?

这些都是又大又难的问题。这里的关键点仅仅在于,恩格尔巴特和他的同事们没有给出回答。恩格尔巴特不假思索地接受了两点:对于渴求更多知识的启蒙幻想,以及传统方式无能而计算机却可以实现这一幻想的虔诚信念。表面上,这是一个与杜威十进

---

① Max Horkheimer and Theodor W. Adorno, "The Concept of Enlightenment", *Dialectic of Enlightenment*, trans. John Cumming(Herder and Herder, 1972), 3.

制(Dewey decimal system)或复式记账(double-entry bookkeeping)一样枯燥的观点,它可能会增强热情,让人们肯定这些实践的重要性(人们已经这么做了),但它不是一个能够自我生产大量激情的观点。

超越才智:1968 年的展示和对于互动的渴望

可是,在一个很小却拥有巨大影响力的群体中,恩格尔巴特的工作确实引发了热情。恩格尔巴特的工作曾经令人激动,某种程度上现在也是,而同时期类似的工作却没做到这点。恩格尔巴特的理性主义或许不是他项目中最引人注目的方面。这需要作一些说明。

19 世纪早期浪漫主义哲学家对理性主义的诸多尖锐批评之一,是理性主义者假设得太多。启蒙理性主义者试图将牛顿物理学的分析推广至宏大、普遍和数学指定的框架中,假设世界是可计算确定的,并被一个如同撞球般的因果定律所驱动,甚至在一些还不知道这种确定性究竟是否存在的领域里也是如此,比如人类事务。他们认为,所有的一切都是一系列固定因果的一部分,只要科学以及理性智慧的光线足够明亮,就能穿透历史的黑暗,认识到一切。如果是这样的话,就可以分解事物在明显的因果链条上的角色,最终得到问题的解决方法。据此,我们便能推论,手段与目的(means and ends)的分离是有可能的,也是有效的;如果因果定律符合普遍原理,将细节分解成可预测的——进而可通过仪器控制的——过程就有意义了。

但是,浪漫主义者则表示反对,在一些生活领域,根本找不到这样的因果网格。有影响力的浪漫主义哲学家,从赫尔德(J. G. Herder)到他的许多追随者,如柯勒律治(Coleridge)和马修·阿诺德(Matthew Arnold),都倾向于精确聚焦于那些被内在的、非普适的、固有的逻辑所驱动的现象。例如,赫尔德与康德论争的落脚点是,诗歌、语言或文化等都被独一无二的特性所驱动,不能简单地硬塞入一个普遍的理性或数学网格之中。这一争论一定程度上是经验性的,比如法国和英国的区别是历史的偶然,不能依据普遍原理来解释。评论家也采用了与因果定律不同的理解方式:法国是法国,英国是英国,是因为其固有的进程、内在于自身的方式,不能将其套在遵循普遍规则的因果链上进行理解。语言或诗歌只能以一种自我驱动的现象来理解。

　　恩格尔巴特的提法表面上是顽固的理性主义,但他实际尝试去建立的是自我驱动,一个被自身内在过程所驱动的计算机环境。这在恩格尔巴特的"自展"(bootstrap)概念中表达得最为清晰,蒂埃里·巴迪尼在同名著作里对恩格尔巴特进行了美妙的分析。在《自展》(*Bootstrapping*)中,巴迪尼表示,对技术发展中社会关系的重要性,恩格尔巴特比计算机领域中的其他人更具丰富敏锐的感觉。恩格尔巴特不仅仅将其项目看作是一种计算机设计,而是认为,它本质上是一个涉及计算机的社会实验项目,系统开发人员在为系统工作的同时,还可以学习与其他人进行互动。从理论上来说,这将制造一个反馈回路,能够逐步改善系统,使其更加实用。(范·达姆认为恩格尔巴特贡献了如今常见的共享软件工具的创意:不用为了某个具体的任务而编写完整的程序,无数可以连接的块状代码——工具——被创造出来,以至于最终形成允许大量程序员可以彼此借鉴的程序环境;软件工具的概念本质上是将社会关系明确引入到工程之中。)[①]巴迪尼还展示了恩格尔巴特如何想象用户,他认为用户不是抽象的思维,而是具体的人,凭视觉,甚至更重要的物理感觉首次体验计算机世界;这有助于解释恩格尔巴特对诸如计算机鼠标、键盘等物品的发明及其着迷。巴迪尼很好

---

① 　参见 Van Dam,"Hypertext 87 Keynote Address(Transcript)"。

地追溯了 20 世纪 60 年代反文化对于恩格尔巴特项目的影响,特别是其在 70 年代的发展(和最终的消退)。

当恩格尔巴特将其努力建立在经典启蒙思想基础之上,接触其项目的人提供了计算机语境下的内心体验。恩格尔巴特最具影响力的 1968 年"展示之母"或许是这一点的最佳证明。① 人们都说,超越批处理的突破性时刻是在 1968 年的 12 月,当时恩格尔巴特第一次公开展示了他的联网计算机系统,并运用图形化、视窗界面和计算机鼠标进行远程协作。后来对人们使用计算机方式进行变革的许多年轻计算机科学家都在场,如艾伦·凯(Alan Kay)和安德里斯·范·达姆。他们都证明,恩格尔巴特的出现是激动人心的一刻。《全球概览》的创始人斯图尔特·布兰德在现场操作照相机,他在 20 世纪 70 到 80 年代扮演着关键性角色,将计算机反文化引入组织化存在的过程中。②

展示被广泛地讨论和赞美。③ 但这些激动的确切本质值得深思。对于满满一屋子对批处理悲观失望的人而言,展示成了渴求新可能性的窗口。展示以满屏的虚拟购物清单开场。在当时,相对稀有的交互式终端通常一次只能显示一行,所以能立即看到满屏的文本本身就足够让人兴奋。而恩格尔巴特又继续使用鼠标、键盘、有线手持设备流畅地操作购物清单,以犬牙交错的外形展示购物清单,然后将清单中的物品链接到依图形显示的简化图点上——考虑到同时期其他电脑的状况,恩格尔巴特展示的内容令人瞠目结舌。对于已经被程序错误折磨已久,渴望与计算机互动的人来说,恩格尔巴特优美地操作控制台上的在线世界,产生了引

---

① 恩格尔巴特的展示最初很可能指的是"展示之母",参见 Steven Levy, *Insanely Great : The Life and Times of Macintosh, the Computer That Changed Everything* (Penguin, 2000), 42。

② 参见 Turner, *From Counterculture to Cyberculture*, 110。

③ 参见 Rheingold, *Tools for Thought*, 188—89。

人入胜的效果。它代表着文本和创意以优雅方式行动着的世界，提醒着诸多可能性的存在。

但这仅仅是启发性质的。恩格尔巴特和他的同事们确实没有以他的项目为基础，来证实任何的进步；不谈系统本身的工作（不管怎样这都是一项大力发展中的工作），没有证据表明现实世界的问题都将被解决，现实的复杂性将得到控制或被攻克。即便发展到某一实践点，一份恩格尔巴特所描画的自动购物清单带来的，最多也就是方便。对于那些时刻拥有具体机构任务的人来说，比如对远程军事控制感兴趣的五角大楼官员们，或对在办公室实行泰勒制管理的施乐总裁麦科洛而言，恩格尔巴特工作的价值是看不出来的。确切地说，扩展的心智落脚在何处？真实世界的复杂性该怎样发觉并攻克？只有当你易受以下观点影响时才会对此感到激动：和计算机一起工作本身即是一种引人入胜的活动，并不需要一个事先在心中确定好的目标。

恩格尔巴特用以下富有传奇色彩的话语开始他的陈述："如果在办公室里，作为脑力劳动者的你可以用电脑做展示，这是一台可以成天使用并即刻响应的计算机，你能从中获得多大的价值？""一台可以成天使用并即刻响应的计算机"，对这一群体来说是极度的挑逗，引人入胜。他们大多与批处理做斗争，而少有与计算机直接互动的"好玩"体验。观察者认为这场展示不是解决复杂问题的抽象原则，而是一场没有剧本的生动角色扮演，让人们觉得自己在和一个"活的"并"即刻响应"的计算机系统互动，人们感觉，内心的逻辑和心理活动过程驱动了同计算机的互动。

总的来说，展示令人兴奋之处并不在于它要实现一个预先设定的目标，而是它的方法与手段。缺乏具体的目标是吸引力的一部分。这是一种超越了理性解释的深度扮演，强烈的情感成为一种共同体的元评论（metacommentary），这个故事不是为了局外人而讲,而是"向自己人讲述有关自己人"的故事。① 就利克莱德而言,为了"自我驱动的愉悦"而与计算机互动的渴望,就是他要寻觅的合理化辩护和共通的意义。这个展示成功了,因为它不仅为参与者提供了创意,还在热情接待参与者的过程中,为其提供了计算机发展的方向,对人机互动的联系和渴望给予了肯定及鼓励。在恩格尔巴特的展示之后,对计算机感兴趣的人们有了新的更加广阔的道路,去理解和证明他们与计算机互动的渴望。在对此的持续喝彩之中,他们能感知存在一个群体,由他人组成并认同他们的信念。当他们返回大学和公司实验室,天天去操作有限的机器时,他们有了一种"当他们工作时他们是谁"的全新感觉,有了与计算机一起工作和编程行为的全新意涵。

结　论

　　20世纪60年代在规模仍然很小的计算机专业人员群体之中,配备屏幕和键盘的计算机被视作一种思考工具;它们偶然引发令人着迷的假象,人们不仅渴望得到更多,而且在寻求一个知识框架,来证实那种互动并且延续它。交互式计算是偶然闯入工具理性边界的实践。在一个计算机被认为是工具,而领导者利用这些工具进行诸如指挥远距离战争等工作的世界里,利克莱德和他的

---

　　① 参见 Clifford Geertz, "Deep Play: Notes on the Balinese Cockfight", *The Interpretation of Cultures*(HarperCollins, 1973), 411—54。格尔茨的文章描述了巴厘斗鸡作为一种高额赌注的公共赌博仪式,超越了任何理性功利的正当理由。恩格尔巴特展示了计算的全新视觉表现,在社区里引起的强烈反响,有点类似于格尔茨在巴厘村庄发现的斗鸡赌博仪式。虽然"自我驱动"下对于计算编程强迫症式的介入,已经不止一次被拿来和赌博经历相比较。但是,与"deep play"相类比,并不在于说明展示就像斗鸡,而是表现格尔茨作品中对理性主义的批判。通过借助本瑟姆"deep play"的概念,格尔茨观察到,本瑟姆视作规则之外的社会行为,本身也可以成为一种规则。将非理性的高额赌注视为具有深层次含义的事件,而非一种病态,格尔茨指出本瑟姆的局限——同时也是我们的——将人的理性和社会性作为不证自明的前提假设。

同事产生了一种对交互式计算机"自我驱动"特性的迷恋，并且，这种迷恋将他们推向其他的逻辑，推向利用计算机来形成问题，而不是回答问题的理念，以及将计算机作为通过符号操作来探索，而不是为了攻克已知领域或将人类事务组织到可预测框架中的工具。利克莱德和恩格尔巴特的努力表明，人类的感知体验——计算机拥有权力——如何引导人们追寻合理化这种体验的新框架，而这些框架最终将塑造计算机本身的发展。手段与目的分离的工具理性宰制着传统的机构框架，计算机的非工具观（在这里，人们的行为是"自我驱动的"而不是严格的目标导向）从这个框架中逐渐显露出来。

这里的重点是，与计算机互动的个人体验塑造了发展新的观念，与新的观念推进新的计算机使用，这两件事是差不多的。不是说利克莱德或恩格尔巴特的文章全都加起来就是经验的或哲学的论述；利克莱德将冷战工具主义与另类逻辑古怪地混合在一起，恩格尔巴特的展示给观众提供了一种超越其理论自身理解计算机的方式。恩格尔巴特在计算机屏幕里面描绘了一幅纯精神世界的、整洁的、分级组织的图景，而他的观众顺手带走的强烈感触，是关于交互式计算机能或不能达到智力增长终点的问题，而不是关于目标导向的计算机的问题。展示的受众对展示非常买账，因为他们大部分都已经至少体验了一些与计算机互动的感觉。（也许是拥有共同体验的其他人的实际存在——与计算机互动的强烈渴求，实际存在的他人也分享着相同的渴望——才使得展示如此引人入胜；在展示之后，与机器互动的冲动便不再被看作是罕见的怪事或缺陷了；现场的展示让人有一套新的公开可用的方式去接触那种体验。）

总而言之，能够从 20 世纪 60 年代看到的是许多宏观思想——冷战思维和工具理性的管理形式——与技术实际面对面体验之间的复杂互动。这些宏观思想以及机构的投资推动了技术发展的模式。但是这些宏观意图与个体使用技术时的微观体验,有时相互强化,有时又具有张力(这种张力提示技术可以有另外的发展方向)。在接下来的几十年里,正如其他思想惯习会在社会发酵,被长期的传统推动,那些新的思想惯习也将以它们自己的方式,与发展中的计算机世界互动,并在计算机的想象和建构中,留下它们的印记。

第二章　浪漫主义与计算机：
计算机反文化的形成

人之为人，必是不墨守成规的……相信自我……那是科学难以解释的恒星，既没有视差，也没有可计量的元素，只是放射出美丽的光芒，甚至不吝于向琐碎肮脏的事情投射光芒……而这就是天才、美德和生命的本质，也就是我们说的自发性或直觉。①

——拉尔夫·沃尔多·爱默生

引言：复魅

1972 年，距恩格尔巴特的展示四年后，斯图尔特·布兰德在《滚石》杂志发表《空间战争：计算机流浪汉的狂热生活和象征性死亡》（Spacewar：Fanatic Life and Symbolic Death among the Computer Bums）。② 布兰德认为施乐帕克研究中心（施乐帕洛阿尔托研究中心，Xerox's Palo Alto Research Center，常写作 PARC，下文

---

① Ralph Waldo Emerson, "Self-Reliance", *Selected Essays*, *Lectures*, *and Poems* (Bantam Classics, 1990), 160—61.

② Stewart Brand, "Spacewar：Fanatic Life and Symbolic Death among the Computer Bums", *Rolling Stone*, 7 Dec. 1972, 50—58.

统称为帕克研究中心)的工程师进一步发展了恩格尔巴特的一些概念,不仅指电脑程序员长发和凉鞋的造型对 IBM 工程师白衬衫、黑领带、中规中矩发型的颠覆,更是指他们探索的计算方法已经与过去相当不同。"施乐的研究方向做了更灵活的调整,"布兰德写到,"不再推崇庞大的体积和集中式的运作,转而追求体积更小和更私人化,将计算机的巨大潜能赋予每一个渴望拥有它的个人手中。"现在看来,布兰德的文章颇有先见之明,他预言唱片商店将会因为联网传输音乐的出现而衰落,并引用了许多今天已成为传奇的互联网英雄在计算机发展早期的言论。更重要的是,这篇文章指出计算机和电脑程序能链接出一种截然不同的文化组合。

在这篇文章中,布兰德用电脑游戏和杰克·凯鲁亚克的《达摩流浪者》(*Dharma Bums*)——这本小说宣扬以新的生活方式代替现有生活——宣扬激进的修正意义。通过对电脑游戏的叙述,布兰德认为计算机不仅是解放式的,更是趣味非凡的,而计算机的解放性很可能就来自它的有趣。这已经不再是恩格尔巴特对个人计算机所怀有的启蒙视角,恩格尔巴特认为个人计算机的使用仍是出于解决复杂社会问题的严肃目的。布兰德既没有讨论计算机在商业和教育领域的应用,也不提它作为未来的图书馆或者提升科研效率的潜能。他把使用个人计算机时自我驱动的愉悦体验描述为一种创造性的快感。如果恩格尔巴特把计算机比作电子版的百科全书,布兰德和反文化运动中的很多人却更愿意把它同拜伦相提并论,认为计算机混合了个体创造性和表达欲的叛逆感,塑造出一种浪漫主义的愉悦。

浪漫主义和现代性

面对一个高度专业化、技术化和官僚制的世界,大多数人需要不断追寻人生的乐趣,恢复韦伯所说的"魅力"(enchantment);人们需要消耗精力、事业和生活来实现这种追求。有时，这种冲动充斥于工业社会的社会结构中，随机地造成个体生活的转向，如爬山、更换工作和伴侣。有时，这种冲动被组织起来，就演变成社会层面的大规模改变，例如撼动整个世界的宗教运动。

如果宗教是复魅的一种形式，那么浪漫个人主义就是另一种形式。拉尔夫·沃尔多·爱默生（Ralph Waldo Emerson）曾对"自立"（Self-Reliance）做出简洁的概括——"人之为人，必是不墨守成规的"。摒弃顺从和一致，转而"相信自我"，而自我是"科学难以解释的恒星，既没有视差也没有可计量的元素，只是放射出美丽的光芒，甚至不吝于向琐碎肮脏的事情投射光芒"，"而这就是天才、美德和生命的本质，也就是我们说的自发性或直觉"。①这不同于笛卡尔所说的理性的自我，更不是经济学家所假设的精于计算的经济人，而是一种明确反对计算和可预测性自我的观点。爱默生认为动态内在经验的核心就是召唤我们更具创意，不断打破可预测之理性的边界，进而通过个人对真理的不同理解来表达自我。②

浪漫主义不仅仅是个概念。最喜欢使用这个词的文学研究者倾向于把浪漫主义同特定的文豪和文本联系起来，从这层意义上

---

①　Emerson，"Self-Reliance"，160—61.

②　许多人频繁将"浪漫"和"浪漫主义"这两个词用于分析互联网和赛博文化。从我 1997 年在一篇会议论文中使用该词后，沃尔夫在其讲述《连线》杂志历史的文章标题中用了这个词，潘扎里斯（Panzaris）的论文用它来描述计算机的发展。然而，许多人在激发读者共鸣的意义上，而非分析的层面上使用这一概念。唯一的例外是科因（Coyne）充满厚重哲学取向的《*Technoromanticism*》。我共享了科因对于理性主义数字话语的批判，"直接转向浪漫主义，改造旧基础"，以及他对于数字话语可以帮助我们"理解我们[建构数字世界]的计划中，什么是最紧要的"的哲学批判。但是，科因的路线更加倾向于把它们当作一些相互竞争的哲学立场，而我在这里则更加在意，不同数字话语的物质影响，其在历史中的特殊功能。（Richard Coyne，*Technoromanticism* [MIT Press，2001]，7，15.）参见 Gary Wolf，*Wired：A Romance*（Random House，2003），和 Georgios Panzaris，"Machine and Romances：The Technical and Narrative construction of Networked Computing as a General-Purpose Platform，1960—1995"（PhD diss.，Stanford University，2008）。

讲,浪漫主义是伟大作品的集合,有时被理解成欧洲 19 世纪早期的特殊阶段。[①] 近两个世纪,从未阅读过爱默生、华兹华斯(Wordsworth)、拜伦(Byron)或其他浪漫主义殿堂级大师的人们反复生产和消费有关上天启蒙的神话,这些故事基于内在经验,基于华兹华斯称之为"力量感的自发洋溢"的艺术的庆祝,以及浪漫主义的其他特征,例如讲述流浪在外又苦苦追寻的英雄的故事,偏爱用朴实语言表达打破陈规的想法,着迷于推翻不堪承受的历史与传统。除此之外,对于浪漫主义可以有另一种更加社会学角度的理解方式。弗里德里希·基特勒(Friedrich Kittler)提出,浪漫主义最好解释成一系列能够通过文化广泛传播的分散的实践。科林·坎贝尔(Colin Campbell)的新韦伯主义理论提出的"浪漫主义伦理"(romantic ethics)在当代消费主义中的角色也是被广泛运用的观点,尽管他选择了同基特勒不同的方式来探索同一个问题。[②]关键点在于,浪漫主义作家也许是对文化中广泛分布的浪漫主义

---

① 关于一些特定的重量级知识分子是否能被称为浪漫主义,这一点是有争议的——歌德是古典主义的还是浪漫主义的?爱默生和梭罗是否对英国和德国浪漫主义兴趣寥寥,还是说他们构成了美国版的浪漫主义?这些问题的回答要建立在这样一个假设之上:我们对这些伟大作品和伟大作者中蕴含的浪漫主义已经充分理解。弗里德里希·基特勒指出,不但德国浪漫主义需要重新分期——他将歌德的《浮士德》视作浪漫主义,而非古典主义(Klassik)——更广泛意义上,一件作品被指认为浪漫主义,并不是因为它处在一系列文本或者处在某一历史时期中,而是其通过结构性的写作、阅读和关联实践来组织话语的方式,这是我们讨论网络时所要做的。参见 Friedrich A. Kittler, *Discourse Networks*, 1800/1900, trans. Michael Metteer and Chris Cullens (Stanford University Press, 1992)。马克斯·韦伯的"祛魅"理论常常被认为受到几股不同的浪漫主义思潮的影响,尤其是理性和理智化的现代性带来的失落感方面。参见 H. C. Greisman, "'Disenchantment of the World': Romanticism, Aesthetics and Sociological Theory", *British Journal of Sociology* 27(Dec, 1976):495—507。然而,韦伯的首要关切自始至终放在社会模式的经验存在,而非回应知识传统。"祛魅"理论中最引人注目的,是他试图描述的广泛社会趋势,而非他在这种描述中借鉴了哪些浪漫主义诗人和知识分子熟悉的倾向和逻辑。

② Collin Campbell, *The Romantic Ethic and the Spirit of Modern Consumerism* (Blackwell, 1987). 坎贝尔著作中特别有用的一点是,他将浪漫主义与两性爱情和禁忌之爱文学区分开来,认为浪漫主义从更加一般和广泛意义上的愉悦中产生,这种愉悦可以从浪漫爱情传统中推导出来,但并不一定伴随着浪漫爱情。

进行了回应，而不是创造了它。分析的对象并不存在于文本中，而是在社会中；文本只是接近分析对象的方式之一。尽管浪漫主义可能最早出现在 18 世纪末（至少坎贝尔和基特勒是这么说的），但在当下它成为一种文化工具箱或是一个文化习俗的随行包，能在多种多样的语境下使用——既涵盖了烛光晚餐，也包括心理辅导课，还包括 20 世纪 60 年代反战的反文化运动。①

就此意义而言，在 20 世纪晚期的美国，浪漫个人主义开始同计算机网络联系起来，并深深影响了它们在当今世界的地位。

理解 20 世纪 60 年代的反文化运动及其遗产

弗雷德·特纳在其《从反文化到赛博文化》（*From Counter-culture to Cyberculture*）中，对 20 世纪 60 年代反文化与计算机反文化的发展关系做了清晰的梳理。② 特纳指出，从未存在过一种单调的、统一的反文化，取而代之的是一种混杂了多种思想源流和多种实践的对象。当新左翼将其作为政治武器行走在康庄大道，特纳着力探索了另一股支流，他称其为"新公社主义者"，这股支流放弃甚至逃离政治体系，希望通过改变观念、创办自治社区来杜绝科层制或法规。特纳断言，正是以斯图尔特·布兰德和《全球概览》为核心的新公社主义者一派，拥抱了特定的科技视野，并因此奠定了 90 年代赛博乌托邦的人才基础。

特纳强调了一些关键点。第一，90 年代的赛博文化对 60 年代的反文化有很强的继承性，不仅是在布兰德这样的个体参与者方面，还有在人才结构和实践方面。第二，作为知识社会学上很重

---

① "文化作为工具箱"的观念参见 Ann Swidler, "Culture in Action: Symbol and Strategies", *American Sociological Review* 51（Apr. 1986）: 273—86。

② 参见 Turner, *From Counterculture to Cyberculture*。

要的补充,特纳让我们看到,赛博文化很大程度上依赖于在媒体、智库和会议中建立"网络论坛"的实践活动,这在理论和实践之间构建了桥梁,使得不同的思想群体能够合作互通,例如军工联合体、艺术社区等。第三,特纳还指出,新公社主义者在宣扬平等主义时,也表现出了一种矛盾的精英主义内在倾向,这是他们设定新技术知情者与旧方法堕落者的界限所导致的结果。"就像 60 年代的公社成员,"他写道,"90 年代的技术乌托邦主义者只承认自立,否认对其他一切的依赖。"①

　　一旦某个模式在不同年代重复出现,就不得不面对一个问题——是什么在维持此模式? 为什么新公社主义者的修辞和实践都延续了下来? 为什么它的吸引力超越了时间和语境? 在此,我将深入探索反文化运动的浪漫个人主义特征以及它如何植入了计算机领域,如何对抗多种社会不满,又如何为禁不住去用计算机的切身体验构建意义并使之合法化。

60 年代的社会不满和计算机意义的转变

　　被指涉为文化和政治混乱的 60 年代(实际上应该是 1964 年到 1972 年)以越南战争这一灾难为中心。保罗·爱德华兹认为,白色小屋行动(Operation Igloo White)是 60 年代受控制论科学影响的计算机同复杂现实之间发生骇人冲突的突出代表。白色小屋是越战期间美国在泰国建立的一套计算机命令—控制系统,从掩藏在胡志明小道(Ho Chi Minh trail)的传感器中采集数据,进而在短时间内用数据指挥对丛林的爆炸袭击。因此士兵可以置身计算机前遥控交战现场。该行动导致了双方的大量伤亡,实属傲慢、愚蠢;但即便如此,美军也没有停止对这一系统的军事使用。在今

---

① 同上,261。

天，许多人认为这一行动的主要功能，是帮助傲慢自负的美国军队领袖认清现实。①

如果没有发生遍及工作和家庭场所的数不清的小型斗争和转型，60 年代也不是 60 年代了。这些斗争用计算机领域的不同等级来展现。比如说，被 IBM 和施乐所推崇的集中式信息处理在社会对工作和性别的期待中搁浅。到了 70 年代中期，IBM 最早推出的文字处理中心被指责带来了各种恶果，并造成了去人性化的工作氛围。女性主义运动在商业出版物中急速涌现，一位经理告诉《商业周刊》（Business Week），被隔离在文字处理中心的秘书们"在过去从不关心自己的职业生涯……但现在女权运动正在改变这种局面"。另一位经理观察到，IBM 的计划"在团队计划和女权运动中摇摆"。② 办公室中自上而下的工厂式管理事与愿违，非但没有节省成本、增加盈利，反而造成了摩擦和怨恨。越来越多的个体意识到占统治地位的思维方式存在问题。

60 年代中期其他领域对计算机有类似的看法，却似乎蕴含了更多的前景。例如，到 70 年代控制论科学开始丧失其高科技的光辉。③ 在政府向咨询专家和计算机大量投资了几年后，城市的犯罪率和冲突不降反升，认为计算机系统能够帮助城市生活更有序的计划在此情此景中显得格外天真。④ 与此同时，学院中的批评家开始犀利地指出民主诉求和现代传播系统中存在的巨大鸿沟，如赫伯特·席勒（Herbert Schiller）1966 年出版的《大众传播与美利坚帝国》（Mass Communications and American Empire）。⑤ 詹姆斯·凯瑞（James W. Carey）也在 70 年代早期尝试

①　参见 Edwards, The Closed World, 3—5。

②　引自"Putting the Office in Place", Business Week, 30 June 1975, 56。

③　参见 Hughes, Rescuing Prometheus, 166—88, 189—95。

④　参见 Light, From Warfare to Welfare。

⑤　参见 Herbert I. Schiller, Mass Communications and American Empire（Beacon Press, 1971）。

把此类问题理论化。在其著作《电子革命迷思》(*The Mythos of the Electronic Revolution*,1972)中,他批评那些深受控制论科学影响的传播方法,认为它们所提供的科学证据并无科学之意,反而使得自身更具邪教性质。凯瑞在其极为重要的一篇论文《传播的文化路径》(*A Cultural Approach to Communication*)中区分了控制式的传播和水平式的传播。这篇论文所区分的着眼远程控制的传播传递观和关注分享意义的传播文化观,自此成为学术界经久不衰的争论话题。①

文化常识对计算机远大前景的质疑并不只是单纯增加,对"计算机"的理解也在悄悄发生变化。1961年,利克莱德轻松地将利用计算机赢得战争和利用计算机获得启蒙勾连起来。到了1969年,这种并置不再容易,起码不是毫无阻力的。用计算机来施行控制和进行沟通表达,两者不再是毫无冲突的,并愈发充满张力。

今人皆知,当施乐的总裁麦科洛饶有兴趣地幻想办公室利用集中式设备的未来时,他的几个雇员正在加利福尼亚的帕克研究中心开发一批最早的功能性计算机。这些计算机具备窗口式交互界面、鼠标和网络。麦科洛和施乐的其他高层管理人员没有意识到这一革新潜在的价值,因此基本上忽视了它们,并先后允许苹果的 Lisa 和 Macintosh、微软的 Windows 复制其系统。这被公认为有史以来最大的商业决策失误,在其他领域也时常被讨论。② 值得关注的是,施乐高管层和帕克研究中心的工程师对于

---

① 参见 James W. Carey and John J. Quick, "The Mythos of the Electronic Revolution", *American Scholar* 19, nos. 1—2(1970):219—41,395—424, and Carey, "A Cultural Approach to Communication", in *Communication as Culture: Essays on Media and Society*(Routledge, 1988), 13—36。

② 参见 Michael A. Hiltzik, *Dealers of Lighting: Xerox PARC and the Dawn of the Computer Age* (Colins Business, 2000), and Eric Schoenberger, *The Cultural Crisis of the Firm*(Wiley, 1997), 182—202。

传播和控制之间关系的认识有很大不同。问题不是施乐的管理层不够聪明,而是他们对计算和数据处理的认识沿用了 60 年代的主流观点;就像阿帕网早期的创始人,他们也把计算机传播想象成一种远程控制人和事件的方式,一种增强办公室粉领群体(pink collar)数学确定性的工具,一种高效的跨越空间的手段。与此相反,帕克研究中心的工程师沿着恩格尔巴特和利克莱德的路子向前探索,认为计算机不是控制工具而是计算器,计算机通信(computer communication)应当更多被用户控制而不是用其控制用户。对计算机的认识不再从经理或军官的俯视视角出发,而是从个体用户的视角出发,将计算机作为达成自己目标的互动性工具。

施乐管理层对计算机前景的判断失误离不开 70 年代的整个社会环境。由越战引发的文化危机和政治危机不仅影响了社会的方方面面,同样也影响计算机工程师和设计师。到了 60 年代晚期,对冷战军事主义的不加质疑的热情逐渐式微,这一热情先前为军工联合体提供了文化粘合剂。诸多大学师生、计算机工程师和科学家受到了反文化运动政治风潮的感染。不少有关计算机历史的描述都会涉及如下场景:在阿帕网工作的程序员穿运动鞋和反战胸针出现在五角大楼的工作汇报现场;1972 年阿帕网内出现了一封要求弹劾总统尼克松的电子邮件,而阿帕网本身是为政府的军事通信所设计的。[①]

帕克研究中心的工程师和科学家倡导自由的、反文化的生活方式,他们在摆满懒人沙发的房间开会,拒绝西装革履地坐在会议桌前,这是否是引发改变的源头?他们可能并不这么想,但这些小的生活方式的差异却昭示了社会中巨大的文化转型,昭示了为何使用、如何构建以及如何使用计算机的观念的变化。

---

① 参见 Hafner and Lyon, *Where Wizards Stay up Late*, 112—13, 205。

到了 70 年代早期,计算机就较轻易地摆脱了"为冷战而生"的形象。

人道主义的浪漫主义

于冷战军事主义而言,替代性的选择有很多。MIT 的计算机科学家约瑟夫·威兹伯姆(Joseph Weizenbaum)以他 1976 年的作品《计算机权力与人的理性》(*Computer Power and Human Reason*),对冷战做出了回应,彻底地批评了美国社会对计算机的使用。[①] 像他的同事诺伯特·维纳(Norbert Weiner)一样,威兹伯姆走在成功科学家康庄大道的中途,开始关注学界对他们的发明创造的实际使用漠不关心的状况。如果触发维纳科学原罪感的是原子弹,那么引发威兹伯姆思考的就是越战的阴影。就越战而言,问题不在于杀伤性武器的使用,而在于对纵容传统武器滥用的结构性失明。威兹伯姆举例说,那么多操作计算机系统的军官对他们所操作的机器一无所知,还利用计算机系统去挑选自由射击区来纵容飞行员射杀区域内的每一样生物。他还提到了臭名昭著的五角大楼的案例——越战期间五角大楼利用计算机将柬埔寨也列入轰炸名单,用计算机的玄妙误导了国会议员对这一行动进行合法性论证的必要。[②]

作为一名计算机科学家,威兹伯姆并没有指责计算机本身,而是指责同计算机紧密绑定的世界观。威兹伯姆批评了一些 MIT 同事所创造的概念,认为人类可以伴生于计算机的观念是一种狭隘的观念,是一种分割手段和目的的工具理性,而计算机被赋予了过分宏大的、非人性化的想象。

[①] 参见 Joseph Weizenbaum, *Computer Power and Human Reason: From Judgement to Calculation*(Freeman, 1976)。

[②] 同上,238—39。

　　威兹伯姆的观点常常被误认为路德主义(即反对机械化),然而他并不是路德分子。① 也许读者会有这样的印象,不只是因为他对计算的怀疑,还因为他对人类创造性的浪漫主义的理解——将 70 年代看成自然对抗科技的时代。威兹伯姆写道,"科学具备创造性,科学中的创造行为能媲美艺术中的创造行为,创造的行为则来源于自发的个体",而这是"显而易见的"。创造的原型是艺术家的创造,如此创造仅仅"来源于自发的个体"。② 这两个假设不属于路德主义,而是浪漫个人主义的典型观点。除此之外,浪漫主义常常被认为是反科技的,因为它赋予自然以特权,反对有损人性的、高度理性化的工业。从华兹华斯在英国乡村寻到的朴素真理到梭罗在瓦尔登湖畔的小木屋,再到嬉皮士们在佛蒙特州建立的社群,浪漫主义运动常常把他们同工业世界的科技理性区分开,因为工业世界常常反对田园牧歌式的生活。在 20 世纪上半叶,浪漫主义的思潮在人道主义批评家的作品中被发扬光大,如雅克·埃吕尔(Jacques Ellul)和刘易斯·芒福德(Lewis Mumford,他被威兹伯姆称为极重要的人物),他们借由描述现代社会的黑暗面控诉科技带来的负面影响。

　　《计算机权力与人的理性》实际上延续了埃吕尔/芒福德的传统,不仅因为它继承了对人类创造性的浪漫主义的理解,还继承了黑格尔唯心式的分析方法,认为精神在文化中处于核心地位。责难威兹伯姆是路德分子无论如何是站不住脚的,威兹伯姆已经明确地宣称他要批评的不是计算机本身,而是人对计算机的使用以及借由计算机之名所采取的一些行动。威兹伯姆书中最引人瞩目和独具风格的部分,正是他对计算机的运作、制造计算机的人对它

---

　　① 比如,"Weizenbaum is perhaps the stereotypical 1960's neo-Luddite"(Richard S. Wallace),"From Elaze to A. L. I. C. E. (A. L. I. C. E. AI Foundation)",www. alicebot. org/articles/wallace/eliza. html.

　　② Weizenbaum, *Computer Power and Human Reason*, 2.

的使用的讨论。

书中"科学和强迫症程序员"一章是最早直接提到与特定的计算机编程相关的"黑客"(hackers)及其体验的出版物之一。总的来说,威兹伯姆视利克莱德的"自我驱动的愉悦"为类似赌博的沉迷。似乎是为了回应斯图尔特·布兰德有关"太空大战"的文章,威兹伯姆写道:

> 不论计算机中心何时创立,都能看见眼窝深陷却目光炯炯、衣着随意的年轻才干坐在计算机操作台前,他们的胳膊肌肉紧绷,用手指做武器随时准备进攻,而他们的手指似乎被钉在了键盘上,就像赌徒的手指黏在了骰子上。不钉在电脑前时,他们便坐在放着乱七八糟材料的桌子前如饥似渴地阅读,就像对神秘宗教哲学着了迷的学生。他们连续工作二十甚至三十个小时,直到困乏。而他们的饮食通常是外卖:咖啡,可乐,三明治。如果有可能,他们可以就近睡在电脑旁的简易床上。但仅仅休息一会,他们就会回到操作台或打印的材料前。衣衫凌乱,不洗脸也不刮胡子,头发也乱糟糟的,他们显然忘记了身体的存在。他们只为计算机而存在,并仅通过计算机而存在。这就是计算机流浪汉,得了强迫症似的程序员。[①]

强迫性程序员和"仅仅专注工作的专业程序员"的差别在于,威兹伯姆写到,专业程序员"认为问题是要被自己解决的,强迫性程序员则认为问题正是自己同计算机互动的好机会。专业程序员认为写程序是实现目的的手段,而不是目的本身"。[②]

当试着为操作电脑的乐趣进行辩护时,利克莱德宣称这样可

---

① 　同上,116。
② 　同上,116—17。

以高效解决问题进而实现目标，而威兹伯姆（他强调他对程序员的观察基于自己的生活经验）则认为这是一种有问题的病症。[①] 毫不在意最终目的的程序佐证了人类对长期后果的漠不关心，这最终会导致诸如越战中大规模投弹竞赛那般极具破坏力的蠢行。想到保罗·爱德华兹有关"封闭世界"的观点，威兹伯姆认为计算机的魅力在于提供了一个抽象的奇幻世界，将混乱复杂的现实世界拒之门外，奇幻世界可以依照程序员所设想的规则来运转，程序员由此获得了上帝般的控制感，只要他或她不同那个庞大的人类世界连通。抑制不住地想要与计算机互动的渴望造就了缺乏思考的流浪汉，从此科技的革新再不关注人类的结局，这才是威兹伯姆真正担心的问题。黑客技术就站在了艺术的对立面。

"软"计算：计算机反文化的出现

　　然而，对斯图尔特·布兰德而言，计算机本身就是艺术。当威兹伯姆正在组织语言对传统计算机科学进行批评时，计算机反文化伴随着计算机的批评发展起来。前面提到的布兰德的文章发表在《滚石》杂志，不仅象征性意义浓厚，也产生了广泛的影响。布兰德选择了与威兹伯姆一样的原材料——程序员的强迫性行为——却表述了截然相反的观点，认为计算机不会维持奴役反而将解放人类。他笔下的计算机流浪汉不再是威兹伯姆所描述的孤独的成瘾者，反而是富有远见卓识的计算机垮掉一族（computer beatniks）。

　　布兰德的言论不是没有深刻的背景。不是所有出席 40 年代梅西会议的人都跟随诺伯特·维纳和利克莱德进入了计算机科学

---

　　① 参见 Levy，*Hackers：Heroes of the Computer Revolution*（Penguin，2001），134。

的领域,人类学家格列高里·贝特森(Gregory Bateson)和玛格丽特·米德(Margaret Mead)也在与会者行列。[①] 贝特森在70年代还使用"控制论"的概念,看起来与爱德华兹后来提出的"封闭世界"完全不一致。根据我个人的知识储备,贝特森从来不关心有关计算机的事情,却发展出一套关于系统论、生态、人类思想的理念,以及简明扼要的、格言式的写作风格。自反文化运动以来,贝特森出版的作品中最有名的那本《朝向心智生态学》(*Steps to an Ecology of Mind*),就采用了通俗易懂、引人入胜的写法,不用晦涩的专用术语和参考文献,像是外行人以英国绅士的口吻讲述一些风趣时髦的内容。高度抽象的系统论被转化为六岁孩童同父亲聊天那般浅显易懂。[②] 因此,不少大学生、嬉皮士,甚至一些早熟的高中生,都开始蜷缩在懒人沙发里读贝特森的作品,不需要专业人士的指导就能通晓文意。如此说来,贝特森是一个反德里达主义者。

这种通俗易懂、幽默风趣、不失睿智又有些轻蔑的风格开始同反文化运动联系日益紧密,特别是新公社主义之流。像威兹伯姆那样的人在写作时会频繁标注引用文献,口吻里不自觉地警告读者注意这个堕落的、充满欺骗的世界。贝特森则恰恰相反,他把内容用简明易重复的格言式句子写出来,提供一种简单朴实的启发。

斯图尔特·布兰德主编的《全球概览》自60年代反文化运动以来,就不断以贝特森式的语言风格介绍科技成果,甚至最终将贝特森封为大师。布兰德丰富了贝特森易懂而不失思考的语言风格,通过混合干厕说明书和政治传单而形成一种新奇且反传统的新闻主义风格,呈现为一种非线性又极具趣味的形式。正是通过概览,大部分美国人才知道了宇航员是如何如厕的。除此之外,这样的表达方式同贝特森系统论所倡导的万物相连的整体论亦相契

---

① 参见 Edwards, *The Closed World*, 181。

② 参见 Gregory Bateson, *Steps to an Ecology of Mind: Collected Essays in Anthropology, Psychiatry, Evolution, and Epistemology*(Chandler Press, 1972)。

合。然而，概览也是为商品目录式的浏览而设计的。通俗的内容和混乱的排版有着和消费文化异曲同工的特质，70 年代浏览《全球概览》同 80 年代看希尔斯百货（Sears）的商品画册能得到差不多的乐趣。《全球概览》甫一面世就在消费文化中鹤立鸡群——黑白图像印刷，信息量极为丰富，内容不是关于如何消费打发空余时间，而是理解和构建日常生活的每一样器具，至少它自己是这么表述的。于整整一代读者而言，甚至包括一些当下的读者，如此文风带来一股清新之气，其直白坦率、饱含思虑成为时下嘈杂热闹的、糖衣炮弹式的、傲慢反智的流行媒体之解药，亦与禁锢着学院、政府和科层系统的高深复杂却不知所云的表达方式截然不同。

《全球概览》制造出很多新公社主义者风格的比喻，并成功地广而告之。大部分内容采用平实且口语化的书写，间杂少量脏话来追求幽默的效果。概览将其宗旨描述为"我们像神，习惯就好"（We are as gods and might as well get used to it）。口语化语言——"习惯就好"——担当着人性化的职能，宏大叙事则同"我们像神"的声明保持一致。通过对抽象事物、思维和社会的宏大叙事，"全球"以一种没有敌意的方式被表征出来。

泰德·尼尔森和《计算机解放／理想机器》

如果《全球概览》将科技引入反文化运动，泰德·尼尔森则用他的《计算机解放》（*Computer Lib*）对计算机做了同样的事，并且影响深远。在计算机狂客中，尼尔森是把交互式计算机同反文化运动联系起来的核心人物。他在 60 年代早期创造了"超文本"（hypertext）一词，在 1967 年与布朗大学安德里斯·范·达姆教授（尼尔森本科时的朋友，同样深受恩格尔巴特 1968 年做的展示影响）联合撰写了一份关于计算机编辑系统的提议。

尼尔森从来没有在技术或商业上获得多么大的成功，据我所知，他参与的软件或商业活动没有一个持续下来的。他在计算机革命中最重要的角色——笔者绝没有对他的影响轻描淡写的意思——是作家。尼尔森是个文风豪迈、别具一格的写作者,他的职业生涯就是利用文字改变世界。尽管尼尔森深受恩格尔巴特和利克莱德的影响,但在 70 年代初期,他的观点和风格都是非常反文化的。尽管利克莱德和恩格尔巴特对计算机的娱乐性使用很感兴趣,但在技术专家治国、军工结合的大环境下他们仍难免受到影响。尼尔森则截然不同,他用轻快、趣味甚至有些刻薄的语言重新书写了科技本身。

60 年代中期,尼尔森是一个年轻有抱负的学生,曾发表过几篇文章,进行过几次演讲,鼓吹恩格尔巴特式的利用计算机创造和控制链接文本。此时他仍未脱离利克莱德和恩格尔巴特的影响。在 1965 年的一篇文章中,他率先使用了"超文本"一词,文章就像一篇典型的工程师的作品,提倡发展能实现"个人文件和手稿集合"的系统。[1] 为了符合经典工程学格式,尼尔森为他设想的处理电子文件的系统杜撰了一个名字,叫进化式清单文件(the Evolutionary List File)结构,缩写为 ELF。尼尔森还效仿利克莱德和恩格尔巴特,通过强调人脑处理过程的不可预测性将他的方法同主流方法区别开。"原始大纲很少能预测准确标题和数列将产生怎样的效果……"尼尔森写道,"如果一个作家希望自动系统能提供帮助,那么自动系统要做的远不止重新输入和换行;当作家还只有一些琐碎的想法时,计算机系统就应该参与其中,并为作家提供支持。"[2]

当尼尔森追随利克莱德和恩格尔巴特的思想提出计算机潜藏

---

① 　Theodore H. Nelson, "Complex Information Processing: A File Structure for the Complex, the Changing and the Indeterminate", in *Proceedings of the 1965 Twentieth National Conference of the ACM*(ACM, 1965), 137, portal. acm. org/citation. cfm? doid＝800197. 806036

② 　同上,136—37。

的可能性时——如科学或法律研究,他较两位先导更深入了一步,认为这个系统能为历史学家和研究莎士比亚的学生所用。[①] 尼尔森提出的称之为"拉链式"(zippered)清单的系统,暗示了他偏好有趣而不故作高深的语言风格。较之利克莱德和恩格尔巴特,尼尔森更关注谁在书写,而非谁在管理数据。"为了设计和评估用于写作的系统,"尼尔森补充道,"我们需要知道写作的过程究竟是什么样的。"[②]根据尼尔森的说法,写作不是简单地向一个系统输入词汇,也不是根据给定大纲进行的可预测的行为。写作是一个逐渐发现的过程,包含了"重点的平衡,内在连接点的序列,洞见的展开,韵律,等等"。在一个脚注中,他补充道:"我知道这样的系统很适合托尔斯泰、温斯顿·丘吉尔和凯瑟琳·安·波特(Katherine Anne Poter)这样的作家。像费尼莫尔·库珀(Fennimore Cooper)那样能坚持根据大纲进行创作的人,要么是在恶作剧,要么就是天才,他们不需要这个系统。"[③]利克莱德和恩格尔巴特从未表达过这样的观点。针对库珀的文献上和修辞上的引用都使得尼尔森同利克莱德、恩格尔巴特区别开来,他着迷并擅长撰写文稿。

随着 60 年代的发展,尼尔森开始接触一些先锋艺术家。这些艺术家开始挑战艺术和工程势不两立的传统观念。作曲家约翰·凯奇(John Cage)除了创作出一系列备受争议的曲子(大概《4′33″》最为有名),还特别迷恋技术。凯瑟琳·伍德沃德(Kathleen Woodward)就不认可威兹伯姆的灵感导师刘易斯·芒福德,说道:"芒福德认为科技代表了非人性、约束、效率和统一,凯奇则认为科技代表着异质性、随机性和丰富性。而这同样也是艺术的取向。"[④]对科技

[①] 同上,141。

[②] 同上,136。

[③] 同上。

[④] Kathleen Woodward, "Art and Technics: John Cage, Electronics and World Improvement", *The Myths of Information: Technology and Postindustrial* (Indiana University Press, 1983), 176.

和艺术的区分引发了欧洲和纽约地区的行动。比利·克鲁沃（Billy Kluver）、罗伯特·劳森伯格（Robert Rauschenberg）等人于1966年成立了艺术与科技实验室（Experiments in Art and Technology），于接下来几年在纽约市内和市区周围举行过多次展览。[①] 1970年，尼尔森为一场名为"软件"的展览编写一份线上的超文本目录，这个展览包括了与计算机和电子相关的装置，其中一些是艺术家们创造的，另一些则是由工程师或跨界人士完成的，其中还包括MIT建筑机械组织主席尼古拉斯·内格罗蓬特（Nicholas Negroponte）。[②]

尼尔森也许并不是这个圈子的核心人物，但他从两方面都受到了很多启发。第一，这些人鼓励他挑战"艺术和工程是对立的"这一观点。第二，他们可能倡导一种替代性的职业规划。相比公司、高校和政府中的计算机专家，有的人更适合做一只自由的牛虻或者传统机构的叛逆者，一个人就可以运作弗雷德·特纳所说的"网络论坛"，利用一个领域的语汇和概念来增强自己在另一个领域的权威度。如此运转下去，艺术家和科学家在个人形象上并非一定是对立的，反而可以融合在一个人身上。

当重新审视艺术和科技的关系，纽约的实验艺术家们仍旧期待艺术能战胜苦难，迎接挑战。而旧金山的反文化社群则在斯图尔特·布兰德的领导下发展出一套更流行更有趣的方法来关注玩乐式的、低门槛的生活方式。60年代后期，摇滚音乐节伍德斯托克，新的出版物《滚石》杂志，抑或大学校园内千千万万个宿舍……反文化运动广泛地普及开来。尼尔森在其中发挥了先导性影响。

[①]　参见 Noah Wardrip-Fruin and Nick Montfort，*The New Media Reader*（MIT Press，2003），211。特纳讨论纽约艺术圈及其对斯图尔特·布兰德的影响参见 Turner，*From Counterculture to Cyberculture*，45—51。Also see Turner，"Romantic Automatism：Art，Technology，and Collaborative Labor in Cold War American"，*Journal of Visual Culture* 7，no. 1(2008)：5—26。

[②]　参见 Wardrip-Fruin and Montfort，*The New Media Reader*，245—46。

布兰德于《滚石》发表的文章率先提出计算机可以是反文化式的，两年后，尼尔森出版了他的集大成之作《计算机解放》。① 反文化运动正在走下坡路，并没有多少人关注尼尔森的新书，但这本书却对很小但充满活力的计算机爱好者圈子影响深远。在近 20 年，很容易看到如米契·卡波（Mitch Kapor）这样的计算机专家盛赞尼尔森的书"改变了我的人生"（他是 Lotus 1—2—3 的设计者，也是电子边际基金会的联合创始人）。② （在 80 年代中期，尼尔森宣称他曾经遇到过至少五十个人跟他说了同样的话。）③很难统计究竟多少人读了《计算机解放》，但似乎大部分在 70 年代参与西海岸计算机展（West Coast Computer Faire）和类似大会的人都对尼尔森其人其书颇为熟悉。尼尔森也在这一时期访问过施乐帕克研究中心并做了报告。④ 他一度频繁在科学和计算机期刊上发表文章，还做过一本畅销计算机杂志《创意计算》（*Creative Compu-*

---

① 参见 Nelson，*Computer Lib / Dream Machines*：*New Freedom through Computer Screens-a Minority Report*（Nelson［available from Hugo's Book Service］，1974）。*Computer Lib* 不能采取常规的引用方式，它分为两半，它在同一个版本上印了背对背互相颠倒的两个部分，所以它有两个封面，一个叫做 *Computer Lib*，而另一个叫做 *Dream Machine*：*New Freedom through Computer Screens*，因为每一部分都有单独的页码，所以下面的引用，为了准确起见，将会具体指出是哪一部分的页码。这里采用的版本据说是第一版，"1983 年 9 月第 9 次印刷"，然而，两个部分版权页上显示的都是 1974 年，但是书中又描述了 1975 年的重大事件，比如 MITS Altair 电脑的诞生，以及尼尔森自己在 *Computer Lib* 第 3 页中描述了其 1977 年的活动。一个更加严格修订和编排的版本 1987 年由 Tempus Books of Microsoft Press 出版，而在这一再版中，一些更加有趣的历史资料被删除，除非特别说明，下面的引用都来自第一版。

② 引自 Wardrip-Fruin and Montfort，*The New Media Reader*，301。

③ 参见 Nelson，*Computer Lib / Dream Machines*（Microsoft Pr，1987），9。我自己就至少遇见过一个计算机专家对我说过同样的话。

④ 参见 Nelson，*Dream Machines*，p. "X"（*Dream Machines* 开头部分的第二页，用字母而非数字标示页码，作为 1975 年 8 月第 3 次印刷的一个特殊补充）。这篇文章预测，施乐帕克中心的创新——它在十年之内将会导致 Macintosh 的诞生——将会让施乐公司统治计算机领域，然而他又在括号里的预先声明中总结道："当然，以上预测必须基于一个假设，也就是施乐管理层知道它正在做什么。计算机领域的这类假设，往往很快会被发现是没有基础的。但是我们可以期待。"（Nelson，*Computer Lib*，X.）

ting)的编辑。① 但只有《计算机解放》产生了结构性的影响,此书还在各种严肃场合被评为"新媒体史上最重要的著作"。②

《计算机解放》实质上反映出《全球概览》代表的反文化运动参与者进入计算机领域后的风格转换。③ 写这本书期间,尼尔森完全抛弃了利克莱德和恩格尔巴特的理念。在本书开篇,尼尔森描述了计算机专家和计算机迷的区别:

> 有些人喜欢找乐子、寻刺激,着迷于计算机。有些人认为计算机是缺乏创造力的,不过像用手玩黏土最后做出个锅那般乏味。这真是大错特错。计算机包含了高度的想象力和创造性。计算机允许人随时参与,不管你是处于致幻体验还是业障轮回之中。……因此,欢迎来到计算机世界,在这里最糟糕和最疯狂的事都有可能发生。而我们,计算机的子民,并没有疯掉。那些让我们这些人独自享有计算机乐趣和力量的人才最疯狂。计算机属于整个人类!④

最理性的科技术语都在文中消失不见,替换它们的是反文化运动式的咆哮——一部分汤姆·沃尔夫(Tom Wolfe)式的,一部分海特-阿什伯里(Haight-Ashbury)式的,一部分政治传单式的。

这并不是说《计算机解放》缺乏实际内容。混杂在对特定计算机及计算机语言的描述中的,是有关计算机使用的概念和方法,这

---

① 参见 Hohn J. Anderson, "Dave Tells Ahl—the History of Creative Computing (David Ahl's personal narrative)", *Creative Computing* (Nov, 1984):74。

② Wardrip-Fruin and Montfort, *The New Media Reader*, 301.

③ 以防任何人质疑它和《全球概览》过于相似,尼尔森在 *Dream Machines* 第三页写道,"当然,在某种意义上,我在公然模仿斯图尔特·布兰德伟大的《全球概览》。"他也将 *Domebook* 作为灵感来源,这是一本流行的测地线穹顶(geodesic domes)说明书。在 *Computer Lib* 第 69 页,醒目地引用了《全球概览》封面(及其最著名的图片)——一整页从太空俯瞰地球的计算机合成图片,并配上标题"全球概览"。

④ 参见 Nelson, *Computer Lib*, 3。

些在当时鲜为人知,却自此变成了常识。用户友好型界面、小型计算机、鼠标、图像界面和非计算的计算机功能,如邮件、多媒体、超文本被不断详细解释并大力推广。曾有这样一个故事,尼尔森批评过《商业周刊》发表的一篇名为"办公室未来"的文章,文章预测未来办公室将拥有集中的计算机办公室,特别是有训练有素的文字处理器技师,还预测只有 IBM 和施乐这样的公司能在此领域大获全胜。① 尼尔森评价:

> 呃,这真是一派胡言……在笔者看来,未来办公室,和笨拙的自动录入系统毫无相似之处。未来将出现屏幕、键盘,甚至有可能出现手绘板……你们的商业信息能在屏幕上轻松地调出——不管是数字的还是文本的;而你们呢,就是用户,不管你的职位是什么,都能便捷地在屏幕上浏览你被授权的全部信息。你们并不需要去编程序。②

这真是非同寻常的预言,他甚至预测到了流行词。在"网上冲浪"一词出现的 8 年前,尼尔森写道:"如果计算机是未来之波浪,显示器就是冲浪板。"③他还阐述了有关计算机解放的光辉前景(而这在稍后成了现实),宣称:"对计算机的改善和调试将大大推动知识、理解和自由的发展,只要电脑中的程序是对的。"④

《计算机解放》的文风同贝特森和《全球概览》颇为相似。此书

---

①　据推测,尼尔森指的是可笑的不准确的"一个寡头市场:IBM 和施乐给其他竞争者留下极少的进入空间"。

②　参见 Nelson, *Computer Lib*, X。

③　同上,22。罗伯特·霍比·扎肯的"霍比的互联网时间轴"将"网上冲浪"这个词的首次使用归功于 1992 年的 Jean Armour Polly。参见 Robert Hobbes Zakon, "Hobbes' Internet Timeline—The Definitive ARPANET and Internet History", www. zakon. org/robert/internet/timeline/。

④　Nelson, *Computer Lib*, 58.

还批评和嘲笑了一些描述计算机的晦涩术语。"我更喜欢管一把铲子叫铲子，而不是个人化挖土装置。"尼尔森讽刺说。[①] 书中语言充满戏谑，不故作高深，计算机被称为"高级的纵横字谜"。同布兰德和贝特森一样，尼尔森也常常使用口语化的语言来描述科技产品，以打消读者的疑虑。"当我第一次看到计算机时，"尼尔森写道，"我说'天啊，这就是人类的命运啊'！"[②]书中也或多或少表达了对反文化和反传统运动的同情；尼尔森还宣称自己去了伍德斯托克音乐节现场，[③]并把自己对计算机行业的批评与《我们的身体和我们自己》(*Our Bodies*, *Ourselves*)一书对医疗行业的女权主义批评相提并论，[④]还对无增长经济高唱赞歌，[⑤]并在书封上放了一个象征黑暗势力的拳头。此书手绘的图片、拼贴式的风格和自出版的方式——尼尔森吹嘘他是在刻意避开主流出版商——无一例外都展示出要逃离主流的情绪。

　　布兰德《空间大战》一文提出人们喜欢玩电脑，这一个简单事实已经足够令人惊讶了。尼尔森对此还进行了扩展，将"自我驱动的愉悦"（尼尔森称之为"狂热的迷恋"）同"高段位的想象与创造"相联系，而不称之为"玩"。尼尔森似乎首次明确提出计算机的实质不仅仅是在理性意义上进行理性探索的系统，更是一个娱乐设备。他强调游戏和自我表达，因此主张同笛卡尔式的机械理性彻底决裂，其彻底的叛逆同利克莱德的温和大相径庭。他还取笑人工智能研究者为"制造上帝的人"。对尼尔森而言，计算机不是能自己思考的机器，而是供人类追求理想的工具——"理想机器"。

---

① 同上。

② Nelson, "Keynote Address", presented at the Association of Internet Researchers Fifth Annual Conference, Sussex University, 21 Sept. 2004.

③ 参见 Nelson, *Computer Lib*, 2。

④ 同上。

⑤ 同上，63。

泰德·尼尔森和富有远见的叛逆英雄之浪漫形象

一本有关计算机的小册子如何改变他人的生活轨迹呢？毫无疑问，人们坐在电脑前想象自己是拜伦式的英雄人物的场景实在可笑，人们不得不用反讽的方式理解浪漫的计算。但当把浪漫主义看作一种社会结构而非一种美学或哲学时，浪漫的计算就说得通了。不只是拜伦和其他文豪，包括拜伦的读者，大多数被困在乏味科层中的人们，都忍受着单调生活、专业分工所带来的异化，无一不在幻想一种全新的生活——复魅的生活。我们可以从最早的浪漫主义文学所想象的具有男性气质的英雄们——比如少年维特——一直到如今的赛博朋克小说的主角们身上发现一以贯之的线索。特别是中层工程师，他们大多数时间都坐在电脑前，忙于单调的技术性任务，然后在故事里体会梦幻般的历险。

浪漫主义诗人柯勒律治曾在服用鸦片后休憩，梦中遇到给人绝妙感受的宫殿，醒来挥笔写下抒情诗《忽必烈汗》来记录这一世外桃源。到了当代，尼尔森称他理想的超文本系统为"世外桃源"，亦是恰如其分的。他特别擅长使用浪漫化的比喻。从强调个人在探索中发现真理，到庆祝梦想、远见与革命，到怀疑技术理性，再到策略性地使用日常俗语，尼尔森巧妙地塑造了个人的浪漫主义风格。他对科技的热情使他不同于梭罗或华兹华斯那样的浪漫主义者，尽管早期的浪漫主义者也不像阿米什人一样反对技术进步。[①]原始浪漫主义者是新科技的产物，他们对世界质疑，指出科技的局限和失败，却又不肯离开科技的世界。他们活在新通信技术和交通技术创造的世界中，有秩序地乘火车到乡村，依赖不间断印刷的现代出版物，他们在思考新技术的艺术特征方面也有突破。华兹

---

① 阿米什人本身并不普遍强烈地反对技术，他们反对的是那些让人们愈发依赖于这个堕落世界的形式。他们与现代技术形式的决裂，无论怎么看，都是一种更加激进和截然不同的架构，而非浪漫主义的。

华斯在其 1833 年的十四行诗中写道,"蒸汽船,高架桥,和铁路"应当被"自然"所接纳,因为它们是"人的艺术作品"。沃尔特·惠特曼(Walt Whitman)则更富热情地赞颂了火车头,写下诗篇《致冬天的一个火车头》:"你那有韵律的喘息和吼叫,时而高涨时而在远处渐渐低沉/你那巨大而突出的头灯紧盯着前面/你那长长地飘曳着的灰白色蒸汽之旗略带紫晕。"①

　　但真正把尼尔森和传统浪漫主义作家联系在一起的是他创造了一个与众不同的挣扎式的角色,那既非空想也不是一种修辞,而是构建了作者与读者特定关系的文本实践。罗伯特·丹顿(Robert Darnton)提出,现代读写关系可以被追溯到卢梭时期。② 他认为卢梭曾试图通过改变读者与作者的关系以及读者和文本的关系来提高对浪漫的感受性。其核心在于将作者的角色从幕后推至台前。"比起隐藏在叙述背后、用伏尔泰式的方式操纵人物的命运,"丹顿写道,"卢梭将自己融入作品中,并对读者抱以同样的期望。"卢梭幻想将存在一种艺术"不需要任何中介就能与远方沟通人之感受、意愿和欲望"。在《新爱洛依丝》(La Nouvelle Heloise)中,卢梭不仅在书上留下了当时极为罕见的作者签名,还在序言中讲述了很多真实的故事,捍卫"完整之人"不应在公众面前有所隐藏的理念。他还宣扬:"我不希望被大家神化。"③换句话说,"完整之人"就是一个敢于暴露自身缺点的人,此种行动成为一个人真挚、诚恳的重要标示。

　　这种目前人们所熟知的写作与阅读关系之本质——普罗米修

---

　　① William Wordsworth, *The Collected Poems of William Wordsworth* (Wordsworth Editions, 1998), 569; Walt Whitman. *The Complete Poems* (Penguin, 2005), 482—83.

　　② See Robert Darnton, "Readers Respond to Rousseau: The Fabrication of Romantic Sensitivity", *The Great Cat Massacre and Other Episodes in French Cultural History* (1984): 215—56.

　　③ 同上,228—29。

斯式的作者将他们内在的斗争分享给读者——不仅仅局限在中学的文学写作课堂上，也在世界各地被不停重复。学术写作对此并非充耳不闻。卢梭不认可巴黎沙龙那种陈腐、虚伪和做作的风格，因此建构出一套与之对立的文本；至今仍常有卢梭主义者批评充满专业术语和跟风的写作方式，为了改善这种评价，学术研究者也常在自己的沙龙式写作中使用一些后卢梭主义的技巧。比如说，努力培养一种独特的腔调或策略性地在作品中加入一两处个人生活细节。

历史的长河中不乏浪漫主义的反抗式英雄，如梭罗、梵高（Van Gogh）和切·格瓦拉（Che Guevera）。非说尼尔森有先导的话，那一定是 18 世纪晚期的英国诗人威廉·布莱克（William Blake）了。他们两个并不在智识上多么相似——布莱克是个宗教神秘主义者，且反对工业化，而尼尔森则是个自由主义者——尚无证据证明尼尔森曾受过布莱克的影响。之所以将两人放在一起，是因为他们提供了一种相似的阅读体验，都通过特定的文本表达引发读者的共鸣。同布莱克的类比有助于理解尼尔森引人入胜的写作风格之内核以及其七八十年代作品对读者的深远影响。

工人阶级出身的布莱克自小被训练成为一名印刷工匠。在 18 世纪，印刷是大批量生产图像最主要的方法，从某种程度上，它代表了今天的多媒体。布莱克尝试探索出独属于自己的艺术风格，所以他把诗歌、绘画和机械复制结合起来以传达个人审美；还发明了一种新的、与高度工业的活字印刷不同的铜版印刷，由此创立了一种机械印刷文字、手工着色图像的彩色印刷品。布莱克同尼尔森一样忠于自己的远见，也忠于自己反抗式英雄的角色，不追求经济或职业的成功，他坚持不用传统印刷技术，以维护自己作品的完整，这使得他一直未被太多人知道。

布莱克与尼尔森还有一个相似之处，就是常常用诙谐辛辣的语言表达自己的观点，也常常创造新词。他所撰写的《地狱箴言》

（*Proverbs of Hell*）至今仍被广泛引用。比如说，"凡现已证明的都曾是幻想"，旨在批评实证主义。"没有对立就没有进步"，旨在抨击绝对理性主义。"监狱由法律之石铸成，妓院由宗教之砖修建"则表达了他对传统道德的观点。尼尔森也有类似的出名金句，"计算机不会比我们所设计的更没人性"，"计算机不过是高级的纵横字谜"。布莱克的长篇作品则基于他个人对诗性宇宙的想象，充满了反常规的虚构角色。尼尔森也创造了一系列新词，"超文本"仅仅是个开始。比如说，transclusion（指允许内容包含新链接的文件的系统），transcopyright（指能通过阅读和链接他人文字进行自动付款的微型系统），thinkertoys（指允许进行智力探索和实验的开放式终端设备）和 intertwingularity（指大多数知识非等级式且互相关联的结构）。

总的来说，虽然对自由主义和计算机的狂热不同于布莱克，尼尔森却是个同样幽默风趣、金句频出、富有哲学思考又不在意经济收益的作家，一样热爱自绘插图，并且不断创造新词汇。两个人执着于对文本生产有绝对自主的控制——布莱克通过手工绘制实现，尼尔森则通过联网计算机实现。

所有这些如何又为何能够影响互联网世界的发展？将他们做对比的着眼点不是因为他们的心路历程，而是因为他们被读者阅读的方式和理由。布莱克或尼尔森的作品都通过代入感提供了充分的阅读乐趣，这很好地解释了其作品对读者关系的影响。

布莱克和尼尔森为读者制造了与角色的邂逅，通过建构独特的个体感受使读者获得文学式的互动。除了那几首最脍炙人口的诗篇，布莱克的魅力离不开读者对有血有肉的作者的感受。在阅读他的作品时，读者不仅仅接触到了他那令人惊叹的洞见；在适应他古怪的词汇、独特的绘画风格（引人入胜、感染力强，却算不上美丽）后，读者就像爱上伴侣一样着迷于他的存在。作者写作的乐趣同读者阅读的乐趣勾连在一起——阅读的乐趣并不在了解作者的私人生活，而在于阅读一位作者独一无二的思想历程。他作品中常出现的怪癖不是一定要被修正的，恰恰相反，这正使得文本传递出一个叫布莱克的人的发现过程。

阅读泰德·尼尔森的《计算机解放》也是同样的道理。在翻阅这些对制度和科技充满先见之明的惊人信息时，读者逐渐获得对尼尔森手写字体（每章标题都是他亲自手写）、手绘插图（通常画成漫画的形式）和独特文风的亲近，也对计算机领域的喜怒哀乐感同身受。不管是布莱克还是尼尔森，读者都对他们的决心、反叛和技能感到敬畏，不时赞赏他们的洞察力与价值观，不时认同他们辛辣的语言，尽管不是所有读者都选择不向主流价值观妥协，但他们尊重那些没有妥协的人。当然，还有一部分乐趣来自对叛逆英雄的鉴定，即便这可能只是个一闪而过的念头，但想象读者比作者知道得还多实在令人兴奋，就像我们知道自己对了而老板错了的时刻。

到了70年代晚期，《计算机解放》和泰德·尼尔森的其他作品更加广为人知，不乏对计算机痴狂的案例，越来越多的人在无形的学院中发展并完善了计算机。

为什么是"个人"计算机？

在20世纪60年代，大多数使用计算机的通信革新——一般来说就是图像界面、电子邮件、讨论组、用户友好型设计——都是由工程科层结构下的个人完成的，他们靠与此无关的项目为生，例如核备战中科学家用超级计算机增强计算，又或者致力于用泰勒工作法改善日常办公流程。到了70年代，行业的边缘地带出现了微型计算机。

"个人计算机"一词在70年代中期悄悄出现，很快同阿尔泰尔公司（Altair）早期出产的计算机对应起来，直到今天它的缩写PC被广泛使用。其他词汇也常常与它并存——微型、桌面式、家用——但表达相对模糊的"个人计算机"流传最为持久。为什么呢?"个人的"作为一个专指小玩意的形容词并不意味着计算机只是为一个人的使用而设计的。我们不管手表叫"个人钟表",不管收音机叫"个人收音机",不管口袋计算器叫"个人计算器",也不管手机叫"个人手机"。

"个人的"一词之所以被用来形容计算机,是相较于"非个人的"而言。在 70 年代中期以前,计算机行业和文化界都认为计算机代表着中立、普遍、理性和数学——这完全是非个人的,计算机仅仅是官僚机构集权化、公司进行泰勒式管理、赢得核战争的工具。我非常喜欢 60 年代的一句标语"黑色是美的","个人计算机"同标语的逻辑一样,将主流文化认为互相矛盾的两种东西结合在一起。起初,将"个人的"同非个人的通用性的东西联系起来,形成了一种令人错愕的并置,仅仅两个字的词却浓缩了对计算机文化意义的重塑。它宣告对计算机进行激进的再分类,将计算机从数学化的非个人的橱柜中取出,放入标志着个人化、独特性、不可预测性和自我表达的新柜子中——新柜子的所有特质都同浪漫主义密切相连。

如此剧烈的重构需要宏观环境的支持。到 1975 年,尼尔森的《计算机解放》和计算机的新形象已经传入一些对计算机感兴趣也很在行的社群中。1976 年《比特》杂志(Byte)九月刊的封面是一幅手绘图,图中有一个 60 年代风格的政治集会,而出席者拿的标语都写着"每家需要两台计算机!""计算机的力量"——还引用了尼尔森的论述——"消灭赛博渣滓"。人群中一个人的 T 恤上印着《计算机解放》的封面——一个挥起的拳头。这幅图中还包含了现已为人熟知的计算机文化梗——《星际迷航》的斯波克站在人群中,进取号飞船从众人头顶飞过①。很多年以后,这样的想象才同

———————

① 参见"HomeLib Issue: BYTE-Issue 13(September, 1976)", www. devili. iki. fi/library/issue/158. en. html。

计算机联系起来(70 年代中期，HAL 是更常见的代表电脑的意象)，但对于那些身处与计算机密切联系的无形学院中的人，这些意象正变得越来越熟悉。

接下来，计算机爱好者和业余发明家创造出微型计算机并革新了计算机工业的结构与特征。1976 年出现了第一台用于销售的流行计算机，在接下来的十年内一个全新的工业帝国诞生了，而它与以往的工业如此不同。一系列核心事件在图书、纪录片甚至文献片中演变成神话。① 基本上，在 70 年代中期，独立于计算机产业的主要企业和军事机构之外，计算机爱好者社群开始用廉价的芯片进行发明创造。最有名的参与者则集中在帕洛阿尔托市的自制计算机俱乐部(Homebrew Computer Club)。俱乐部由政治活动家李·费森斯坦(Lee Felsenstein)组织，他想把计算机带给思维还停留在 60 年代的广大人民。俱乐部的成员无拘无束地分享信息，包括比尔·盖茨(Bill Gates)为阿尔泰尔公司编写的基本计算机程序语言(这是第一台获得商业成功的计算机)。史蒂夫·乔布斯(Steve Jobs)和史蒂夫·沃兹尼亚克(Steve Wozniak)也是固定参与人员，他们制造的苹果 I 型计算机让俱乐部的人赞赏不已。

微型计算机在 70 年代的崛起发生在互联网发展之初，有两个方面值得稍作探讨。第一是环境，微型计算机不仅普及了互动式计算，还为 15 年后网络的普及奠定基础。第二，70 年代的微型计算机革命生动地诠释了文化潮流和技术发展之关系的复杂性。

如果直接从尼尔森的《计算机解放》跳到 70 年代晚期微型计

---

① 参见 Levy, *Hackers*, 154—278。也可以参见 Robert X. Cringely, *Accidental Empires: How the Boys of Silicon Valley Make Their Millions, Battle Foreign Competition, and Still Can't Get a Date*(Collins Business, 1996); Paul Sen, "The Triumph of the Nerds: The Rise of Accidental Empires"(PBS, June 1996), www.pbs.org/nerds/; And Martyn Burker, *Pirates of Silicon Valley*, VHS Tape(Turner Home Entertainment, 2000)。

算机的出现未免有过分简化之嫌。尼尔森固然被当时很多计算机迷所熟知,又的确去过自制俱乐部,但第一代微型计算机——从阿尔泰尔到苹果Ⅱ代再到IBM的PC——都不是尼尔森所预言的图像友好型"理想机器"。(尼尔森自己解释是因为自制俱乐部的人太在意小部件,比如芯片和线路,无暇顾及美观的软件设计。[①])再者,很难有理有据地论证泰德·尼尔森的预言就是用户友好型、图像导向型计算机最终出现的原因。七八十年代有很多人公布了不同于恩格尔巴特的对计算机的设想,比如布朗大学的安德里斯·范·达姆,施乐帕克研究中心和其他个人或群体。从某种程度上讲,这场革命没有尼尔森也很可能会发生。

过分探索个人化起源也会误解社会性科技变革的特点。70年代中期,有关计算机如何使用、如何理解的知识已经阐释清楚,微芯片工业也正走在降低计算机成本的路上,摩尔定律已经成为运营原则。真正的问题不是谁发明了什么,而是特定的观点和使用如何烙在了人们的脑海中。如果泰德·尼尔森和反文化式的计算机宣言导致了世界的物质变化,那么就在此程度上改变了个人如何理解结构下的自我。特别是,计算机提供了一个不同的自我概念,个人对计算机的使用和创造塑造了截然不同的图景。

70年代中期,科技社群中并存着多种对计算机的看法。彼时公司试图靠实施泰勒式管理来建构未来的办公室,军队则幻想用阿帕网建立全球性命令—控制系统,恩格尔巴特的追随者则在探索百科全书式的计算机,泰德·尼尔森就成了反文化式计算机视角最重要的发言人,他昭告天下计算机能成为富有创造性的写作机器,而它将帮助人实现自我探索和表达。

为了理解这些彼此竞争的观念带来的影响,有必要了解这些极客造出来的早期微型计算机在纯技术层面并非那么有创新性。

---

① 参见 Levy, *Hackers*, 220。

事实上，最早的微型计算机并非与那些要实现"未来办公室"的计算机完全不同。比如在 1977 年，苹果公司开始销售苹果Ⅱ代电脑，IBM 公司则引进了 6 号系统"信息处理器"，它在当时被描述成"一个电视屏幕式的小型终端，可以展示文本，能用'闪存盘'储存信息，用高速喷墨在纸上打印出文字，可通过电话线同其他电脑或其他 IBM 文字处理器通信"。① 苹果Ⅱ代售价为 2000 美元，② 远远低于 IBM 那台价值 16450 美元的电脑——但后者配有软盘驱动器、显示屏、网线、喷墨打印机和说明性软件。如果这些都配给苹果Ⅱ代，苹果Ⅱ代也得把价钱提到同样的水平。③

　　真正使苹果Ⅱ代不同于 IBM 的 6 号系统的，是针对计算机所想象的用途。购买了 IBM 计算机的人，只想解决机构规定好的特定问题。而在 1977 年购买了苹果Ⅱ代的消费者只是单纯地想拥有一台电脑，单纯地想看看电脑能干什么，是要去探索存在什么问题，而不是着手解决已知的问题。看待 6 号系统的观点——关注它的市场营销、程序、成本结构和此类事物——来自管理层对降低成本、增加收益的追求。苹果Ⅱ代是迥然不同的气质，意在探索所处的世界。苹果Ⅱ代比 IBM 的 6 号系统便宜得多，不仅因为史蒂夫·沃兹尼亚克聪明的回路设计，更是因为它并未被看作一个用于解决办公室问题的完整系统，它没有打印机、光驱或任何用于实现公司目标的软件，只是被当作一个箱子加一个显示屏的套装来出售。苹果Ⅱ代便宜是因为消费者的目的只是想要玩玩电脑，只是想要拥有并操作一下计算机。IBM 的 6 号系统和类似的机器被制造用于特定的目标，制造它的环境仅仅把计算机理解为基本

---

　　① "IBM Enters the Office of the Future", *Business Week*, 14 Feb. 1977, 46.

　　② 装配 4KB 随机存取存储器（RAM）的电脑要 1298 美元，装配 48KB 的则要 2638 美元，参见"苹果Ⅱ代电脑"原始价格单 oldcomputers. net/appleii. html。

　　③ 苹果的第一个硬盘驱动器要等到 1978 年才上市，到了那时，驱动器的成本已经大幅下降。

的工具。更重要的是,微型计算机不是一种新的科技,而是一种想象、营销和使用现有科技的新方式。众人预期苹果Ⅱ代带来意外,而预期 6 号系统阻止意外。

计算机展会和其他行业会议在 70 年代晚期成为行业内分享理解框架的关键场合,工程师、经理、业余发明家和记者集聚一堂。这不仅意味着新想法被公开,更是彼此观点互相确认和产生共鸣的激动人心的过程。1977 年 6 月,《纽约时报》(*New York Times*)派一位记者采访在达拉斯召开的美国计算机大会(National Computer Conference),记者着重报道了微型计算机所引发的新热潮。[①] 8 月,一篇报道微型计算机流行现象的文章将读者的目光引至即将在亚特兰大市举办的个人计算机展(Personal Computer Show)、在波士顿举办的计算机粉丝大会(Computermania)和在纽约举办的个人计算机博览会(Personal Computer Expo)。文章还回顾了 4 月份在旧金山举办的首届西海岸计算机展。[②] 距硅谷不到一小时车程的西海岸计算机展最早展出了苹果Ⅱ代型计算机,使得参观者增长了一倍,与会者逐渐明白了微型计算机将在未来大有所为。[③] 尼尔森做了一场名为"刻骨铭心的未来两年"(Those Unforgettable Next Two Years)的演讲,他坦率地表示:"我们正站在一个新世界的边缘,大家都知道小型计算机将会重塑整个社会。"他继续说道:

　　　　尽管现代的小型计算机已经足够神奇,它们将为整个社会带来剧烈的改变,就像曾经的电话或手机一样。这些小型

---

① 参见 Victor K. McElheny, "Computer Show: Preview of More Ingenious Models; Computer Show Confirms Trend in Widening Use of Technology", *New York Times*, 16 June 1977, H79。

② 参见 Richard W. Langer, "Computers Find a Home (Yours)", *New York Times*, 26 Aug. 1977, C48。

③ 参见 Levy, *Hackers*, 265。

计算机就在你们眼前,它们的配件包括闪盘存储、图形显示器、交互式游戏和能在牛皮纸上作画的编程乌龟,还有其他意想不到的东西,你们随时可以掏出信用卡把它们带走。我们正在引领潮流,计算机的爆发将引发社会的狂热,它的市场很快就会成熟起来……这种热潮将持续下去。美国制造的计算机将打破旧市场,接下来的两年将是令人刻骨铭心的两年。[①]

　　5 年后,《时代》周刊(*Time*)将计算机刊在封面,并冠以"年度人物"之称号。虽然并非 2 年后,[②]但尼尔森又一次准确地预言了计算机的未来,而同时代的主流媒体仍在关心计算机能否打造出泰勒式管理的办公室。成千上万喜欢计算机或开始喜欢计算机的人参观了这些展会(或者向参观展会的人打听情况),他们接触到了计算机的反文化意义。接下来几年,一种狂欢式的反叛话语系统战胜枯燥晦涩的主流话语(来自经理人、学者和财经记者),成为对计算机意义的准确描述。

结　论

　　70 年代末,泰德・尼尔森所赋予计算机的多重意义——计算机象征着自我掌控,因此应该用于探索和表达激情——依然是少数派观点,不论在行业内还是行业外。巨额资金还是在不停地流向大型计算机、集权式公司管理、军事应用和人工智能的特殊实验,尽管他们使用计算机的方式多种多样,却都与反文化无关。即便是那些对计算机交流感兴趣的人,也倾向于用理性主义的启蒙

---

　　① 同上,267。
　　② 参见 "TIME Magazine Cover: The Computer, Machine of the Year-Jan. 3, 1983-Person of the Year-Science and Technology-Computers-Machines", www. time. com/time/covers/0. 16641,19830103. 00. html。

话语来思考,计算机将用于严肃的场合,比如检索科学信息、帮助职场人士预约时间或者教育年轻一代。

70年代,计算机成为方便获得、不可抗拒的新文化。其标志性意义不在于将懒人沙发或其他反文化标签引入办公室,而在于为计算机的运用提供了一种崭新的社会意义,为坐在计算机前意味着什么赋予了新的内涵。对70年代的电脑工程师而言,计算机可以很有趣,电脑游戏问世,计算机具有超强吸引力,这都不算新闻,但在反文化式运用以前,这些对计算机的知识和体验像是深藏不露的秘密或计算机的额外副产品,谈论它们令人感到愧疚。对大型机构而言,计算机需要具备特定的理性化功能,如果不把计算机用于商业计划、授权书或市场营销,计算机可能也会很有趣——不过那就丧失了合法化计算机的理由。

局面在70年代后期就变了。自从1976年开始,计算机工程师或大学生,抑或某个在五角大楼工作的人,在茶歇期间读一本《计算机解放》或《创意计算》(Creative Computing),了解新的程序语言或导出图片的技巧,是再平常不过的事情;人们自然而然地处在一个将计算机合法化的世界,这大概就是鲍德里亚所说的"惯习"(habitus)。通过提供对计算机浪漫主义式的使用方法——计算机可以用来玩乐、表达甚至颠覆——计算机的使用和设计不再是同特定目的相连的途径,它们就是目的本身。

浪漫主义框架的大部分影响将在接下来的十年间逐渐展现。到了20世纪80年代,计算机工业和它在文化中的大体结构并非完全有异于70年代。然而,为了玩乐和为计算而计算的微型计算机在某种程度上挽救了计算机亚文化的生存,不仅开拓了新的市场,更改变了对计算机目的导向、工具式的理解,创造了广泛被接受的对计算机的新想象。这样的事实也在计算机的发展中留下了印记,IBM公司后来推出的入门级PC先推出了游戏功能,后来才能使用闪存。[①] 也许最具决定性意义的是，手段的乐趣和目的的不确定性业已同反叛式英雄的身份潜在相关，这种身份认同改变了从业者对自身、对自我和他人关系的思考，并吸引更多人走进计算机的世界。

　　① 参见 IBM Information System Division，Entry Systems Business，"Press Release：Personal Computer Announced by IBM"，12 Aug. 1981，IBM online archives，www. ibm. com/ibm/history/documents/pdf/pcpress. pdf。

第三章　被忽视的网络:20世纪80年代，微型计算机和新自由主义的兴起

> 他们给我看……一个联网的计算机系统……他们有超过100台能上网发电子邮件和干其他事的计算机，而我对此竟然不知晓。而当他们给我展示图形用户界面的时候，我简直震惊了。①
>
> ——史蒂夫·乔布斯
> 回顾1979年12月在施乐帕克研究中心的访问

两个车库男孩?

苹果Ⅱ最初是史蒂夫·乔布斯、史蒂夫·沃兹尼亚克和阿马斯·克里弗德·马克库拉(Armas Clifford Markkula)三人合作的成果，而马克库拉，这位硅谷风险资本家对公司的创建和成功毫无疑问起着最重要的作用。沃兹尼亚克曾暗示马克库拉是他们三人中最重要的一个。②

---

① Sen,"The Triumph of the Nerds：The Transcription，Part Ⅲ"(PBS，June 1996)，www. pbs. org/ nerds/part3. html.

② 沃兹尼亚克在一次接受采访中说:"我得到了比应得更多的关注。一部分原因是，我是这家革命性公司的两个创始人中的一个。史蒂夫(乔布斯)和我抢了大量的功劳,但迈克·马克库拉对于我们的早期成功是更为重要的,但你从未听说过他。"(Jason Zasky，"Steve Wozniak Interview-Apple Computer-Business-Failure Magazine"，Failure Magazine，failuremag. com/index. php/feature/aticle/steve_ wozniak_interview/.)

他提供了资本和管理技巧，担任董事会主席，在苹果公司发展最快的一段时期，他还是苹果的 CEO。[①] 苹果不是第一台微型计算机；当苹果起家时，有很多业余爱好者捣鼓小型计算机，甚至有一些已经在生产和售卖了。苹果的与众不同在于，它让这个新产业超越了爱好者市场，走向一个更大的世界。值得争论的是，是马克库拉让一切得以发生。他运用自己的知识和关系让一个由爱好者运营的生意超越这些边界增长，使苹果从其他早期微机制造者中脱颖而出。

然而通过对20世纪80年代十年间英语报纸和杂志的搜索，仅有83篇报道提到了马克库拉。而史蒂夫·沃兹尼亚克和史蒂夫·乔布斯分别在417和791篇报道中出现，是马克库拉报道的5倍和10倍。[②] 众所周知，苹果电脑由两个"车库男孩"创办，而马克库拉不在其中。

为什么出现这样的疏忽？1985年，新当选的总统罗纳德·里根宣称："我们已经经历了大工业和巨型企业的年代。但是我相信，这是一个企业家的年代。"[③]这是马克库拉的问题。在美国神话的叙述中，企业家一般起于微末，不需要外界支持，而他基本不符合这一形象。马克库拉有出身，并有各种关系。他曾是一名有经验的硅谷经理人，能熟练处理合并、风险投资、生产制造和分销的复杂问题。他带来了一个既存的知识、社会关系和经验体系，应用于微型计算机的生产和营销。但在20世纪80年代，主流媒体

---

① 根据 Forbes.com：

马克库拉于1977年1月至1983年5月，和1993年10月至1996年2月期间两次担任苹果计算机委员会主席，1977年至1997年任董事。他是苹果创始人之一，曾担任过多个职务，包括总裁兼首席执行官、营销副总裁。在创立苹果公司之前，马克库拉先生曾担任飞兆半导体事业部市场经理、飞兆半导体相机和仪器公司营销经理、休斯飞机公司研发实验室技术人员。（"Armas Clifford Markkula Profile-Forbes.com"，people.forbes.com/profile/armas-clifford-markkula/28278.）

② Nexis/Lexis full text searches on 15 June 2006 from 1 Jan. 1980—1 Jan. 1990.

③ 引自 Charles Brown，Jay Hamilton，and James Medoff，*Employers Large and Small*（Harvard University press，1990），1。

对企业家白手起家的创业故事很敏感,急切地寻找这种叙事在现实生活中的案例。传统叙述模式已经过时了,现在企业家是独自工作的,不依靠社会关系、背景知识或者既存的社会框架。在Lexis/Nexis数据库80年代的文章中搜索关键词"车库"和"苹果电脑",能够发现一大堆这类标题,比如"但愿有更多的年轻百万富翁"(《经济学人》),[①]"风险承担者们"(《美国新闻与世界报道》),[②]和"独立精神"(《公司》)。[③]

　　事实上,在马克库拉到来的前一年,从表面上看,乔布斯和沃兹尼亚克在车库工作,确实制作和售卖了大约两百个电路板,用来组装名为"苹果"的爱好者电脑。这段经历随后成为"两个男孩在车库中创造了苹果电脑"这个非常流行的企业家故事的核心。但是马克库拉还未到来的这一年,这一段非公司法人的、非正式的伙伴关系,不过是两个大学生电脑爱好者为其他爱好者制作一些电脑部件。那时,沃兹尼亚克在惠普公司做全职工作,他曾说过与马克库拉合作后带来的变化:"这与那年我们在车库把苹果Ⅰ代匆匆拼凑不一样,这是真正的公司。我设计了一台计算机,因为我想要去设计,想要在俱乐部炫耀。我的动机不是想要有一个公司和赚钱。"[④]但在80年代,使两个车库男孩有别于一家真正企业的那些东西,大部分在媒体对微机工业的报道中消失了,成为创业故事的牺牲品。

---

　　① 参见"More Young Millionaires, Please: Europe Has Plenty of Entrepreneurs, But Too Few Innovators", *The Economist*, 4 Feb. 1989。

　　② 参见 Cindy Skrzycki et al., "Risk Takers", *U. S. News and World Report*, 26 Jan. 1987. Also see "TIME Magazine Cover: Risk Takers-Feb. 15, 1982-Science and Technology-Computers- Apple-Business", www. time. com/time/covers/0. 16641, 19820215,00. html。

　　③ 参见 Curtis Hartman, "The Spirit of Independence", *Inc.*, 1 July 1985, 46: "我们生活在大工业和巨型公司的时代。但我相信这是企业家的时代。——罗纳德·里根。这里是美国,你在这里做任何事情。——特德·特纳。"

　　④ Levy, *Hackers*, 258.

　　这种空白是80年代早期，美国社会占统治地位思想转变的象征。那时，曾一度被认为是边缘的、激进的市场信念以及伴随对所有形式政府管制的不信任，在全球化的影响下，将成为许多掌权者的共识。同样，在80年代，计算机不友好、令人敬畏的形象在受欢迎的想象中瓦解，并被小型打字机般的盒子样式取代，更常出现在广告、媒介、办公室和家庭中。这两个跨时代的转变并非不相关。我们会看到，微型计算机以这种独特的方式出现在美国，让市场信念看上去是正确的。与此同时，市场的焦点也从互联网移向了微型计算机。

微型计算机和市场

　　约翰·梅纳德·凯恩斯（John Maynard Keynes）有一句名言，"那些相信自己不受学识支配的实干家，通常是一些已故经济学家的奴隶"。[1] 话是如此，但是为什么有时候实干家们受马克思影响，而其他时候则受米尔顿·弗里德曼（Milton Friedman）的影响呢？为什么有些知识框架获得了广泛支持而另一些却消失了？有时候，一些一般性的力量在起作用，比如经济上的利益，但事实上，我们也能看到很多富有的马克思主义者和保守主义的工人阶级的例子。

　　当然，这些概念之所以被广泛接受，部分是因为它们在传统社会组织，诸如学术机构、智囊团和相似机构里得到了精心培育，这些知识概念通过出版物、会议和催生概念生产的金钱，精心推广进入各种权力大厅；在新自由主义的案例中，我们将会看到芝加哥"法律经济运动"和关于"信息社会"的一系列出版物在其中扮演的

---

　　[1]　John Maynard Keynes, *The General Theory of Employment, Interest, and Money*(Atlantic Publishers & Distributiors, 2006), 351.

角色。有时候,那便是所需的全部。数不胜数的知识概念通过机构组织过滤后,进入到我们的商业、法律和立法,而一般公众无须知道太多,更无须理解太多。

但是,放到一个更广更长期的视野里看,这里还有另一种解释。想要更广泛和更深层次地影响社会,知识需要变得更为生动。它需要把日常生活和更大更抽象的世界联系起来。例如,乡村生活的经历会使人们产生某些政治观念——一个猎人对麻烦的枪支许可证的厌恶有可能导致整体上对政府管理的厌恶。而生活在城市则会带来另外一番经历,对城市暴力和分区法的关注使得人们在整体上更乐于接受政府的管理。而日常生活不仅仅是一个市郊的地理位置,它是基于人、空间和物体的频繁交往构建起来的。

20世纪80年代,微型计算机很大一部分是社会性的产物,由美国中产阶级日常生活催生,它能为使用者带来特定体验,而这种体验使个体能更好地总结出社会存在的本质。具体而言,微机在日常生活中的出现方式,帮助它成为一个自由市场优势的象征。

从文化层面说,这个时期有两点是十分重要的。首先,互联网被忽视了。因为主流文化通过自由市场的视角来看事情,因此微机被想象成孤立的个人;它很难被想象成一个广泛的社会关系网络,人们在其中生产和使用微机。因此,本章关注的是,什么预先决定了那个时代主流的技术想象,尤其是微机在型构新自由主义(在其批评者口中是"市场原教旨主义")过程中所扮演的角色。其次,在军工联合体的缝隙中,一系列与早期网络相关的特定实践逐步形成,指向另一种政治经济方向,而这也会是第四章的主题。计算机网络用户社区建基在对社会关系复杂性的高度认知之上,而这些复杂性被其他人所忽视;这个社区获得反文化风格元素的充实,开始通过"大致共识和运行代码"创造出了十足"非市场传统"

的开源软件生产。开源传统将在90年代初带来令人惊奇的因特
网的出现,并在之后的十年中,成为反新自由主义的单一市场图景
的核心抗衡力量之一。

如何把"市场的"转变成"现代的": 技术和新自由主义的崛起

在法律思维、政治修辞和大众文化语境中,美国生活总是带有
强烈的洛克式个人主义框架,在市场中追逐利益的个体被认为是
"自由"的原型。但是美国从来不纯粹是理性经济人的地盘。比如
爱国主义、宗教信仰、种族主义、公民共和主义、爱默生式的个人主
义、劳工运动和富有感情的中产阶级家庭观都是流行且强有力的
抗衡力量,限制了市场个人主义。而且,各式各样的社会主义和无
政府主义在美国传统中也有同样举足轻重的地位。市场个人主义
说不上是"美国意识形态",因为美国的意识形态是一个混合体,在
任何时候都包含了社会和政治的各种范畴。

在这个意义上,从70年代晚期开始,一大批新的市场个人主
义兴起,并在整个80年代到20世纪末期,对国内和国际政策的制
定都起到了非常重要的作用,比如新自由主义、"华盛顿共识",以
及带有贬义色彩的市场原教旨主义。在这篇文章写作的时期,它
才刚刚丧失了影响美国和世界其他国家政策制定的绝对优势,但
仍然是一股强大的势力。

知识运动可以在大学和其他组织机构中兴盛,而无需由世界
政治和大众文化带动。但是,任何运动想要获得政治和文化上的
认可,就必须有专家机构来建立其合法性,并予以宣传教化。新自
由主义之所以获得了成功,是因为它与大众心理产生了一定的共
鸣,但它首先是在许多智囊团内部和学术运动中获得一席之地。
在新自由主义普及过程中的每一个阶段,技术都在其中发挥了不

容小觑的作用。

"法律和经济"运动中的技术

曾经有段时间,新技术和进步在美国政治中似乎是更属于左派的。在进步主义时代,路易斯·布兰代斯(Louis Brandeis)论证反垄断法,是通过把信托和强盗资本描述成"不科学的""低效的"和"反进步的"来实现的。[①] 在 20 世纪 30 年代,新政拥护者站在新技术和进步一边,欢庆政府创立的"田纳西河流管理局"(TVA)和其他大型政府项目。[②] 事实上,20 世纪的前半个五十年,美国人见证了 AT&T 和通用电气等巨型企业的兴起,见证了新政的改革成效以及 40 年代中央管制进行战争动员的努力。正是这一切为美国成为世界上最富有和最有权势的国家做了铺垫,也让它的公民看到了令人惊奇的新事物,像收音机、电冰箱、电视、摩托车和洲际公路系统。而其中的大部分得以完成,相当程度上靠的是政府和大型、复合、官僚集中式企业的紧密合作,而非由有野心的企业家独自完成。凯恩斯学说逐渐成为政党和有权势的思想领袖著书的核心思想,例如尤金·V. 罗斯托(Eugene V. Rostow)1959 年所著的《为自由而计划》(*Planning for Freedom*)。而政府对从电视新闻到机票价格在内的任何事物进行适度管理,看上去也是合理、专业和有远见的。[③]

所以在 60 年代,在美国那些拥护正统经济自由主义原则的人看来是倒退落伍的。对国家监管退出的呼吁和对竞争自由市场的

---

① 在 20 世纪早期,路易斯·布兰代斯批评铁路"不科学地运行,效率低下,不值得公共支持"。(Thomas K. McCraw, *Prophets of Regulation*［Harvard University Press, 1984］,93.)

② 例如, David E. Lilienthal, TVA: *Democracy on the March*(Harper & Brothers, 1944)。

③ 参见 Eugene Victor Rostow, *Planning for Freedom: The Public Law of American Capitalism*(Yale University Press, 1959)。

歌颂被认为是开历史倒车，回到了 19 世纪，就像《鲁滨孙漂流记》一样古怪和过时。

　　经济保守派敏锐地意识到，想要夺回知识的权威性，他们需要将市场个人主义包装得更"现代"。安·兰德（Ayn Rand）、哈耶克和一些边际主义经济学理论的著作可能在忠实信徒圈子中颇有说服力，但要想征服更大的世界，还需要做很多事。因此，他们开始着手展示，不仅仅一般市场是高效的或道德的，而且更具体来说，不受政府监管的自由市场能更好地掌控最现代的技术。按这个潜在论点，收音机、电视、飞机，甚至计算机不需要像联邦通信委员会（FCC）和美国联邦航空管理局（FAA）这样的政府管理，或者政府资助的研究，或像 AT&T 那样受保护被监管的垄断公司；相反，他们需要从监管的镣铐中挣脱出来。自由市场可以是高科技的。

　　几股不同的思想潮流结合在一起，为这一切提供了一个知识框架。其中最著名的是，芝加哥大学的《法律和经济期刊》（*Journal of Law and Economics*）深思熟虑的努力。它将一系列新古典主义经济思想移植到关键的法律概念中，其他新古典主义导向的经济学家开始寻求方法复活"政府管制是可憎的东西"的观点。[①]在 60 年代早期，许多有上进心的保守主义行动派学者，例如理查德·波斯纳（Richard Posner）、道格拉斯·H. 金斯伯格（Douglas H. Ginsburg）和罗伯特·伯克（Robert Bork），有时与古典保守主义的传统基金会（Heritage Foundation）或者更偏自由主义的加图研究所（Cato Institution）联合，开始出版著作和发表文章，探测 20 世纪美国福利国家学说的弱点。不满足于坚持传统保守的村社市场寓言，霍拉肖·阿尔杰（Horatio Algers），或者其他企业大亨的代言人，解决了那些硬骨头：航线法规、反垄断法、FCC 对无线电

---

　　① 这一思想学派的经典包括 Richard Posner，*Economic Analysis of Law*（Little Brown，1974），and R. H. Coase，*The Firm*，*the Market*，*and the Law*（University of Chicago Press，1988）。

波的管制——这些全都是新政拥护者及其继承者们用于阐述自由市场缺陷的案例。在每一个案例中,"法律和经济"学者都试图说明,战后公司自由主义下的企业和政府的亲密关系——就像万尼瓦尔·布什在《科学:没有止境的前沿》中论证的那样——并不像表面那样有用,实质上既非必要,也非高效,如果一下子缩减政府资金和管制措施,能够运行得更好。这一论点接着说,如果律师、法官和政治家更多考虑消费者福利、经济效率等问题,而非公共利益,将做出更加正确和具有前瞻性的决策。

值得一提的是,这些"法律和经济"活跃分子似乎凭空变出一些新颖聪明的想法。在70年代早期,水门事件和越战失利通常被解读为美国保守主义的低谷。但事实上,它是特定的战后国家主义、公司导向的集权主义的低谷。尼克松政府的许多政策同时惹恼了社会保守主义者和经济保守主义者,况且在越南的冒险也是民主党的总统们所开启的。随着70年代的推进,美国经济陷入了困境,工业的领导地位也受到挑战;这是短命的福特政府和卡特政府时代,是经济滞胀的时代,是铁锈地带制造业惊人衰退的初始时期。在这种令人沮丧的情境下,"法律和经济"理论家提供的不仅是批判,也似乎提出了某种不会威胁现有福利和生活方式的途径来脱离这泥沼。

信息社会理论

大约同时,在信息社会理论家那里,一种对电脑完全不同的看法出现了。在主导思潮空缺的70年代中期,信息社会理论的修辞为资本主义力量提供了一种刺激的另类图景。

在60年代反主流文化和麦克卢汉学说的灰烬中,丹尼尔·贝尔(Daniel Bell)、马克·波拉特(Marc Porat)和其他学者开始关注发达工业社会中多种符号经济(symbolic economies)的重要性与核心性;企业、政府和日常生活之间关系更为紧密,也渗透在更复杂的传播系统中,比如卫星和电脑,以及更加复杂的数据形式和文化产品中,比如市场调查和遍布全球的好莱坞电影。[1] 让-弗朗索瓦·利奥塔(Jean-Francois Lyotard)在 1980 年左右观察到这一趋势,并写下《后现代状况》(*The Postmodern Condition*),将一小撮人文主义者二十多年来的智识闹剧称为“后现代主义”。[2] 然而,贝尔和波拉特将这一趋势理解为信息社会到来的一种信号,这种阐述与华盛顿权力中心的调子更为一致。在信息社会理论中,贝尔提出生活将不再是“事务管理”,而是一种“人与人之间的游戏”。[3] 这些文本都在隐晦地表达,我们正走向一个社会,在这里,主要商品并非传统资源或工业产品,而是电子分发式信息。

大量对信息社会引人入胜的学术评论已经出版了。早期的大多数作品如今饱受批评,因为它们大都建立在对服务产业增长报道的误读之上,在这里,一些餐馆服务员之类的低薪服务岗位的增长,被误认为是计算机编程之类的知识性岗位的增加。同样,声称资本主义根本性转变的论点(相较于消费主义和远程通信协作生产将是长期发展趋势的观点)是如此单薄,更多基于猜想而非论证。[4] 在对划时代的历史转型做过深度严肃研究的社会学家和经济学家中,很少有人把信息社会当作一个严肃的学术问题进行思考。[5]

---

[1] 参见 Daniel Bell, *The Coming of Postindustrial Society* (Basic Books, 1976); Marc Uri Porat, *The Information Economy: Definition and Measurement* (U. S. Department of Commerce, Office of Telecommunications, 1977); 以及 Anthony G. Oettinger, *Elements of Information Resources Policy: Benefits and Burdens in the New World of Library and Other Information Services* (Harvard University, Program on Information Technologies and Public Policy, 1975)。

[2] 参见 Jean-Francois Lyotard, *The Postmodern Condition: A Report on Knowledge* (University of Minnesota Press, 1984)。

[3] Bell, *The Coming of Postindustrial Society*, 128.

[4] 参见 Frank Webster and Kevin Robbins, *Information Technology: A Luddite Analysis* (Ablex Publishing, 1986), 以及 Nicholas Garnham, “‘Information Society’ as Theory or Ideology: A Critical Perspective”, *Information, Communication and Society* 3, no. 2 (2000): 139。

[5] 例外的是 James Beniger, *The Control Revolution: Technological and Economic Origins of the Information Age: Economy, Society, and Culture* (Blackwell Pub, 1999)。

　　但是,信息社会理论在学术界以外还是获得了巨大的关注,阿尔文·托夫勒(Alvin Toffler)著作的流行便是最好的证明,1980年,托夫勒在其未来冲击系列畅销书中又加入了《第三次浪潮》(*Third Wave*)。为什么"信息社会"这个概念那么受人关注呢?传播系统正走在数字融合的道路上,这点真的是很容易预见的。但是,在同一时间也出现了其他概念说明同一种现象,比如电子技术支配社会(technetronic society)、信息通信社会(telematics society)、计算机传播(compunications)。[①] 所有术语都以媒介在数字化进程中逐步融合为条件,并且不同程度上都被凯里和夸克(Carey and Quirk)"电子至上修辞法"(rhetoric of electrical sublime)的说法概括了。他们共享同一种技术决定论、工业乐观论,以及通过科技追求进步与超越的准宗教观。同时,他们还乐于分享没什么门槛的麦克卢汉式巧辩"万一他对了呢"——在汤姆·沃尔夫(Tom Wolfe)看来这是麦克卢汉著作的中心思想。你并不需要完全认同电视正在创造一个地球村,或者我们正在告别工业时代进入信息时代。你只需要去想,"万一他对了呢?"之后你自会投以关注。[②]

　　但多数术语都在相同的话语空间内竞争,主要集中在机器设备层面上关注互联网和电脑技术的作用。"信息社会"概念的特别之处是它有别于其他专业性很强的表达方式,并在 90 年代早期随着"信息高速公路"的修辞重新出现在人们视野中。

　　"信息"这个词暗示"意义"也可以当作东西一样易于管理。当

---

　　① 参见 Zbigniew Brzezinski, "America in the Technetronic Age", *Encounter* 30 (1968):16—26; James Martin, *Telematic Society: A Challenge for Tomorrow*(Prentice-Hall,1981);以及 Stephen H. Lawrence, *Centralization and Decentralization: The Compunications Connection*(Harvard University Center for Information Policy Research, 1983)。

　　② 参见 Tom Wolfe, "What If He Is Right?", *The Pump House Gang*(Farrar, Struas & Giroux, 1968)。

知识分子们期待数字化的最终实现和媒介融合，他们看到的是墙壁正被打破，化为齑粉；但在野心勃勃的精英资本家眼中看到的不是鲍德里亚的"内爆"（impolosion），也不是利奥塔的"总体话语的终结"（end of totalizing discourses），而是信息的崛起。从资本主义权力结构的视角来看，信息正在你的想象中变成一种具有无可比拟优势的实体和财产，可以进行交换和买卖。这对一个苦苦挣扎的企业领导而言有十足的吸引力。如果你说我们正在进入"信息通信社会"，这可能会吸引互联网和电子通信设备生产商的注意力，但是如果你说我们正在进入一个"信息社会"，这就会让更多人，从好莱坞总经理到高校管理者，再到华尔街经纪人产生兴趣。

合流：数字融合与作为资产的数字信息的建构

在精干而有权势的智囊团世界里，信息社会修辞和新古典经济学相互交错，在联邦行政机构、国会议员和企业政府关系办公室中产生了巨大影响。知识产权的例子展示了信息社会修辞与新古典经济学如何交融在一起。70 年代，软件——尤其是在算法和专利层面——是否可以或者应不应该被产权化存在极大的争议。在 70 年代晚期，像电子表格这样的东西不被认为有资格申请专利，因此其发明者确实没有取得针对此概念的专利权。然而几年以后，比尔·盖茨利用专利权对 MSDOS 软件进行充分控制，使微软成为世界上最富有的公司之一。

一连串的概念使得这些变化在法庭和立法机构能够实现。值得关注的是，信息社会的理论话语假设，信息是一种已知的可量化的东西。信息社会理论的学者没有说，我们应该把信息转变成一种财富，他们说这是一样东西，是硬盘上的数据，于是信息天然是一种财富（或者至少是很容易变成一种商品）。他们用不证自明的事实来推导他们的分析。（这是今天的专家们没能预见到纳普斯特[Napster，一个 P2P 文件共享平台]问题的主要原因，因为计算机通信的方式会散播和加速文本拷贝，从而对整个财产概念产生动摇；他们认为，将信息当作一种财产可以在技术中不证自明，因此他们很少认识到，这些技术事实上有可能削弱财产的概念。）因为在他们心目中数字信息就是财富，而不需要被生硬套入财富框架，所以他们假设，文化的数字化会轻而易举。

这一观念接下来又伴随着自由市场的新热潮。这种结合并不完全由逻辑所驱动。70 年代，"法律和经济"运动中的保守主义者把他们的大部分精力都放在了解除广播频谱和航空业的管制上。在那时，他们并没有很重视知识产权问题，这有可能是因为，从他们的理论视角来说，版权和专利的理据都太薄弱。产权和专利会造成暂时的垄断，并会鼓励经济学家所谓的低效率和反竞争的寻租行为。如果新古典经济学家不完全鼓励知识产权，那么"权利话语"这么做了。"法律和经济"运动有助于复兴传统财产权利这类话语，并且，这个权利话语使它用一种常规方式来阐释概念，即权利越多越好。

接下来，信息社会修辞与"法律和经济"运动市场化的热潮在法庭上形成了松散的联合。这种联合为 80 年代早期扩大知识产权概念的立法决策奠定了基础。在那个时期，核心趋势是基因和软件专利的扩张，之后，知识产权保护扩展到计算机程序的外观、生物文化和基因序列，延伸到了流行歌手的个性特征，最终在 90 年代，就连商业模型和亚马逊"一键下单"都成了一种专利。1984 年初，美国国会和国务院养成了要求其他国家保护知识产权的习惯——尤其是那些由好莱坞和美国制药公司控制的贸易——作为最惠国待遇的前提。① 因而，潜藏在法律决策之下的普通逻辑颠倒了。以往，如果你想要将财产保护扩及以往未得到保护的事物

---

① 参见 Duncan Matthews, *Globalising Intellectual Property Rights* (Routledge, 2002), 15。

之上，你要为这种法律权力的额外扩张做出解释，这是一个不容易
的负担。但在 80 年代中后期，基本逻辑倒过来了。解释的负担落
到了那些想要阻止合法商品化的人身上。前提假设变成了，如果
能挣到钱，扩大知识产权保护才是符合逻辑的前进方向。

当时，（信息社会与新古典经济学的）合流出现了更新的迹象。
1983 年，麻省理工学院社会科学教授伊锡尔・德・索拉・普尔
（Ithiel de Sola Pool）发表了一本颇有影响力的著作，名为《自由的
技术：电子时代的言论自由》（*Technologies of Freedom：On Free
Speech in an Electronic Age*），[1]正如书名所标示的，经济保守右翼
成功抓住了高科技文化。如果同样标题的书在 1935 年出版，那么
这本书大半是歌颂新政的，可能会关注像田纳西河流域管理局的
农村电气化工程。但是，从 1983 年到至少 90 年代末，技术和自由
一道与保守主义结合。这与德・索拉・普尔的著作不无相关。它
提供了保守主义所需的现代性。

《自由的技术》以一段耸人听闻的叙述开头。第一章名叫"影
子变暗"，一开始就声称，"五百年来，人们为言论出版自由、免执
照、免审和免于控制而斗争，终于在一小部分国家取得了胜利……
当越来越多的言论通过电子媒介发表，五个世纪以来不断完善的
公民完全的言论自由权利可能处于危险之中"。[2] 德・索拉・普
尔的著作成就了几部现在我们熟悉的电影：它指出，未来基于电子
化的媒介融合可能会为言论自由的抽象个体带来古典自由主义式
的乌托邦，它把华盛顿的监管机构妖魔化成乌托邦建成的最大阻
力。他透过玫瑰色眼镜看待言论自由的历史；事实上，过去 500 年
的斗争史并没有带来他所谓的自由，直到 20 世纪中期，美国法律
才将言论自由作为基本原则确立，而这又很大程度上源于 20 年代

---

① 参见 Ithiel de Sola Pool，*Technologies of Freedom*（Harvard University Press，
1984）。

② 同上，1。

世界产业工人组织成员（wobblies）和其他激进分子的努力。[1] 这本书还狡猾地将自由市场、企业自主权和言论自由等同起来，"自由"既可以意味着本地电话服务的市场竞争，也可以意味着废除反垄断规制，自由还可以意味着在公园里站在肥皂箱上大声表明某人的政治观点。

但是德·索拉·普尔的著作在那个时代最重要的作用，还是在于将技术的控制管理描述成一种合法权利。由于将其看作一种简单的合法过程，创造一种权利，和对抗侵入式管制之间，几乎没有什么区别，许多律师也乐于同意这一表述。（直到 40 年代左右，人们还几乎不使用知识产权这个词汇；我们今天所谓的知识产权在当时被认为是一个个松散的特权，更多是有关福利而非财产的概念。）但在那时，把"权利"这个词放在重要位置对之后有很重要的意识形态影响。另一方面，"权利"驾驭着技术和亲近市场的热情，也对美国文化产生更深层的影响。技术和现代性不再站在计划或者公共福利或者民主政府成就的一边，它们站在了权利的一边，政府是它们的敌人，正如它是权利的敌人一样。到了 1987 年，斯图尔特·布兰德将会在他的书中称颂 MIT 的媒介实验室，并将德·索拉·普尔的《自由的技术》作为核心灵感。[2]

微型计算机的政治经济学内涵

要搞清楚一个新鲜的小玩意儿，不仅要弄明白它的工作原理，还要赋予它一定的社会意义，这在很大程度上与诸如地位、适应度等标准社会变量有关。卡洛琳·马文（Carolyn Marvin）和其他人

---

[1]　参见 David Kairys, "Freedom of Speech 1", in *The Politics of Law：A Progressive Critique*, ed. Kairys(Pantheon, 1982),237—72。

[2]　参见 Brand, *The Media Lab：Inventing the Future at MIT*（Viking Adult, 1987）.214。

已经指出,当电话被推介时,电话公司的总经理和用户同样都在忧虑这项新技术是仅限于业务经理使用,还是应该引入家庭做其他用途。当时社会上产生了相当大的焦虑,电话这一强大的新设备可能因为年轻单身女性的使用而贬值。[1] 与此相似,当微型计算机首次出现在日常生活中,人们也并不清楚它们在社会秩序中应该被安置在何处。桌上有一台电脑是高社会地位,还是低社会地位的象征? 是经理用,还是秘书用这个带着键盘的玩意儿? 它们是家庭使用的,还是办公使用? 是用来玩游戏,还是用于诸如预算这样的严肃目的? 使用计算机是一种时尚的表现,一种值得吹嘘的能力,或仅仅只是像照片拷贝这样最好留给下属来干的常规技术任务? 但当人们去寻求这些问题的答案时,另外有一种内涵更为丰富的模式建立起来了:微型计算机将会告诉我们政治体、经济体以及它们相互之间的一些关系。这在很大程度上宣告了,新技术已成为思考宏观社会关系的一种隐喻和一种意识形态的浓缩符号。

这些问题的答案并非是由技术自身的属性先定的或完全确定的。例如在这个时期,法国人也在大范围持续扩大规模,在芯片支持的屏幕上用键盘写信——在由法国电话业务广泛支持的 Minitel 终端上。然而,Minitel 大体上是一个政府所有的 PTT 体制(Poste,Telephone,Telecommunications,邮政、电话、通信)打造的项目,它是以网络化设备的面目诞生的,用来收发邮件、检索信息,而不是一个个隔绝的设备。因为在法国电子化以一种不同的政治经济建构进入到日常生活,计算拥有了不同的含义和用途。法国人使用政府提供的连接式无线通信系统;每家每户装置的机顶盒帮助他们接入一个与其他市民相联系的更大系统之中。相

---

[1]　参见 Marvin, *When Old Technologies Were New*, 71, and Claude S. Fischer, *America Calling* (University of California Press, 1994), 222—54。

反，在美国，人们使用的是一个由企业资本家和发明家提供的（至少新闻界是这么认为的）孤立物件。前一种是用于连接其他人的，而后一种是一个隔绝的盒子，完全由个人自己控制。在更广泛的意义上，这两种说法都过度简化了，事实上，美国的微机工业建立在几十年来美国政府基金研究对微芯片和计算机设计的支持；在法国，私人工业卷入制造电脑电视终端和相关设备上的程度极高。这两种尝试都需要在商业和政府相互依赖的意义上保持企业自由。但这样的深度合作模式也不是即刻显现的。表面上，在微型计算机的例子里，意义生产的曲折隐微之处和美国政治经济政策的右倾变得相互纠缠。

这种纠缠不是完全自发或者无序的。事实上，在 70 年代，为大众市场提供一种小型廉价的通用电脑的想法，被工业体系里已经成型的行业玩家忽视了。这种缺位，让一些能够绕开董事会的小型电脑公司在爱好者社区内逐渐成长，比如苹果和微软，最终以极快的速度进入计算机制造的主要玩家行列，顺便还让微型计算机附上了业余爱好者玩乐的印记。[①] 但是，到了 80 年代早期，微型计算机市场变得不容忽视。当苹果和微软仍是中等规模的公司，面对着诸如富兰克林（Franklin）、睿侠（Radio Shack）、辛克莱（Sinclair）、康懋达（Commodore）、奥斯本（Osborne）和凯普洛（Kaypro）等一系列竞争者，美国媒体和一部分大众已经深深着迷于微型计算机。尽管它缺乏高度协调，以及其他消费者产品介绍的那类任务驱动式特征，但在某种程度上，80 年代早期的微型计算机"革命"是一个高度系统化的事件。微型计算机通过从白宫到媒体再到本地电脑商店编制的一系列神话，弥补了 80 年代政策宣言和工业财团所缺乏的东西。

---

① 参见"1982 Brochure for the IBM Personal Computer", digitize. textfiles. com/i-tems/1982-ibm-personal-computer/。

微型计算机：反消费者产品

学者在搜索 80 年代计算机关键词时，总会是跳转到一些引人注目的文化文本，例如苹果公司"1984"的广告、①威廉·吉布森（William Gibson）的赛博朋克（ur-cyber-punk novel）小说《神经漫游者》（Neuromancer）以及《战争游戏》（*War Games*，1983）或《终结者》（*Terminator*，1984）这类描述计算机灾难影响的电影。② 这些黑暗文本令人着迷，但如果假设它们代表了当时真正的文化核心则是武断的。苹果的"1984"广告在全美国仅播放了一次，《神经漫游者》一开始是一部小众的经典作品，《战争游戏》和《终结者》的出现更多是受到《2001 太空漫游》中的 HAL 超级计算机的启发，而不是像剧院展示影片那样在商店里突然冒出来的微型计算机。如果一个人真的想要了解计算机在当时美国日常生活文化中的重要性，那他最好从更广泛传播的层面开始：当时购买第一台电脑还是很新潮的经历。今天，购买电脑已经成为稀松平常之事，而在当时正有数以百万的美国人经历着这一绝非寻常的过程。这一经历本身成了一个文化大事件：打开凯普洛、苹果或者睿侠的微型计算机的外包装，组装零件，开始第一次用键盘打字，在单色显示器上看到回信。

---

① 由 Chiatt/Day 公司出品，Ridley Scott 执导，在 1984 年超级碗期间首次播出，被马龙称为"广告史上最大的飞跃"（Michael S. Malone，*Infinite Loop*［Currency/Doubleday，1999］，274）。也可以参见 Sarah R. Stein，"The '1984' Macintosh Ad：Cinematic Icons and Constitutive Rhetoric in the Launch of a New Machine"，*Quarterly Journal of Speech* 88，no. 2（2002）：169—92。然而，大部分关注都来自广告产业内部，它获得了许多大奖。对于大部分观众而言，这则广告只在超级碗期间全国性播出过一次，甚至它在苹果公司的广告中也不是典型的，苹果往往采用更加接地气、平凡、通俗的路线，强调易用性和功能性。比如可以参见苹果平面广告集，www. aresluna. org/ attached/computeristory/ads/internatinoal/apple。

② 爱德华兹广泛讨论了《神经漫游者》《战争游戏》和《终结者》，并认为它们对于塑造 20 世纪 80 年代的时代精神发挥了重要作用，参见 Edwards，*The Closed World*，327—45。也可以参见 Friedman，*Electric Dreams*。

80年代把数不清的技术发明第一次送进了家庭:磁带录像机、传真机和答录机等等。但是这些东西的新鲜之处,只在于更广泛的人群可以买得起它们;这些东西来自熟悉的公司,在此之前,人们都听说过它们。而微型计算机却是一个独一无二的东西。早在80年代之前,普通美国人绝无法想象他们可能会拥有一台计算机;计算机是如此昂贵且巨大,以至于普通人没有想过可以使用或者渴望它。因此,当大量美国中产阶级突然翻起了计算机杂志,解读软盘和新软件的奥秘,参与新机器细节的闲聊时,这暗示了一些非比寻常的变化正在发生。

公司主导的消费经济是那个时代的重要语境。通过长期观察,在由大规模生产主导的公司经济下,消费产品变得越来越相似。牛仔裤、啤酒、肥皂,甚至汽车最终都变成几乎毫无差别的商品。因此,市场营销任务最终变成在有很少差别的产品中间生产出细微差别:于是我们开始习惯于浮华、重复和图像支配的广告,用标语口号、名人代言和生活方式想象来推广产品,这些广告几乎不告诉我们关于产品的任何信息,表达的只是产品的文化联想。年复一年,这种趋势表现出了消费资本主义的一个主要弱点,导致遍布世界的人类社会组织时不时以漠不关心或敌对的方式,回应消费资本主义及其背后的机构,并且积极寻找它的替代模式。

许多美国人通过培养业余爱好,比如需要持续不断地学习技术细节的活动,来寻找主流消费的替代品;养纯种狗、修复古董车、沉浸在俱乐部共享专业知识的亚文化中学习风笛、个人网络、时事新闻、杂志和书籍——在这种重视实质而非符号的亚文化中,劳动过程本身是令人愉悦的,并且在全国知名品牌广告推广的范围之外。

80年代初,微型计算机的快速扩散起初就被看作是一种爱好者亚文化的实践。有越来越多的个人开始考虑投入必要费用购置一套微型计算机——即使最便宜的计算机也需要花两到三倍电视

机的价钱,一些流行型号的价格接近一台功能良好的二手汽车的
价格——有了微型计算机,就可以获得全世界的信息,邀你来学
习、比较和思考,成为崭新世界的一部分,这种兴奋感刺激着人们。

　　微型计算机工业的早期发展与传统的消费体验形成鲜明反
差,在传统消费主义之外为资本家提供了另一种选择。技术确实
是崭新、复杂且处于持续的变化中,所以产品的问题也通常是不同
的。相较于可乐或者李维斯牛仔裤这类传统产品,微型计算机产
品技术性能的具体信息和运作原理确实是有意义且相关的。买一
台计算机不仅仅是在店里组装零件和接通电源,它还能让人成为
一个持续不断阅读和讨论的世界的一分子,在这个世界里,内存容
量性能、微处理器速度、程序兼容性和外部设备都值得投以极大的
关注。

　　在 70 年代,微机的购买者大多数是爱好者和那些通过俱乐
部、学校或者工作等技术社区接触并熟悉技术的人。然而到了 80
年代初期,大部分的购买行为发生在与技术社区没有持续联系的
更大范围社区的人群中——购买者有那些怀着纯粹好奇心的人,
有小商人,或者企业的中层管理者,后者动用办公室预算购买设
备,从而可在外部对集中管理进行监控。这些购买个体很少依赖
俱乐部或其他非正式网络渠道来获取信息,因此他们大多数是通
过印刷媒体获知这些设备是什么,以及是否值得购买。在这种语
境下,印刷媒体扮演着决定性的角色。80 年代初期,在主流媒体
界和持续扩散的新杂志领域,大量受欢迎的微型计算机评论迅速
增长。创始于 70 年代、单色印刷、小范围受众为目标的时事快报
(《创意计算》[Creative Computing],《字节》[Byte])开始采用光
面纸和大量广告,并吸纳了大量新手进入这个领域。

　　大部分媒体报道都采用了新手购买指南的形式。1980—1983
年间的美国,杂志架上充斥着新的计算机出版物,报刊上的计算机
报道也开始高频出现,语气从一开始的好奇心态转变为积极乐观

的紧迫感,从"它们是什么?"转变为"既然你知道你需要买一个,我们告诉你如何购买"。例如,1980 年 3 月,《纽约时报》刊登了一篇名为"计算机造得可以在家里感受"(Computers Made to Feel at Home)的文章,通篇描述由计算机商店店主们提供的奇闻轶事。这篇文章提到这个初创产业的飞速成长,如一位店主所言:"我们做生意以来,今年第一次有了圣诞节抢购高峰。"①同时,文章还简短地提到了计算机品牌以及价格——苹果Ⅱ代和睿侠 TRS-80 和它们的价格——在这个早期阶段,文章的语气是相当茫然的;文章还提到,计算机商店的氛围"如同一个友善的俱乐部",并指出商店雇员对游戏都有极大的热情。为了说明人们可以用家用电脑做些什么,文章叙述了(虽然有些不可能)一个刚买了计算机的家庭的孩子如何用苹果Ⅱ代设计程序任务,来规划家庭预算。报道中还有一个消费者利用他的电脑"在理论上推演赛马,以提高他的赌博利润",而另一个人则用计算机编程来控制他儿子的电动火车。

第二年,《纽约时报》又发表了一篇类似的文章"家用计算机带来的光明新世界"(A Bright New World of Home Computers)。文章的语气变得更为自信。② 同样把有意向第一次购买微机的人作为直接目标受众,这篇文章的长度数倍于上一篇文章,并被分成了几个部分:"做功课""购买贴士""购买去处"和一个用于解释"打印机"之类词汇的计算机术语列表。这篇文章毫不犹疑地认为购买计算机是一项严肃且值得的事业。文章引用一个大学教授的话,建议有意向的购买者首先应该学习计算机杂志和书籍,可能的话还应该参加一下课程。它还对技术层面的细节做了深入说明,解

---

① 参见 Anne Anable, "Computers Made to Feel at Home", *New York Times*, 9 MAR. 1980, Cio-II。

② "A Bright New World of Home Computers: Doing the Homework: Young Experts Tips on Buying; Where to Shop; a Computer Glossary", *New York Times*, 4 June 1981.

释诸如"可编程的内存以 1000 字节为单位衡量。一个字节是一个二进制代码，机器将每个字节分配给对应的英语字母和数字。家用计算机的内存一般在 1000 字节或者 1k，到大约 32000 字节或者 32K 之间。K 代表千位"。VCR 也是当时的科技新品，但是有着完全不同的购买体验。

新闻界热情地刊发无数文章，报道持续不断增长的与微型计算机相关的各种新产品。公司持续不断地宣布推出新模型，还有很多新公司持续不断地进入这场游戏中，软件和周边设计的第三方产业持续不断地发布新闻稿或者兜售他们的产品。记者们热衷撰写所有这些产品的评测——在经济不景气的时候，记者提供一种崭新而稀缺的专业性评估——而公司则乐于购买支持这些报道的广告。潜在购买者可能在被办公室里的某人或一篇登在《纽约时报》上的文章激起兴趣后，继而又被附近报摊上供人浏览的海量信息填满。

实用价值与乌托邦

很明显，80 年代，当新闻媒体对微型计算机的购买价值越来越自信时，人们到底拿计算机来做什么仍然是不清楚的。1981年，《纽约时报》一篇文章提到了游戏、音乐合成和教育用途，但在文章中却没有任何细节。在 1980 年和 1981 年两篇文章之间，好像新闻媒体直接从疑惑"计算机是什么"跳到了预设"计算机是有用的"——却又从来没有指出这些用途是什么。事实上，1980 至 1983 年期间，各种各样的专业社群都在发现计算机的具体用途；学术专家、新闻记者和办公室文员正在发现它的文字处理能力，而小商人和中层管理人员正在发现它的电子表格功能。但一直到了 80 年代后半期，主流新闻界才会在细节上讨论这些应用，尽管如此，媒体采用"理所当然"的语气，更多是从"计算机有用"的预设出发的，而不是真的探索或拓展了计算机的具体使用方式。①

发行可观的《新闻周刊》(Newsweek)针对 1982 年初的个人电脑做的一份概览很典型。② 这份概览题为"给每个人他自己的电脑"(To Each His Own Computer),文章的开头是这样的:

> 想象一个语言大师(Wordsmith)智慧到可以轻易理解和运用比大多数人使用过的更多的文字,然后将这些文字一气呵成——并更正拼写错误——在一台高速打印机上。想象一个拥有无限耐心的老师,从打字到法语,它都能精力充沛地指出你的缺陷,并对这些缺陷进行训练。一个永不疲倦地玩着你最喜欢游戏的运动能手。一个研究员,在电话线的些许帮助下,就能找到世界上最好的书、爆炸性新闻、当地服装店的爆款和肾脏研究的最新研究突破,并将所有这一切都带到你的私人起居室中。然后,你可以想象一下,这么多事都可以由一个东西来完成,多变到连它的创造者都不知道它的界线在哪里——如果存在边界的话。你可以拥有它:个人电脑。

这样激动人心的叙述确切说明那时可以买到的计算机的实际用途;上文中的某些功能要等到至少十年后才能实现,而有些功能如今已经完善了("无限耐心的老师"),还有一些是对一般任务的浮夸描述(将文字处理功能描述成"智慧的语言大师")。

那时,文字处理是微型计算机最常见的功能(并且,至少在互联网普及之前一直都是如此),它在这篇 4400 词的文章里有以下

---

① 一项 Lexis/Nexis 公司针对美国及世界主要出版物的调查显示,"电子表格"(spreadsheet)一词在 1983 年之前出现了 18 次,1983 年出现了 89 次,1984 年出现了 220 次,1985 年出现了 356 次。

② 参见 Marbach, "To Each His Own Computer", Newsweek, 8 Feb. 1982, 50—56。

短短两行的描述："想要写小说吗？装一个文字处理程序吧，它能
帮你和你的电脑在一个页面上处理文字、编辑文本以及打印出完
美无瑕的复印件。"这篇文章文饰了把计算机当作教育工具的热
情——80 年代早期常见的销售卖点——但下文几乎没有写实际
上学生是如何利用这些机器的。这篇文章宣称，计算机就是"作为
教育工具出现的"。

> 563 教室不像明尼苏达州圣保罗地区的其他中心高中，
> 这里没有粉笔、粉擦、课桌和黑板的踪迹，相反，每一个中心高
> 中计算机实验室的学生坐在升级版的苹果Ⅱ代微型机前，实
> 验室里只有微弱的敲击操作键盘声和零星的机器哔哔声。当
> 最近明尼波利斯地区被一场大风暴袭击时，学校在中午疏散
> 了学生并很快将校园清空——除了那些在计算机实验室不愿
> 回家的学生们。

这篇有 37 个段落的文章投入了大约 3 个段落在讨论计算机
的潜在用途，采用的是不加评判、不带喘息地快速罗列了诱人的可
能性，而不是在传统和微机协助两种方法之间仔细比对讨论。"驱
动市场的力量"，文章这么认为，

> 是难以置信的多功能机器。一台个人电脑几乎可以完成
> 无限的任务。威廉姆·D. 奥尼尔（William D. O'Neil）是海军
> 作战部的负责人，当他从五角大楼回到位于华盛顿郊区的家
> 时，他一头扎进自己的地下室，打开个人电脑——继续写他的
> 第二部小说，"无情的深度"（*The Remorseless Deep*），一部关
> 于潜水艇战的惊险小说。艾伦·托比（Alan Tobey）在加利福
> 尼亚的伯克利有一家"酒与人"的小店，他用计算机写下配方，
> 在自己的家酿啤酒里中和啤酒花、麦芽和其他成分……马萨

诸塞州马布尔黑德的胡德·塞尔斯（Hood Sails）用个人电脑在 25 张帆布大小的阁楼里，为全世界的游艇设计特定的船帆。或者用计算机谱写声乐，使它成为音乐家的一件乐器。列勃拉斯的作曲家用电脑帮助编排《媚俗之王》（*King of Kitsch*），约翰·科特勒（John Cutler）是"感恩而死"（Grateful Dead）乐队的设计工程师，他用苹果Ⅱ代计算机在后台为摇滚乐队的演出校准电子乐器的声音。当然计算机也可以有更高尚的用途：滚石公司有一台苹果电脑用以帮助他们的官方传记作家储存信息，以及写下团队历史。[①]

这并非对当时正在发生的事情的深刻见解，也不是对未来趋势的预测。这篇文章没有提到电子表格、电子邮件、讨论列表，而当讨论计算机服务和资源时，它也肯定没有将互联网包括进去。它也没有讨论计算机交互那令人着迷和上瘾的特性，或者大部分计算机活动都有类似游戏的性质，即便使用者并没有用它玩游戏。

文章只是在讲述微型计算机的故事，在叙述一种希望和潜能，而不是在讲述计算机即时的实用价值。它让读者产生一种错觉，以为自己能参与到一个重大而未完成的进程之中。对实用价值的模糊处理由此也在修辞上转向一个强大的论点；由于缺少任何关于具体用途的有效知识，任何奇闻都可被当作效用的证据。

仅在 1 个月后，《时代》周刊 1982 年 1 月 3 日的刊物就将计算机评选为"年度人物"，封面图片是一个灰色石膏小人在一台程式化的微型计算机面前跌落。这篇封面文章比《新闻周刊》几乎同时刊登的文章要包含更多的社会学概述，引用了托夫勒对后工业时代、宗教学、"电子商务"的预测，同时又引用了像魏泽鲍姆（Weizenbaum）等人的质疑，以简单平衡报道倾向。但这篇文章同样也

---

① 同上。

模糊了实际的使用价值，选择用扣人心弦的笔调罗列了平凡到不可思议的奇闻轶事，而忽略了我们现在回想起来的那时的主流趋势；报道没有提到电子表格、阿帕网、互联网或者法国的 Minitel 终端，而只要简单浏览一下当时的一些贸易出版物，就能了解所有这些东西。

市场的感觉：孤独个体练习掌控物体

没必要认为《时代》周刊的年度人物噱头有太多社会学上的重要性，它其实只不过是反映了杂志编辑的主观判断，他们知晓更多的是可靠的发行数据，而不是对当前事态和社会趋势的先见与智慧。但很难想象人们不会扫一眼封面——连续数周在报摊、咖啡桌、等待室，以及媒体的二手评论中出现，好像渗透在了文化中一般——这巩固了一些观念，不仅是计算机值得严肃关注和消费的观念，而且突出计算机作为一个实体的特性。人们所关注的是计算机本身——而不是计算，不是网络，不是新奇的交流形式。就《时代》周刊而言，计算机不是人类行为，是一样东西。与计算相关的整套活动——微型计算机行业赖以维系的仍高度集中的微芯片制造工业，试图将生活转变为数字的压力，为了控制数据、信息以及商品化而打响的法律、政治、文化战争，正在转变的文本生产方式：一切都被缩减进一个盒子之中，人们在商店的货架上找到它、购买它、带走它，并为个人所用，操作起来简单明了。

因此，80 年代这些小型计算机为信仰市场的新自由主义支持者提供了一个极其有效的实用经验。这一部分是由于由政治家和上层企业管理者混合而成的圈子远远地看到了快速兴起的微机产业，注意到像苹果、康柏（Compaq）和微软等新产业帝国的崛起，看到了一个重振信念的有力论据：商业世界确是企业家首创精神的产物。虽说有像可口可乐、通用汽车、通用电气等既存的企业巨头，但也许，笨重的官僚企业与政府相勾结所建立的环环相扣的经济网络还没能主导经济界;这(新产业帝国)也不是越战时期学者和反战示威者所抱怨的"系统"。说不定,商界只是一个满是创新的世界,终究只是冒险个体之间的互相竞争。

里根时代对市场、解除管制和自由企业充满了热情,而微型计算机是在这个时代诞生的先进、高科技的亮点;它是一枚符号,象征着市场优势,给领导者追求新自由主义政策带来了额外的动力。戈尔巴乔夫时代的苏联官员声称,西方在市场驱动下惊人的高科技成就,比其他任何东西都更能激发苏联领导人第一次尝试搜寻新的、市场友好的经济模式。[①] 新自由主义学者鼓吹着微型计算机产业的成功,而对新自由主义理论可能抱有怀疑态度的管理人员和官员们则默不作声。

但这不全然停留在政策和宏大理论层面上。随着越来越多的人投入和购买微型计算机,这段经历中的有些东西,将在人们的有生之年脱颖而出。市场的爆炸性扩展,驱动了摩尔定律的浪潮,随之而来产生了令人震惊的效果。当你搜索汽车或者服装,这些公司看起来是一样的,价格一直在缓慢增长,创新更多是一种粉饰。然而,在微型计算机领域,新的价格、新的功能、新的公司,以星期为单位刷新。因此,在这个消费领域的购买行为有着明显不同的体验。

此外,还有与前二十年的新技术的比较,在那时候,新技术是像核能、超音速客机、太空旅行的东西,在一般人眼里,每一项技术都涉及巨大的难以接近的机构,不同程度地存在失望和危险,以及从未进行澄清的神秘复杂性。微型计算机与这些含混消极的内涵形成了鲜明的对比。与这种传统的对新技术的隔膜截然不同,在自己家中或办公室的桌上有一个实实在在的电脑,这些干净的现

---

① 参见 Mikhail Sergeevich Gorbachev, *Memoirs*, trans. George Peronansky and Tatjana Varsavsky(Doubleday, 1996), 217。

代技术来自那些有着可爱名字的小公司，那里没有轰鸣与烟雾，没有重大安全隐患，这是一种奇妙的感觉，这玩意甚至比电动园林工具还安全。

最后，终极的小秘密——在那时候，软盘启动或键入隐蔽指令等概念对于普通用户而言还是完全不透明的——它们都会被逐一征服。大部分用户最终可以按照自己的方式掌握基本知识，这样的过程让人慢慢产生一种征服感。微型计算机是一个自成一体的盒子，看起来通过努力就可以将它完全置于个人的掌控之下。

在一个复杂社会，任何想要获得驱动力进而变成常识的意识形态，首先"感觉起来"得是正确的。这在竞选时期适用，但同样在政治话语框架上，在塑造学者、记者、评论家、官员和政界人士的看法，以及他们对立法、政治或者他们职业的下一个举措的考虑上都更为适用。当然，不是每个买了微型计算机的人都会开始相信自由市场。意识形态转变几乎不会这般机械、简单地发生。但当人们沉浸在阅读、购买和使用微型机的体验中时，会产生日常生活经验和新自由主义经济视野的一致性——每个单独的个体都独自经营一个世界，不依赖他人，每个人都处于自我掌控的状态之中，理性地计算着价格和技术。一个韦伯主义者可能称之为微机外观与新自由主义精神之间的选择性亲和关系；文化研究奠基人斯图亚特·霍尔的学生可能称之为"接合"（articulation）。① 但问题是，在1983年，即使是满把胡须的马克思主义教授，在用5.25英寸软盘打开他的新IBM个人电脑，准备他最新文章的那一瞬间，也许感受不到被压迫者的团结一致，反而觉得自己像一个野心勃勃的洛克式个体正在圈画新的孤立领地。马克思主义者的一贯信念可能会阻止他在这个感觉下做任何改变，但大多数政治信念不甚牢

---

① 参见 Stuart Hall, "On Postmodernism and Articulation: An Interview with Stuart Hall", ed. Lawrence Grossberg, *Journal of Communication Inquiry* 10, no. 2 (1986): 45。

固的人可能会转而跟随新自由主义视角。也许市场并没有那么糟糕，甚至还有点让人兴奋不已。

超越功利主义：浪漫主义英雄黑客的诞生

不过还好，他们还有些兴奋，而不只剩下理性。自发的个人主义与市场、理性、利益最大化的功利主义个人密切相关，它的问题就在于太干巴了；它把一个自由个体简化到了一个烦琐、善于算计的店主。新闻界喜欢史蒂夫·乔布斯以及其他微机成功故事，不仅仅是因为他们恰好符合了里根时代对创业故事的设想。如果他们是滚珠轴承制造业中业已成功的企业家，经济学家们也许对此很开心，但是关注度却小了许多。经典功利主义理论认为，市场交易中广泛存在的私利行为可以将市场完善得更好，但出于自身原因，它并不赞同反叛，也不关心资本家私人生活丰富多彩的细节。然而，年轻人在车库制造和编程个人电脑的故事，则多了一丝浪漫色彩。80 年代早期的微型计算机公司刚起步，还在挑衅着传统的计算机公司。年轻的乔布斯和沃兹尼亚克在 70 年代早期合伙用自制盒子欺骗电话系统的故事被商业媒体无休止地重复，不是因为这个故事背后有着理性和自利的行为——它是一个大学生的恶作剧，满满的都是盗窃意味——而是它暗藏了用技术手段来对抗现存权力的意味。1983 年当乔布斯招募百事可乐总裁约翰·斯卡利（John Sculley）担任苹果电脑 CEO 时，他对斯卡利说了一句很著名的话，"你想用后半生一直卖糖水，还是做你想做的事情，和我一起改变世界？"①在严格的市场理论中，企业家群体不应该关心改变世界；这是看不见的手应该关心的事。卖糖水获得利润是

---

① John Sculley, speaking in Sen, "The Triumph of the Nerds: The Transcription, Part III".

完全应该做的理性行为。但美国式的浪漫和企业家联系在一起是
另一种罗曼蒂克；张扬的、怀揣着改变世界梦想的年轻个性，可比
单纯的利益最大化有趣多了。

弗雷德·特纳创造性地解释了史蒂芬·利维1984年《黑客》
（Hackers）这本书的意义，以及此后的一个会议，他认为这创造
了——而不只是发现——对黑客的文化认同以及对计算机设计和
编程的独特理解方式。当时利维是一名自由记者，通过采访曾在
麻省理工学院和旧金山湾区工作的计算机程序员，他写了一本书，
并在书中把口语"黑客"放大为一个重要的东西。黑客一词此后长
期都用来指称那些工匠式爱好者（hobbyist-tinkerers），不同于按
照精心设计的预定计划进行开发，他们喜欢做些小配件来玩。利
维发现这个词最早产生于50年代麻省理工学院本科生的铁路模
型俱乐部。到了70年代，计算机圈子用这个词区分按兴趣爱好而
非计划进行的工作方式和那些严格按照计划执行的工作方式。其
基本内涵已经成型；黑客行为指的是与利克莱德的"自我驱动的愉
悦"、魏泽鲍姆的"上瘾强迫症的程序员"（addicted compulsive pro-
grammers）和布兰德描述中的"太空大战玩家电脑嬉皮士"
（Spacewars-playing computer hipsters）同样的行为。追随布兰德
的角度，利维对于黑客的描述具有正统浪漫主义特征，他们是"冒
险家、梦想家、风险承担者、艺术家……是一群最清楚电脑为什么
是真正的革命性工具的人"。[1]

为了歌颂黑客们在微机工业中正搅起的巨大波浪，利维进一
步加入了细节和一段叙述。在《计算机革命中的英雄》（Heroes of
the Computer Revolution）一书中，利维没有提到恩格尔巴特、利克
莱德、范·达姆或施乐帕克研究中心；这些个人和机构都有着雄厚
的资金，并包含在更大的机构之中，或者至少在表面上基于明确、

---

[1]　Levy, Hackers, 7.

理性的计划进行运营。相反，在利维的叙述中，黑客们值得称颂是因为他们是浪漫的艺术家，恰恰因此也成了引领计算变革的人；因为他们处在主要机构的边缘或者外部，所以他们更容易这样被描述。在认真搜寻计算机历史中几个重要时刻的文化时，利维编织了一个故事，首先在 MIT，之后在帕洛阿尔托爱好者社区，再之后进入到 80 年代初期新兴的游戏建设社区，以痴迷心态接近计算机的个体们极大地发展了这门艺术。技术史很少像利维这样艺术性地描写重大事件和个人，它们大多是深沉严肃的。

自卢梭后，内部激情和裂痕的揭示成为浪漫本性的一个标志。利维的《黑客》就是这样一个引人注目的读本——这听起来是正确的——很大程度上是因为他专注于黑客们的内心情感。他对所谓黑客伦理的描述——接近电脑应该是不受限制的，信息是自由的，不信任权威，通过黑客水平评价彼此，计算机可以成为艺术——吸引人的都是一些不那么政治或者哲学的声明；因此，这种不完全的状态就会被认为是最好的。黑客们充满了吸引力，因为他们身上体现了一种群体价值，这个群体抗争并顺从内部激情，把捣鼓计算机作为终极目标的共同想象。

值得称赞的是，利维注意到了这种差异，展示出那个时代计算机的浪漫化倾向，与理性的、公司建制的、以利益导向宣示自身规则的计算机行业之间的紧张关系。利维笔下的英雄之所以是英雄，并不是因为他们借此发财，而是因为他们的激情和技术贡献。他花了一些时间在书中探讨利润导向与编程社区中正在建设的共享电脑代码之间的冲突。利维第一次呼吁要关注比尔·盖茨年轻时与早期计算机爱好者之间的纷争。这些爱好者对外免费分享了比尔·盖茨的第一款商业软件。他还呼吁关注理查德·斯托曼（Richard Stallman）被授予"最后一个真正的黑客"称号；这两个人最终在十年之后开源软件运动的兴起中扮演了至关重要的角色。但在大多数歌颂 80 年代新计算机文化的叙述中，市场原则下理性

功利主义的自私形式，和利维详细阐述的浪漫风格，常常被不加区
分地混为一谈。

结　　论

　　1983 年，索拉·普尔（Sola Pool）出版《自由的技术》（*Tech-
nologies of Freedom*）的同一年，在反文化概览《共同进化季刊》
（*Coevolution Quarterly*）的读者圈中爆发了一场有意思的争论。
《共同进化季刊》是布兰德《全球概览》的后续刊物。在过去的
十年间，季刊通过各种方式试图致力于反文化的平均主义，推动
乌托邦的发展。例如，它在 1974 年专门辟出一期邀请黑豹党人
来编辑。1975 年以后，所有员工都享有相同的薪水，刊物订阅
费的每一次变动，都会在读者中通过形式松散的民主咨询
商定。①

　　然而，一些读者在 1983 年对编辑们改变了以往的做法颇有
微词，出版物变得和大多数商业出版物类似，涨订阅费也不再和
读者们商量。但这仅是杂志正在着手改变的很小一部分；到了
1983 年的夏天，斯图尔特·布兰德调用了所有的资源围绕微型
机做文章，他着手创立一本《全球软件概览》（*Whole Earth Soft-
ware Catalog*）和一本《软件评论》（*Software Review*）。也许是
因为经营良好的商业计算机杂志为了吸引有经验的计算机作家，
向他们提供了收入更为可观的职位，所以这些新项目也为编辑们
提供了更高和更有竞争力的薪水。1984 年，《全球软件概览》和
《共同进化季刊》合并，合并后的期刊更名为《全球评论》（*Whole
Earth Review*），《共同进步季刊》那套经济平均主义宣告破产。

---

　　①　参见 Art Kleiner，"A History of Coevolution Quarterly"，in *News That Stayed
News*，1974—1984：*Ten Years of Coevolution Quarterly*，ed. Brand and Kleiner（North
Point Press，1986），371。

这里曾是在美国罕见的抵制资本主义的地方,如今资本主义实践回来了。[1] 简单地指向那些把 60 年代反文化理念融入 80 年代计算机文化的个体并不能很好地解释这一转变。

即使一切发生地悄无声息,但这仍然是一个相当重要的改变。《全球概览》历史上最著名的时刻,是斯图尔特·布兰德决定将杂志获得惊人成功后带来的巨额利润捐给"社区",并举办一个通宵的"全员上阵"(come-one-come-all)会议来决定这些钱的用途。[2] 当然,布兰德从来不是一些人想象中那种程度的反资本主义分子;《全球概览》所表现的一般观念是,利润动机是乏味而墨守成规的,但它不是万恶之源。但到了 1984 年,就可以清楚看到,布兰德出版物的乌托邦罗盘已经转向,市场关系中孕育的不平等现象不再是一种诅咒。到了 1990 年,《共同进步季刊》的两位撰稿人阿特·克莱纳(Art Kleiner)和凯文·凯利(Kevin Kelly)将会继续助力创办《连线》杂志。

简单将布兰德及其同伴的转变归因于他们接触了新古典主义边际效用理论,并不能确凿地解释这一现象。这样一个转变要在政治辩论的整个局势中深入扎下根来,一些转型必须深入肌理,在心灵习惯层面发生。微型计算机这个初登舞台的事物在其中发挥了不小的作用。一方面,因为美国计算机制造商都陷入了诸如自动化企业打字间(automated corporate typing pools)这样的愿景中,他们很难预测到通用台式计算机的需求,因此留下了行业缺口。这反过来催生一场公开大戏,大量小型新兴企业在高科技领域出其不意地冒头,互相在功能和价格上进行激烈竞争。在微型计算机的例子中,虽然创业叙事过度简化了两个车库男孩的故事,但在一个寡头企业垄断的商业经济中,这个故事仍然比大多数行

---

[1]　同上,336—37。

[2]　参见 Levy, *Hackers*, 187—98。

业的情况更接近事实。

　　另一方面,消费者用微型计算机享受了一把脱离传统消费准
则的特殊购买体验。这种体验直到最近仍被认为具有难以理解的
复杂性,它使人们有一种掌控非自己所有物的感觉;在《2001太空
漫游》中超级计算机HAL浸淫下成长起来的一代人,突然发现自
己在家也可以组装一台小型计算机,继而迅速陷入具有强迫症特
征的摆弄中。因为从一开始,微型计算机就在很大程度上被认为
是独立的机器,计算被包含在一个孤立的对象商品中,这种观念被
放大了(而不是某种与系统联系在一起的东西)。微型计算机使人
们产生了自己和其他人作为抽象个体在市场中竞争的愿景。

　　利维的《黑客》指出,里根时代的创业精神和微型计算机体验
在一些方面很难达到完美的配合。但是,即便严丝合缝的意识形
态转变真实存在过,现实中也非常罕见。回顾往昔,大众层面上浪
漫化的独立的微型计算机,与精英层面上"法律和经济"运动以及
信息社会运动的交汇,引发了一场意识形态的完美风暴,在全球范
围以及美国的日常生活实践中发挥作用,引发了一个资本主义社
会关系爆发性新增长的时期。

第四章　网络与社会想象

　　有人可能会说，按照这种过程产生的技术设计可能不是最好的，但是更重要的是这些技术设计确实经由开放的过程产生——架构上的开放，政治上的开放，定期的新人涌入，成果被免费发放给世界上的所有人。这些非常简单的理念所包含的强大能量，对于那些没有经历过的人来说是非常难以理解的。[①]

——史蒂夫·克罗克(Steve Crocker)

　　当一个人使用电脑的时候，怎么判断他是在独自行动还是与他人一起呢？表面上看，盯着黑白屏幕、敲打晦涩的命令以接入网络互动和在苹果Ⅱ代上配置电子表格没什么两样。二者都包含了内行才懂的人际互动和痴迷的专注；二者都能让人把注意力从物理上距离最近的邻居身上转移开。但是，在20世纪80年代的美国，对于那些卷入互联网早期发展各阶段的小圈子里的人来说，他

---

　　① Steve Crocker, "Interview with Steve Crocker, CEO of Shinkuro, Inc.", *IETF Journal* 2 (Spring 2006), www. isoc. org/tools/blogs/ietfjournal/? p = 71 # more－71.

们的体验和微型计算机几百万用户的体验有着关键差异。正是这些差异让他们以更大的视野来迎接不同的可能性。如果说早期使用不联网的微型计算机创造出洛克式的、远离他人的自主感觉,使用计算机网络则会产生相反的效果;使用互联网的计算机终端时,特别是使用了一段时间后,技术内嵌的社会关系会逐渐凸显。对此谁都会有些许感受:当你介入一个聊天列表或者聊天室维持秩序的时候,不管是给菜鸟提供技术建议还是鼓励偏激的人控制言论,目的无非是为了维护群体的和谐,都能感受到一些社会关系的影响。从邻人身上转移开的注意力,被导向了系统内部互动的社会机制上。

当时的人们不可能通过阅读《时代》周刊或《财富》杂志来知道这些,但是站在今天回首历史,可以清楚地看到,20 世纪 80 年代正是计算机网络取得巨大进步的时期。正当美国主流浪漫化 80 年代电脑企业家的个人神话时,重要的发展却在公众注意力之外展开,有着截然不同的政治含义。到了 1980 年,分组交换作为一项通信的操作手段发展起来,被应用到实验性互联网以及连接银行和实验室的 X. 25 网络的工作上。以太网(以及计算令牌环和ARCNET)的局域网技术具有了商业可行性,而且今天互联网的基础协议 TCP/IP 经历了从建立到测试再到大发展的过程。诸如Compuserve 和 Prodigy 的商用计算机网络走上市面,小型计算机电子公告栏系统开始扩散,很多大学里的计算机科学家开始通过低成本的新闻组(Usenet)系统互通有无。法国通过其邮政局发布的 Minitel 系统,将世界引向了计算机网络的消费用途。通过这个网络,人们可以在家里的计算机终端上收发邮件和查找信息。作为计算机工程师共同体的重要组成部分,网络在 20 世纪 80 年代几乎是工程师关注的焦点。

这些事件直到十年以后才进入美国更大范围的公众视野,因此,对 20 世纪 80 年代发生事情的广泛讨论在那之后才得以开展。

而且，随着人们回首探寻像互联网这样神奇事物的出处时，不管是有意还是无心，众人的努力却成为很多大吹大擂的传记和制造政治神话的大好机遇。举例来说，为了回应 90 年代中期将互联网的兴起归结为自由市场①的普遍（但是荒谬的）观点，迈克尔·豪本和荣达·豪本（Michael and Ronda Hauben）发表了一系列文章和一本书，强有力地阐释了互联网的产生源自 20 世纪 60 年代新左派提倡的反市场和社群主义信条。霍华德·莱戈尔德（Howard Rheigold）和其他几位斯图尔特·布兰德圈子的成员将计算机网络发展嫁接到了新公社主义（New Communalism）之上。此外，在媒体和互联网上出现的诸多关于互联网诞生的简史和大事年表，往往通过选择特定的历史细节来反映不同的政治偏好。

关于互联网起源的讨论从这些早期的努力开始逐渐成熟，出现了对互联网和计算机通信的演化更加深入的历史考察。珍妮特·艾蓓特（Janet Abbate），保罗·塞鲁兹（Paul Ceruzzi），以及詹姆斯·吉列斯（James Gillies）和罗伯特·卡琉（Robert Cailliau）的作品提供了更加详细和缜密的分析。② 不过新近研究引人注目之处在于，虽然研究尽可能避免把政治假设不假思索地强加在史料之上，政治性问题却反复浮现。互联网的影响力如此巨大，它的起源又那么明显，以至于人们在理解政治和社会关系时很难不去考虑发生过程的内涵。

本章中，我关注的是 20 世纪 80 年代网络演进中的少数解释

---

　　① 比如，用《理性》杂志（*Reason*）编辑弗吉尼亚·波斯特莱尔的话说："网络成为自发秩序与权力下放治理的典范——在这种方式下，简单、基本的规则可以产生巨大的创造力和复杂性。这种动态、开放的愿景并不容易与主导政治世界的技术官僚模式相适应。"对于波斯特莱尔这样的自由主义者而言，换句话说，这种据说是自发的秩序看起来就像是市场。（Declan McCullagh, "The Laugh is on Gore", *Wired News*. 23 March 1999. www.wired.com/politics/law/news/1999/03/18655/.）

　　② 参见 Janet Abbate, *Inventing the Internet*（2000），Paul E. Ceruzzi, *A History of Modern Computing*（2003），以及 James Gillies and Robert Cailliau, *How the Web Was Born: The Story of the World Wide Web*（2000）。

性片段,探究是什么使它们在政治上不同寻常并因此引人入胜。之前的章节已经展示了一些重要的观点。首先,互联网绝对不是两个人在车库里鼓捣出来的,也不是小企业家在古典自由市场上拼杀的结果。它是在休斯所谓的军工学联合体内部发展起来的,而彼时的军工学联合体正在经历巨大的变化。仅仅这个事实本身就足以给市场原教旨主义者和自由至上主义者当头一击。不过,还有一个重要的事情是,万尼瓦尔·布什为互联网建立了更大的发展框架。私人企业在互联网发展早期就有介入,而且很大程度上被想象成影响成熟的技术形态的最主要力量;就企业而言,早期互联网由税收收入资助的简单事实并不能自动证明新左派立场的准确性。

其次,20世纪80年代之所以能将早期的互联网发展从其他网络化尝试中剥离出来,部分是因为一种不同寻常的文化:非正式的、开放的、扁平化的合作。这种非常清晰的实践今天被不完整地概括为诸如"大致共识和运行代码"和"端到端设计"等短语。[1] 在互联网的历史上,这些实践的作用成为一个政治足球;它们的系谱关系成为20世纪主要科技创新的故事之一,被古典企业自由主义者、自由主义者、民主社会主义者和无政府主义者纷纷引为例证。超越这些擅自调用的简化版本是很有必要的。弗雷德·特纳走出重要一步,指出工程师之间友好的扁平化合作本身并未受到广泛流传的政治民主庇护。实际上,与20世纪50年代的冷战气氛一致,当时面临的是独裁且高度压制的政治结构。此外,历史清晰表明,虽然互联网的发展涉及政治,但很难从哪个工程师身上读出政治意味;右翼和左翼,鹰派和鸽派,都为互联网的发展做出巨大贡献,经常是以互相合作的形式实现。

---

[1] Tarleton Gillespie, "Engineering a Principle: 'End-to-End' in the Design of the Internet", *Social Studies of Science* 36, 1 June 2006, 427—57.

这一章追溯了20世纪80年代左右两个崭新且不同的实践案例。它们是社会和技术的组合,回想起来相对实现了政治的成功和实践的有效。首先,这一章着眼于20世纪70年代晚期新的芯片设计形式的发展。这项发展导致了20世纪80年代超大规模集成电路微型信息处理器的出现。虽然在前互联网的历史书写中这一笔总被略去,但是超大规模集成芯片的设计过程是非常关键的,它维持了摩尔定律的势头,使得日新月异的微型信息处理器和显卡芯片成为可能。在这样的基础上,互联网才能建立起来。对于我的论点来说,这为计算机工程关注社会过程以及关注开放的、网络化且扁平化的关系,在其中发现纯粹技术价值,提供了很好的范例。其次,这一章讨论了更加清晰的政治经济时刻——阿帕网脱离军方,悄悄转向依靠国家科学基金会资助。互联网从美国国防部高级研究计划局的资助束缚中摆脱出来,通过各种各样的用户和赞助商转向了更广阔、更丰富的资助世界。这个非凡的时刻清晰表明,并不是开放性精神本身,而是开放式合作被用来引导正在发展的互联网完成了这个过渡。理论上,分组交换全球计算机网络能够以任意机构性方案来到我们身边,但是20世纪80年代的经验引领正在成长的互联网来到一个军事、企业和大学角逐的领域,而国家科学基金会的资助在互联网机制上留下烙印,造成了影响深远的后果。

"我们用不着建立什么机构":林·康维和超大规模集成电路芯片设计的案例

在计算机之间寻求联系的理由从来不是唯一的。在20世纪60年代和70年代,军队和大企业是主要的资助来源,因此命令和控制的应用受到偏爱,譬如建立一个能够躲过核攻击的通信网络、远程操控军队,或者用集中式超级计算机做科学研究。这些都是主导性观点,频频出现在大型项目申请书、委员会证词、政治演讲和主流媒体报道中。但是其他的想法在不那么显眼的地方流行开来，譬如利克莱德、恩格尔巴特、范·达姆和尼尔森对互联通信设备（interconnected communication machines）的宏大梦想。

不过，恩格尔巴特想法的最终胜利，既源于计算机通信早期形式令人惊叹的体验，也是少数精英孜孜不倦追求的结果。阿帕网中最常被人提及的奇妙发现是电子邮件和讨论列表的流行；阿帕网的建立是为了命令与控制之用，结果却成了聊天利器，使得经由网络的电子邮件数量突飞猛进。[①] 这些统计数据，加上大多数阅读这些数据的人颇有使用电子邮件的个人经验，使得恩格尔巴特和尼尔森的这些想法不再是空中楼阁。到了 20 世纪 70 年代晚期，在计算机专家中，使用计算机在人们之间进行通信的想法不再是抽象的了；它日益夯实了经验基础。

至少，同电子邮件的流行这一事实同样重要的是它的社交属性。这部分地体现为非正式文体成为电子邮件的惯例。比如在 1978 年，利克莱德和一位同事指出：

> 信息系统相对于信件的一个优势是，在阿帕网的信息中，人们可以行文简短、打字随意，就算是面向职位更高的长辈和不认识的人也可以这样，而且收信的人不会感到冒犯。在书信中大多数人希望看到正式和完美，对网络信息则不是这样。可能是因为，互联网要比书信快得多，和电话更加类似。确实，当两位阿帕网的用户把他们的操纵台连接起来、在阿帕网对话中来往交谈时，对非正式和不完美输入的容忍就更加明显了。[②]

---

① Abbate 报道说，在 70 年代与 ARPANET 相反，"电子邮件成为网络上最流行和最有影响力的服务，完全超出了所有的预期"。（Abbate, *Inventing the Internet*, 107.）

② Licklider and Vezza, "Applications of Information Networks", *Proceedings of the IEEE* 66, no. II(1978): 1330—46.

　　鼓励非正式不见得是计算机通信的固有属性。可能仅仅因为,当电子邮件开始在 20 世纪 70 年代晚期流行起来时,经常在黄便签上打草稿然后打成正式信件的秘书并不是发送电子邮件的那帮人。联网计算机仍然太稀有、昂贵且操作困难,以至于无法整合进业已建立的办公室文化中。社会机构和预期通常更偏爱正式——譬如秘书、信头,与一封有签名信件匹配的法律文件,在联网计算机这里却缺乏操作性。

　　但是,在线通信的非正式性也伴随着一些微妙特征,它们开始成为互联网使用者体验的一部分:科技项目团队开展在线工作时偶尔的高效率。人们往往提及非技术讨论列表在早期的意外流行,譬如新闻组 alt. culture. usernet 和 alt. journalism. criticism。[1]不过实情是,进入 20 世纪 80 年代后,计算机通信主要是关于计算机的通信;大部分的电子邮件和讨论列表都是关于技术问题的。

　　这看上去像是在批评,但重要的是,对设计和构建计算机的人来说,计算机通信可以成为一种超级有效的办事方式。这项发现的一个早期的影响深远的版本是,施乐帕克研究中心的科学家林·康维(Lynn Conway)和加州理工学院的教授卡沃·米德(Carver Mead)于 20 世纪 70 年代在芯片的超大规模集成电路设计方法的发展上进行合作。戈登·摩尔(Gordon Moore)认为是卡沃·米德发明了"摩尔定律"。他第一个使用物理方法预测芯片在理论上的能力极限。到了 20 世纪 70 年代早期,这些预测使得米德等人清晰地看到,单独的芯片,尤其是微型信息处理器,注定要变得超级复杂。英特尔的第一个微型信息处理器 4004 在一个芯片上容纳了 2300 个晶体管;对于当时来说已经很多了,但它尚且能被一个相对小型的团队在几个月里设计出来。但是,米德

---

　　[1]　参见 Michael Hauben, Ronda Hauben and Tomas Truscott, *Netizens: On the History and Impact of Usenet and the Internet* (Wiley-IEEE Computer Society Pr, 1997), 254。

认识到这只是一个潮流的开始。他预测,随着每个芯片上晶体数量的指数级增加,未来会遇到新的设计挑战。如果每个芯片上承受了成千上万甚或上百万的晶体管,该如何应对设计的复杂性呢?

林·康维是计算机结构方面的专家。20世纪60年代,她在IBM做出了一些开拓性的创新,与米德合作解决这个问题;正如康维所言,米德是从硬件层面自上而下接近问题,而她是从软件层面自下而上接近问题。在他们的路径中,最重要的特点是他们并非为了设计一种特殊的芯片甚至一种类型,而是力图设计一种设计的方法,一种能够使得超大规模集成电路芯片设计过程更加容易、组织更加完善的路径。在1981年的一次展示中,康维如是描述:

> 当新的设计方法被引进任何技术中,尤其是在新技术中……很有必要对新的设计方法进行大量的探索性使用,以便发现问题和进行评估。参与这个过程的探索者越多,他们交流得越好,对新设计的检验过程就能越快完成……问题是,你怎么建立新路径的文化整合,让每个设计者在使用新方法时感觉良好,将这样的使用视为他们常规责任的一部分,并且努力完善新技术的应用?这样的文化整合需要许许多多设计者在技术视角上进行重大转变……参与使用新方法的设计者越多,他们彼此之间沟通得越好,文化整合的过程就运转得越快……新设计方式通常的演进方式是,经由点对点的、无明确方向的文化扩散过程,通过分散的、松散连接的参与者群体,经过相对较长的时间……点点滴滴的设计传统、设计案例、设计工艺和新型成功市场应用,移经个体设计者的互动,以及贸易和职业期刊、会议和大众媒体……我相信,在以往长期、临时、间接的过程之外,我们能够找到强有

力的替代办法。[①]

　　从康维的话中可以清楚地看到，在她从事"设计设计方案"[②]的同时，她在明确地讨论有别于纯粹技术的社会化过程。值得强调的是，康维不是像乔治·吉尔德（George Gilder）或约翰·佩里·巴洛（John Perry Barlow）那样的经理人或评论员，后两者本质上是利用技术为政治或社会目的服务；她是真正的工程师，在所属领域从事前沿探索，这个在加州理工学院的演讲面向其他工程师。然而，她主要担心的问题是个体的数量、他们的沟通技巧和他们的文化。她将自己这段时期的工作描述为一项"新的合作设计技术"。

　　米德和康维所著的有关超大规模集成电路设计的广泛被采用的教科书，并不是简单的对人们已有成果的汇总；它经过精心部署，目的是让更多人参与到芯片设计的过程中来，并且关注芯片设计未来的发展方向，而不是局限于当时的芯片水平。他们曾经发展出一些关于如何简化社会过程的基本理念，如康维所言，"现在，我们能够怎样利用这些知识？写论文吗？仅仅是设计芯片吗？我很清楚地知道，对于一项新的知识系统，仅仅通过在传统工作中发表只言片语，是很难完成推广的。我提议写一本书，实际上是演化出一本书，来促进生产和整合新的方法"。因此，这本教科书并不是仅仅关注当下的世界；它在一系列课程的语境下发展起来，最开

----

　　①　Lynn Conway, "the MPC Adventures: Experiences with the Generation of VLSI Design and Implementation Methodologies", *Microprocessing and Microprogramming* 10, no. 4(Nov. 1982): 209—28. 也可以在线查询 Conway, "Lynn Conway's VLSI MPC Adventures at Xerox PARC", 19 Jan. 1981, ai. eecs. umich. edu/people/conway/VLSI/MPCAdv/MPCAdv. html。

　　②　Conway, "Lynn Conway's Career Retrospective", *Lynn Conway Homepage*, ai. eecs. umich. edu/people/conway/RetrospectiveT. html. 尤其可以参见 ai. eecs. umich. edu/people/conway/ Retrospective3. html。

始是康维在 MIT 教授的课程，随后扩展到其他几个发展高科技的学术中心。每个课程成为传播新思想的途径，同时也通过参与者之间的紧密互动和迅速反馈来不断完善。

"可能我们利用的首要资源，"康维认为，"是计算机通信网络，包括阿帕网提供的通信设备，以及与在帕克研究中心和不同大学的阿帕网连接的计算设备。"在最初课程中所使用的教科书草稿中，她写道，"可以利用阿尔托（Alto）个人电脑、互联网和帕克研究中心电子打印系统"，由教师根据课堂内的具体情况进行修改，而用不着先通过正规出版社出版之后再修订。学生设计通过位于美国东海岸的 MIT 阿帕网传输到西海岸的帕克研究中心，然后转到一个加工工厂。随着课程扩展到其他主要大学，互联网被用来协调多重工作，以便所有的学生项目能够快速以低成本传送到帕克研究中心。

康维观察到，"互联网使得知识经由大规模社群快速扩散，因为它们有高分支比、短时间常数和社会结构弹性；任何参与者能够快速向很多其他人公告信息……假设某人开了一门课，或者做了一项设计，或者创造了一种新的设计环境，一旦他遇到问题，或是在文本、设计途径中发现漏洞，他就能向从事类似探索的人公告信息，'嗨！我发现了一个问题。'之后领袖们能够抽身思考，'天哪！我们应该怎么解决这个问题？'当他们想到某个解决方案以后，他们可以通过互联网向相关人员通报。处理突发事件时，他们不需要事无巨细地检阅，然后从头开始。这是互联网表现出来的一个虽小但是极为重要的功能……这样的网络使得大规模的、地理上分散的群体能够形成高度密切的研究和发展社群……互联网为共享知识的快速积累提供了条件"。

参与这些课程的人吸取了这些经验并开始资助创业者（譬如吉姆·克拉克[Jim Clark]，他用自己的课程设计创立了 Silicon Graphics[SGI]，之后又创立了网景[Netscape]）和制造芯片。这些芯片为 20 世纪 80 年代到 90 年代计算机产业的持续增长提供了动力。

　　其他计算机专家群体也有类似的经验。Unix 操作系统是运行互联网的机器上最常见的操作系统，其先驱们也发现了可用于通信和合作的系统中蕴含着技术力量。作为 Unix 的一位设计者，丹尼斯·里奇（Dennis Ritchie）写下了创立 Unix 的著名动机："我们想要维护的不仅仅是一个编程的良好环境，而是一个能够形成伙伴情谊的系统。我们深知，对远程接入和时间共享机器提供的共同计算而言，核心并不是向终端输入程序以取代向键盘穿孔机输入程序的差别，而是鼓励紧密沟通。"①从 20 世纪 70 年代早期的贝尔实验室开始，肯·汤普森（Ken Thompson）、里奇和其他几位发展了一系列超越特定算法、软件代码或技术的实践。他们关于如何发展计算机的基本观点很明确。Unix 提供的是日后所谓的"编程环境"（programming environment），而不是彼时 IBM 和其他公司奉行的依靠一家公司或少数工程师开发完备的系统再卖给用户。在 Unix 的编程系统中，每个功能呈现为可分离的软件，能够在不同的硬件上运行，并且能够通过"线路"（pipes）很容易地连接到其他程序上。（一个有名的例子是 Unix 的搜索功能——grep；grep 可以通过命令行搜索文件，很容易和其他功能联系，并且能够被其他程序调用，而不像针对诸如文字处理和邮件应用等特定程序开发搜索功能；grep 是一个早期例子，后来这类程序发展成为与完整程序截然相反的软件工具。）创建于 1979 年的新闻组是一款传奇式的早期电子公告栏系统，率先将计算机公告栏通信引向阿帕网之外的广大用户。新闻组面向大学用户，以便更容易地开展 Unix 相关项目的合作。

　　这些努力还包含了围绕阿帕网的开发文化和治理结构的演变。最初阿帕网的目的是为了便于不同机构的不同计算机平台的

　　① Dennis Ritchie, "The Evolution of the Unix Time-Sharing System", in *Language Design and Programming Methodology*, 1980, 25—35, dx. doi. org/10. 1007/3—540—09745—7_2.

工作,同时,开发联系分散系统协议的过程很大程度上留给了机构自身;没有哪个机构或个人被分配给了告知每个人如何互联的任务。因此,在互联网诞生后的最初十年,发展出了一个文化和共享意识,即认识到一个开放、合作、扁平的决策过程既是必要的,也是有价值的。一个表现是 RFCs(征求意见,request for comments)传统的创造,作为在阿帕网的互联计算机上分散关于规则和协议信息的核心机制。网络工作小组(the Network Working Group)脱胎于少数主要是大学生参与的会议(如今 IETE 继承了它的衣钵,继续在互联网技术标准的演进中发挥关键作用)。这个团体发展出所谓"大致共识和运行代码"的习惯,即由一个在专家内部之间达成大致共识随后紧密联系到广泛分享的实际执行中。史蒂夫·克洛克(Steve Crocker)在大学时代编写了第一代 RFC,曾在2006 年(当时他还在继续参与互联网治理)写道:

> 有人可能会说,按照这种过程产生的技术设计可能不是最好的,但是更重要的是这些技术设计确实经由开放的过程产生——架构上的开放,政治上的开放,定期的新人涌入,成果被免费发放给世界上的所有人。这些非常简单的理念所包含的强大能量,对于那些没有经历过的人来说是非常难以理解的。①

林·康维在 1982 年晚期转向美国国防高等研究计划局(DARPA,Defense Advanced Research Projects Agency)的例子,可以非常清楚地说明这种思维习惯——把计算机网络视为建构扁平化沟通的途径、致力于推动技术发展——影响之深远。因为她在施乐帕克研究中心的工作中大获成功,康维受聘加入美国国防高等研究计划局,帮忙监督新成立的战略计算促进会(Strategic

---

① Crocker, "Interview with Steve Croker, CEO of Shinkuro, Inc".

Computing Initiative，SCI）。这个项目的目标带有里根时期的冷战色彩，又加上了万尼瓦尔·布什风格的技术创新理论。美国国防高等研究计划局的官方项目总结声称，它将发展技术，"为了军事目的，譬如航空母舰的命令和控制、图像判读，以及战略目标规划"，[①]同时国会资助这个项目的热情很大程度上基于美国应对日本"第五代计算机计划"的打算。日本的计算机化威胁到了美国的技术优势及其延伸出来的经济优势。

接下这项任务的康维展示了她并不是反战的自由派。（在回应批评时，她表示："如果你需要去战斗，并且有时候你必须去战斗才能解决坏人，历史告诉我们有最好的武器用肯定是有帮助的。"[②]）但是康维携带了一种将计算机视为扁平化交流工具的意识，这项意识是她在帕克研究中心形成的，又被带到了美国国防高等研究计划局，彼时恰逢冷战最激烈的时刻之一。当时，她把自己的目标描述为在计算机网络之上培养协同技术发展。她对一位记者说：

> 我们不必去建立什么机构。不管人们在哪儿，都能参与……我们将会需要一些工作坊和建立一些群组之间的接口（interfaces）——之后，我们将会制造一些网络活动……美国国防高等研究计划局对于国防部而言，正如帕克研究中心之于施乐……当研究者在新的领域努力前进时，会产生一种几近狂热的精神……我将会努力用美国国防高等研究计划局的项目经费去制造一些有趣的事情……说我们力图要制造一台机器的说法实在是过分简略了……任何单独的机器都只是设计空间中的一个小点——你们将会看到，从美国国防高等研究计划局的工作中衍生出完整一系列的技术和知识。如果这

---

① M. Doyle, "XEROX, TANG and DARPA", *Datamation*, 1 Oct, 1983: 263—64.

② Conway, "Lynn Conway's Career Retrospective".

项工作成功了,它将会有各种各样的应用……(十年之内)我认为你们将会看到一波创业潮,作为美国国防高等研究计划局资助研究的结果之一。①

国防研究的使命可以并且应该导向商业衍生品,这是典型的公司自由主义,存在于万尼瓦尔·布什骨子里。不同的是康维的风格和她对计算机网络作为水平化合作论坛的热情描述;军工联合体的前辈们至少能认同计算机发展的控制及命令视角,尤其是在军队语境下,然而康维说得很直白,甚至特别提及开放研究过程、依靠相对非正式互动形式的价值,要"制造某种网络活动"。

战略计算促进会后来被一些人看作是代价高昂的失败之举,②几年后康维离开了美国国防高等研究计划局转而到密歇根大学任教。有必要指出,即使是在一个经典军工联合体中,一位计算机科学家在说着完全不同的论调,关于如何发掘社会关系对加强技术创新的价值:"我们不必去建立什么结构……我们将会制造某种网络活动……(去鼓励)一种近乎狂热的精神。"这种语言,即使像恩格尔巴特或利克莱德这样的人在 20 世纪 60 年代也不会说。③ 在军事保护伞之下,计算机工程的表达发生了变化。

---

①　Doyle,"XEROX,TANG and DARPA",263.

②　Alex Roland 和 Philip Shiman 指出,该程序在其主要任务上失败了——创造机器智能——但它以不同方式对一些原创性目标和高性能计算的普遍提高做出了贡献。参见 Roland and Shiman,*Strategic Computing*,MIT Press,2002:325。

③　1999 年,康维在她自己的网站上公开披露,她在 20 世纪 60 年代的时候进行了变性手术,结果被 IBM 开除,在七八十年代被迫开启了一段她自称"隐身模式"的新生活,只有亲朋好友才知晓她的过往。鉴于公开了自己的过去,康维成了其他变性人的支持者和鼓吹者。此事与当前讨论的相关之处显然在于,70 年代无形的电脑工程师团体内部的文化转变,使她的研究变得可能。她的过往对那些做了背景调查的人来说并不是未知的,所以她为国防部工作的时候能够获得安全通关许可。这样一个人能够获准在五角大楼从事军事技术的前沿研究工作,标志着文化上的转变。但康维同样指出,她作为女性(以及变性人)的经验给了她新的洞见:"很难讲述,但我的想象力和创造力比变性前强太多了,尤其是我注意到,在视觉化能力以及脑补复杂社会交互能力上,都有了显著提高。"Conway,"Lynn Conway's Career Retrospective".

总而言之,进入 20 世纪 80 年代,计算机专家组成的学院一方面附属于大机构(譬如贝尔实验室)和研究型大学,另一方面已经开始深刻思考适合发展新技术的特定社会机构。这反映在他们乐于创造有效合作语境,并且认识到科层制和机构忠诚互不相容。很多重要人物都有过类似的经历:借助计算机网络公开合作和分享技术信息,进而创造效益。思考"设计设计方法"正在成为一种习惯,而容易接入的计算机网络被用来为这个目的服务。当世界上的其他人还在沉醉于孤立的微型计算机及其连带的自由市场个人主义时,计算机网络工作者们则在走向截然相反的体验,虽然他们当中的大多数人生活在军工联合体的封闭世界内,并不被公众关注。

互联网机构"奇迹之年":1983 年—1984 年脱离军队

如果说康维针对技术发展的机构,树立了在新兴互联网影响下微观结构的典型,那么 20 世纪 80 年代互联网的命运反映了更加宏大的层面。当时,技术创新的社会条件微妙影响了实践经验,后者则对 80 年代互联网决策至关重要。部分原因在于,发现了允许公开互联的价值。在一个互联网中,参与者越多,使用互联网的体验就越好。因此,在公共和私人部门使用阿帕网的研究者们开始经常性地纳入新的参与者。由于管理者仍将网络视为命令和控制的手段,研究者们为了绕开他们的影响,经常暗地里操作。[①] 另一方面,诸如新闻组这样自下而上的网络不断涌现,开始在需要特权的且先前是唯一的阿帕网的排斥之外搭建通路。

从互联网与战略计算促进会之间的关系可以看出,在当时有这种想法是多么不同寻常。战略计算促进会是科技产业新富,且资金雄厚;在它运转期间花掉了十亿美元。其主要创始人包括罗

---

① 　参见 Panzaris,"Machine and Romance," 155。

伯特·卡恩（Robert Kahn），还有美国国防高等研究计划局信息处理技术办公厅（DARPA's IPTO, IPTO 是 Information Processing Techniques Office 的缩写）的首长和 20 世纪 60 年代至 70 年代阿帕网创立过程中的一个重要人物。国会之所以同意出资，很大程度上出于想要获得科幻小说一般的新型军事装备和超过日本的渴望。然而，康维和此项目的其他领导人则对战略计算促进会有更宽广的期待。他们希望扩展美国国防高等研究计划局的传统，为在计算机领域内大胆的、试验性的发展提供机会，从而推动整个领域的进步。全世界信息处理技术领域的很多专家都被这个理念吸引，从人工智能研究者到对半导体设计等新兴学科感兴趣的固态物理学者。这是经典的万尼瓦尔·布什风格的技术发展。

　　不过，在这个时期互联网的最大事件是其领导人选择放弃战略计算促进会的资金。值得一提的是，巴瑞·雷纳（Barry Leiner）时任项目经理，管理为五角大楼服务的阿帕网。他特意拒绝加入战略计算促进会。一般人会认为，互联网开发者遇到这样的机会肯定会想参与其中，尤其是战略计算促进会是在同道中人罗伯特·卡恩的领导之下。（而且对于任何争取研究经费的科研人员而言，一位雄心勃勃的研究者拒绝任何资助机会着实反常。）但是雷纳在 20 世纪 80 年代早期就说过，比起高调的战略计算促进会所提供的资源，他更关心避开与之相关的大众关注。那时候资金对于阿帕网而言还不是问题，尤其是有了相互连通的愿望，计算机网络在研究人员之间茁壮成长。这意味着他们当中的很多人，包括战略计算促进会的成员，会把他们的资源带来。相反，战略计算促进会的高调可能会引发公众争议和干涉。雷纳的洞见是，这样的曝光度将会遮蔽资金对科研的帮助。①

---

　　① Barry Leiner 对 1995 年 1 月 24 日在弗吉尼亚州阿灵顿市举办的战略计算研究咨询委员会（Strategic Computing Study Advisory Committee）会议作了评论，对评论的总结参见 Roland and Shiman, *Strategic Computing*, MIT Press, 2002: 147。

　　此外，这样做的目的也不是为了简单的保密或排外。在1980年，当阿帕网的温特·瑟夫（Vint Cerf）遇到一群来自全国各地的计算机科学教授时，他主动提出将阿帕网接入采用TCP/IP协议的学术研究网络中。[1] 这奠定了鼓励公开接入互联网的潮流，此后也成为贯穿20世纪80年代的非正式政策。结果是个体机构有强烈的愿望相互连通，带动了网络的显著增长，而非依赖政府的大幅资助。到了80年代中期，阿帕网主管瑟夫和卡恩私下鼓励机构把他们的局域网——局域网这项新技术连接了大量的工作站和微型计算机——接入到阿帕网当中。专利系统对这样的策略深恶痛绝，但是此举的后果是开启了网络连接数量对数级增长的时代。[2]

　　开放性的政策随后逐渐渗透到个人政治世界（small political world）。雷纳一方面通过远离战略计算促进会来避开闪光灯，一方面领导了阿帕网的著名新型治理结构，正式地宣称其"向世界上任何地方的任何人开放，只要他们有时间、兴趣和技术知识来参与其中"。[3] 时间和技术知识当然是参与其中的主要限制因素，但是这样的限制是由技术实践决定的，而非取决于个人在官僚体制中的职位。在非常保守的年代，在军工联合体核心周围悄然产生的开放性无疑在这个国家的历史上留下了闪亮的一笔。

　　雷纳的决定是一种潜意识的征候，源自已经在建设互联网的共同体当中兴起的、关于网络创新和治理的社会学。这种下意识看来已经影响了很多在互联网发展历程中的决策，并促成了互联网的最终胜利。卡恩后来谈到雷纳"能够理解如何创造社会化的、有组织的结构，通过他们的设计促进个人合作。他的这种能力是

---

① 参见 Abbate, *Inventing the Internet*, 184。

② Abbate 写道："80年代互联网最令人震惊的是它昙花一现的成长。1985年秋天，约有两千台计算机联上了网。到了1987年底，差不多有三万台。到1989年10月，这个数字增长到了159000台。"Abbate, *Inventing the Internet*, 186.

③ Abbate, *Inventing the Internet*, 207.

对创造互联网的核心贡献"。然而不只是雷纳一个人拥有这种能力。基于 Unix、新闻组、超大规模集成电路和阿帕网的经验，雷纳和他的同事发展出一种共识，即一个非正式的、自愿的、开放的、参与式的共同体环境颇有价值。[①] 不过，这样的观点联系着一种相应的认知，即外部压力和议程会削弱共同体环境。企业利润要求、政治、潮流、自负和官僚竞争都会造成干扰，恰恰与此同时这些通常也提供了保持资金流的条件。驱动对潜在政治威胁和可能性感知的，是积累的经验和高度的技术卷入，而非政治意愿或理论。这就意味着感知通常在难以言传的层面运作。与反文化风格的间接性合流、对非正式的容忍、对等级制度的躲避，并不仅仅是被 20世纪 60 年代新左派政治的共识推动的；在康维揭示的案例中，参与者的政治观可以大相径庭。但是，20 世纪 60 年代的经验确实成为参与者共享经历的部分背景，并且在他们可能需要达到推广计算机网络的目标时借用。这个社群认识到，在一些案例中，"我们不需要建立什么机构"。

那种共享的认识有助于解释 20 世纪 80 年代发生的互联网发展史上的重要事件之一，即阿帕网分裂为民用和军用两部分。这次分离帮助奠定了随后民用、非营利、可运作的互联网的基础。在1983 年 10 月，军方将阿帕网分割为相互联系又彼此分离的军事网络和民用网络。很多媒体报道将此举解释为避免黑客侵入军方计算机造成潜在的安全缺口。[②] 非军事的、更加公开的网络，时人认为，将会支持军方的重要研究；早期报道称新的非军事化网络将被命名为 R&Dnet。（需要注意的是，R&Dnet 的名称没有被接受；社群将"新的"互联网仅仅视为阿帕网及其传统的延续，同时军

---

① 　Robert E. Kahn, "Memorial Tribute to Barry Leiner", *D-Lib Magazine* 9, no. 4. www. dlib. org/dlib/aprilo3/04editorial. html.

② 　参见 William J. Broad, "Pentagon Curbing Computer Access: Global Network Split in a Bid to Increase Its Security", *New York Times*, 5 Oct. 1983, A13。

事网络则被视为不同的事物。)BBN副总裁罗伯特·D. 布莱斯勒(Robert D. Bressler)认为,事实上"科研人员喜欢开放接入,因为这促进了思想的分享"。[1]

不过,值得注意的是,此举并未引起军方等级制命令—控制式要求与围绕阿帕网兴起的公开合作文化发生冲突。仅这一点就非常出人意料。相反,军方领导允许创造一个分离的、开放的网络用于研究和发展;他们保持了阿帕网内部公开系统的生命力,而不是仅仅将它关闭或者施以更严格的接入限制。军方向民间进行技术转移的传统做法是通过出版物和人员转移。但是在这个案例中,参与人员(最主要的是雷纳在美国国防高等研究计划局的前辈瑟夫及其关系密切的同僚)认识到成熟的、可运作的和成长中的网络服务所带来的社会责任和能量,并试图为这样的网络在典型的资金来源压力下开辟一方世外桃源。实际上,已有文献和参与人员通常将此事件描述为技术问题,把推动当时共同体决策的社会理念理所当然化。到了1983年底,一个高效的内部网络平台正式上线,并且免受军队和大学在环境和资金方面营利的压力,还相当成功地与当时政府活动的政治和技术需求隔离开来。机缘巧合,一种不同寻常的技术空间诞生了,如今我们已经见识到它巨大的生产能力。

从军用分离的第二个步骤是转而接受摩擦和竞争都小得多的国家科学基金会(National Science Foundation)的资助,毫无疑问,部分原因是核心参与者的精明与低调。到了80年代后期,作为TCP/IP通信骨架的NSFNET建构起来。此后互联网可以被应用到更广泛的研究项目中。对于世界上其他地方而言,这一切看似只是科学家和工程师的业务范畴。然而实际上,一项有趣的政治实验正在酝酿,快到1990年才露出端倪。

---

[1]　同上,A13。

信息高速公路:小阿尔·戈尔与 NREN

随着 1990 年的到来,严格市场导向的经济政策日趋衰落,至少在美国国内如此。1987 年股市崩盘,是 1929 年以来美国的首次大跌,硅谷备受日本威胁,尤其是在存储芯片制造领域。广阔无垠、放任自由的市场在重要集团的企业领导者看来,不再那么诱人,反而更有威胁性。结果是,管理层、商业媒体和很多政客对政府教条式的敌意略有松动。企业悄悄地转移立场,从对竞争的拥戴转向呼吁政府帮助组织和稳定行业,要求监管并提供“公平竞争环境”和“监管保障”。① 一些高科技产业的代表开始要求政府协调当时还概念模糊的“科技政策”,以便让政府提供类似税收激励、研究资金和反垄断豁免等优惠待遇。② 很多人开始相信,技术进步不能仅仅依靠市场。公司自由主义合作的简要模式重新成为潮流。

在 20 世纪 80 年代晚期的计算和高科技领域,很多寻找微型计算机之后第二波浪潮的人最终将视线投向了互联网,但大多数人只是想象一种更加集体化的、集中的方式;如果真的有数字化发生,网络化的未来将会变成一个合作性工程。它不会来自车库里的创业公司,而是会涉及财团、公私配合和合伙人。1987 年一个计算机企业财团创立了 General Magic。在 1989 年,由十家包括 AT&T、Digital、惠普和 IBM 的计算机制造商总裁组成的游说集团,建立了计算机系统政策项目(Computer System Policy Project)。③ 由此

---

① 关于公平竞赛的修辞术,参见 Streeter, *Selling the Air*, 181—83。

② 参见 Evelyn Richards, "Semiconductor Industry Wants Nation 'Technology Initiative'", *Washington Post*, 20 April, 1991, B1。

③ 参见 Louise Kehoe, "US Computer Chiefs to Lobby Washington in Battle with Japan", *Financial Times*, 8 June 1989, 6。

两个例子可以略见一斑。

类似的驱动力是针对网络的强力推动。随着 80 年代晚期网络(现在主要称作互联网)持续发展和潜在的商业用途开始浮现,事情看起来开始步入正轨。在 1988 年,计算机科学家莱纳德·克兰罗克(Leonard Kleinrock)带领的团队发布了一个名为《朝向全国化研究网络》(*Toward a National Research Network*)的报告;这份报告吸引了很多人注意,其中包括小阿尔·戈尔(Al Gore, Jr.)。在 1989 年 5 月,联邦调查因特网协调委员会(Federal Research Internet Coordinating Committee)发布了一个"国家科研和教育网络项目规划"(Program Plan for the National Research and Education Network)。此项目规划建议,在政府为主要计算站点投资建设高速网络骨架之后,随后的阶段"将会朝着商业化目标实施和操作;之后行业将能够在供应网络服务的领域取代政府"。[①]同年,物理学家兼 IBM 前副总裁李维斯·布兰斯科姆(Lewis Branscomb)与哈佛大学毕业的律师布莱恩·卡辛(Brian Kahin)在哈佛大学肯尼迪政府学院共同组建了信息基础设施项目(Information Infrastructure Project, IIP),资金则来自基金会、政府机关和企业。[②]

项目的描述使用了缩写,并且语调颇为高尚——国家科研和教育网络(National Research and Education Network)的称呼很快

[①] National Research Council(U. S.). National Research Network Review Committee et al. , *Toward a National Research Network*(National Academy Press, 1988). May 23, 1989A, pp. 4—5. Milton Mueller, *Ruling the Root*(MIT Press, 2004), 92.

[②] Kahin 的自传列举了如下这些 IIP 的支持者:Bellcore, AT&T, IBM, Hughes, Motorola, EDS, Nynex, Digital Equipment, Apple 以及 Microsoft。另有广泛的机构与之合作,包括 the Global Information Infrastructure Commission, the Coalition for Networked Information, the Freedom Forum, the Annenberg Washington Program, the Library of Congress, the Cross-Industry Working Team, the Computer Systems Policy Project, the International Telecommunication Union。参见 Brain Kahin, "Brian Kahin Bio", *Brian Kahin Bio*, www. si. umich. edu/~kahin/bio. html。

变成了由各单词首字母组成的 NREN——特别强调网络在教育和科学研究上的应用。项目提议，NREN

> 应该成为一种新的国家信息基础设施原型，能够被每个家庭、办公室和工厂采用。不管信息在哪里被使用，从制造业到高清家庭影像娱乐，尤其是在教育领域，全国将会从这项技术的发展中受惠……计算机之间通信的相对便捷将会把与 NREN 相关的福利带给整个国家，改善所有信息处理活动的生产力。为了实现这个目标，在 NREN 的第三阶段将会包括一个特定的结构化过程，最终实现网络从政府操作到商业服务的转型。①

立法草稿开始在国会中流传，倡导联邦资助一个将会"连接政府、产业和教育共同体"和"当商业网络可以满足美国研究者工作需求时（政府）逐步退出"的网络。②

很多读者会想到 20 世纪 90 年代早期有关"信息高速公路"的诸多论述。由于这个概念连带着丰富的政治和经济能量，发展出很多势头。政客想借此提高政治威信，行业团体试图分一杯羹；电话公司声称他们可以提供信息高速公路，政府虽然有好心，却没有必要介入其中；有线电视行业则"政治正确"地把最新技术的名字从"500 频道电视"改成了"有线信息高速公路"。③"信息高速公路"这个词汇变得如此流行，以至于产生了自己的隐喻范畴，衍生

---

① Office of Science and Technology Policy, *The Federal High Performance Computing Program*, 8 Sept, 1989, pp. 32,35; quoted in Kahin, "RFC 1192（rfc1192）—Commercialization of the Internet summary report", www. faqs. org/rfcs/frc1192. html.

② High-Performance Computing Act of 1990, 101st Congress, 2d sess. , 3 Apr. 1990, S. 1067, title II, sec. 201.

③ Mitch Kapor, "Where Is the Digital Highway Really Heading? The Case for a Jeffersonian Information Policy ", *Wired* 1（July—Aug. 1993）：53—39, 94.

出诸如"信息高速公路上的马路杀手"等短语。[1] 然而，很容易忽视一件事：在这几年的流行词大爆炸当中，信息高速公路与互联网之间没有必然关系。

信息高速公路的说法至少在 80 年代早期就已经出现，而关于信息高速公路的比喻出现得更早，差不多 70 年代就有了。[2] 但是在 1990 年前后，信息高速公路开始在一个特定的华盛顿政客圈子里流行。当时，美国经济困难重重，而乔治·H. W. 布什政府振兴经济的前景黯淡无光。《财富》杂志抨击"总统在经济问题上袖手旁观、无动于衷、支支吾吾"。[3] 华盛顿的民主党嗅到了一丝机遇，顺势在下次选举中推出"这是经济，傻瓜"的口号打击布什。但是，对于主流民主党的问题是，如何找到一条使他们和共和党不同的路径，避免给自己贴上"增加税收和开支的自由主义者"标签。在罗纳德·里根执政的十年间，这样的标签成功打击了民主党的威信。

在 20 世纪 50 年代，参议员艾尔伯特·戈尔（Albert Gore, Sr., 阿尔·戈尔之父）曾经因为领导州际高速公路系统声名鹊起。州际高速公路极大促进了汽车行业和总体经济的繁荣，同时深刻影响了美国人的生活和汽车文化。这是有史以来最成功也最受爱戴的美国政府建筑项目之一，也是公司自由主义传统的胜利。直到今天，对它的赞誉还是超过了对它的批评。毫无疑问，这样激动人心的胜利出现在参议员阿尔·戈尔的脑海中，后者从 1988 年决

---

① 最早引用 Lexis/Nexis 的"roadkill on the information superhighway"的是 David Landis, "Video Dealers Seek a Role in the High-Tech Future", *USA Today*, 12 July 1993, sec. Life, 4D。

② 参见 William D. Marbach, "The Dazzle of Lasers", *Newsweek*, 3 Jan, 1983, 36；"单一这一年，AT&T 将在全国商业系统安装 15000 英里的玻璃纤维。两条光缆'信息高速公路'将连接波士顿、纽约、费城和华盛顿特区。""电子高速路系统"这个词可以远远追溯到 1970 年。参见 Ralph Lee Smith, "The Wired Nation", *The Nation*, 18 May 1970, 602。

③ Richard I. Kirkland, Jr., "What the Economy Needs Now", *Fortune*, 16 Dec, 1991: 59.

定以科研名义参与到计算机网络的建设中。阿尔·戈尔的想法是联合先进的计算机网络工程共同体的不同组成部分,促成资助先进计算机网络发展的立法,并且将这个项目命名为"信息高速公路"。

这个主意一下子打通了诸多环节。高新技术行业饱受日本竞争之苦,提心吊胆地摸索下一波浪潮。他们对这种适度的政府投资非常欢迎。这既能替他们节省大量高风险的研发成本,还可能保护他们免于遭受过度竞争。因为这个项目包裹在高科技和展望未来的迷人光晕中,民主党政客,如戈尔本人,能够将其作为"好"政府干涉的案例加以安全使用,削弱共和党人为了保持权力而把民主党人和政府官僚、超支等负面标签联系起来的努力。此外,它还吸引了一种经济民族主义。到了 1991 年,一位国会议员呼吁政府参与创立美国宽带网络,论据是"日本人将在 2005 年拥有信息高速公路,而美国则不会"。[①] 毫无意外,之后戈尔的议案顺利从国会两院通过,在 1991 年由总统布什签署,为未来五年建筑 NSFNET 提供了 29 亿美元的资金。[②] 当时,阿尔·戈尔指出,"在很多方面,这项议案都不同寻常。我为了这个议案花了超过两年的时间,而且几乎没有人对它说一句丧气话。相反,我从很多很多不同的群体那里听到了溢美之词,在政府、在通信行业、在大学、在计算机行业。研究人员、教师、图书馆员,还有其他人,都在表扬它"。[③] 之后在 1992 年,民主党在连续十几年落败之后终

①　Alan Stewart, "NCF Flexes Its Muscles", *Communication International*(Nov. 1991):12;引用了议员 Don Ritter 的话,他是 U. S. House Science, Space, and Technology Committee 的一员。

②　参见 Joshua Quittner, "Senate Oks $ 2B for Work on National Computer Net", *New York Newsday*, 12 Sept. 1991, 35。

③　*High-Performance Computing Act of 1990*;*Report of the Senate Committee on Commerce, Science, and Transportation on S. 1067*, 1990, ERIC, www. eric. ed. gov/ERICWebPortal/contentdelivery/servlet/ERICServlet? accno ＝ ED329226, and statement of Senator Albert Gore, Jr., *Congressional Record* (24 Oct. 1990).

于在总统大选中获胜，看上去为这种公私合作创造了良好的政治气氛。万尼瓦尔·布什关于技术发展的公司自由主义信条也在这里得到了典型的落实。

公共/私人问题、互联网的商业化和私有化

但是布什的哲学并不总是导向线性的、有序的进程，虽然有时幻想如此。[①] 公司自由主义杂合了私人和公共部门，而且历史证明，这样的杂合制造了持久的灰色地带，其中的规则并不明朗，需要国家组织花大量精力去确认双方的良好动机和两部门之间核心运作人员的智慧。此外，这还不可避免地引出了此类问题：为什么私人公司和个人应该从公共资助的研究中获取利润？为什么这不是政府徇私？

布什本人在 1945 年与杜鲁门总统及国会就国家科学基金将要采取的具体形式发生龃龉。例如，一项国会议案提倡所有接受政府资助的研究专利权归政府所有，但布什倾向于保护私人专利，目的是保持灵活性和自主性。[②] 布什的想法基于对科学家、工程师和其他专家能力的信任，认为他们能够在追求理性和进步的过程中忽视一己私利。国会议案则立足于更加透明的、怀疑的逻辑。实际上，转让和公共/私人合作的过程总体上包含的既不是洛克式的市场，也不是仅仅为了公共利益的公开过程，而是在两个依照不同规则运作的世界之间展开行动。无法回避的事实是，至少部分由公共税收资助的研究在为个人私利服务。

20 世纪 90 年代早期更加生动和发人深省的政治经济讨论

---

① 参见 Grandin, Widmalm, and Wormbs, *Science-Industry Nexus*。

② 参见 en. wikipedia. org/wiki/Vannevar_Bush。亦参见 Zachary, *Endless Frontier*。

中,这些矛盾在其中的一场讨论中暴露无遗。这场成为传奇的讨论叫作"互联网的商业化和私有化"(Commercialization and Privatization of the Internet,简称 com-priv)。互联网专家共同体在70年代到80年代持续发展技术,从中获得乐趣,并且认识到开放路径对其协调的价值。他们认为这一切都非常自然。但是,面对要把互联网推向广泛应用的社会政治复杂性时,他们制定了一个电子讨论表,开放给所有有机会看到并有意向参与的人签署,而这群人在当时还只限于相对小的圈子。

　　商业化和私有化议题最先由马丁·斯克夫斯代(Martin Schoffstall)提出。他是互联网工程任务组的长期参与者,彼时刚刚成立了一家名叫 PSI 的公司,在商业层面提供互联网的接入服务。在落款为"绅士"(GentlePeople)的原始帖子中,斯克夫斯代提出了一些问题:公开的、随意的、以征求意见(RFCs)为基础过程的决策制定是否能够满足商业环境? 已有的、税收资助的、非营利性网络服务商和商业化新进入者(比如当时的 PSI 和一家名叫 AlterNet 的公司)之间是什么样的关系? 当商业化活动在非商业化资助的系统中发生时,会有什么情况? 斯克夫斯代最后用了一种邀请的、非正式的语气(后来成为互联网后台的决策范式)作为结尾:"来让我们共同探讨吧……马丁。"[①]

　　随后的一些讨论还停留在技术层面(例如,UNIX 密码加密器装在 8088 上需要多久? 它比 PDP-II 快还是慢?)。[②] 但是关于这个讨论表最重要的一点是,它力图推敲政策议题;工程师发现自己在深思熟虑地讨论政治经济学的基本原则。很多最初的讨论围绕着名为"可接受使用策略"(acceptable use policy,AUP)

---

① Martin Schoffstall, email to com-priv@psi.com, 14 June, 1990.

② Uupsi! njin! cup.portal.com! thinman,email to stev@vax.ftp.com, comint @psi.com, 19 June 1990.

展开。① 在互联网从国防部门旗下转投国家科学基金会之后，网络围绕着国家科学基金会资助的 TCP/IP 架构、核心的 NSFNET 展开。随后 NSFNET 连接到多种类型的区域网络，这些区域性网络大多数是非营利性质，而且经常从营利公司租赁设备。类似 BBN 和惠普这样的高科技企业，对网络化和计算机研究颇感兴趣，也有多种多样的渠道。PSI 和 AlterNet 则基于商业目的提供系统接入。国家科学基金会在网络中的部分却受到政策限制，要求该网络只能被用于恰当的研究和教育用途。

针对可接受使用策略，斯克夫斯代提问道，"怎么才能限制联邦补贴的网络不被用于商业用途？"后来在惠普担任网络工程师的艾伦·雷旺德（Allen Leinwand）这样阐释问题：

这个问题困扰惠普很久……假设惠普连接到 AlterNet（我们现在还没做过），而且我们现在有能力把商业数据通过 AlterNet 合法地传输给惠普的商业伙伴 X 公司和 Y 公司。我们已经考虑到补贴商业合作伙伴接入 AlterNet 的费用……主要的问题在于，你传给 X 公司和 Y 公司的大约 9000 名员工信息是合法的，因为他们的 IP 服务商是 AlterNet，但却不能传给 Z 公司，因为它们只接入了 BARRNet（the Bay Area public regional，海湾地区公共区域）？……我不太能想象会有一种网络工具，能够智能地判断哪些数据是

① 总结报告（*Summary Report*）描述了 NSF 的 Stephen Wolff 如何概括控制 NSFNet 的（AUP）。他解释道："依照草创阶段被接受的，且自 1988 年到 90 年代中期实际有效的使用政策，NSFNET 主要的用途必须用以支持'科学研究和其他学术活动'这一目的。1990 年 6 月发布的临时政策也一样，除了 NSFNET 的目标现在'是支持美国学术机构内和机构间的研究和教学，提供独有资源和合作机会'。"

Wolff 概括了 NSFNET 商业化和私有化之间的区别。这一区别在于，"商业化"是"允许商业用户和供应商访问并使用互联网设备和服务"，而"私有化"则"取消了联邦政府在提供或补贴网络服务方面的角色"。

商业用途和哪些不是。我们要如何区分惠普的一个部门通过NSFNET（合法的）与 OSF 协作，和惠普的同一部门（或者机器）向 Z 公司发送数据呢？[①]

后续关于此问题的讨论提出了更多的案例并讨论了不同的可能措施。其中提到一种纯技术的解决方案，即不同的使用都被编码到网络路由系统，但是因为在网络上的非营利和营利活动之间界限并不分明，这个方法的操作性不强。集体的人类决策需要被囊括在内。这个问题本质上是政治问题。

虽然是政治性的话题，却不是争论不休的。关于商业化和私有化的讨论确立了将流动的、便于使用的、开放的以及可信赖的网络作为最紧要的目标。刚刚成为互联网资本家的斯克夫斯代写道：

> PSINet 在做的事情（以及 AlterNet 正在做的事情）是与行业合作，并且不要扰乱非营利性中层向非营利组织和科研人员提供服务的稳定性。非营利基础设施看似无懈可击，因为太多的美国人依赖它……现在，当非营利网络向行业提供服务时，我们就进入到一个哲学的、法学的和税收的胶着境地。[②]

斯克夫斯代和其他人都试着通过采取反企业或反政府意识形态的立场去解决问题，这些方法在其他公共讨论中常被提及。在这个案例中，（非商业基础的）部分系统的运作最好不被打扰，即使

---

① Allen Leinwand, email to schooff@uu.psi.com (cc:com-priv@psi.com)，15 June 1990.

② Schoffstall, email to gnu@toad.com (cc:com-priv@psi.com, tcp-ip@nic.ddn.mil)，25 Sept 1990.

对营利团体也是如此。这种途径是高度实用主义的。

但是,存在着斯克夫斯代所说的"哲学的、法学的、税收的领域"。围绕严格技术事项的实用主义是一回事,但是当实用主义遇到浑浊的政治和体制结构又是另一回事。在后一种情况中,无法回避政治和社会选择;决策将会配置并塑造权力和资源的分配,并且没有法律或技术必要性能以绝对中立的方式主导决策形式。

传统的美国公司自由主义决策模式采用专业化的措辞,并与国家利益或公共利益捆绑在一起。当赫伯特·胡佛在20世纪20年代打算在营利企业的立场上组织新兴的广播技术时,他聚集了一群行业领导和工程师,运用了诸如"公共利益,便捷性,必要性"的措辞为创设新的行政部门(今天联邦通信委员会的前身)正名,继而使用政府合法权力以偏袒运作完善的大型商业公司的方式分配无线电频率。当50年代税收被用来建造州际高速公路系统时,证明此举合法性的措辞是国防安全。在每个案例中,公共措辞都是高度正式和官僚化的。

在商业化和私有化问题的讨论中,论调却极不相同。在"来吧,让我们共商大事"的论调中,包含着一种清晰的多元民主式(small d democratic)推动力,而不是陷入专业权威和机构等级制度中。以往实用主义经验主导的类似决策过程为这种推动力添砖加瓦。大多数决策都以非正式方式进行:落款不加姓氏,口语化表述且包含个人信息,以及自嘲。斯克夫斯代在描述一个"职位比我高一点的"人时迅速在旁边加了批注"(你们有的人肯定不相信)"。所有这些姿态抹去了个人的锋利棱角,产生了一种非正式的团结语调,促进了团队进展。

被功能性网络的共同目标团结在一起的共同体,随后就商业化和私有化问题采用了他们在技术领域的有效做法——自由流动,水平化,电子通信——来自发地处理哲学和政治问题。他们多少(如果不是全部)受到了60年代以后思想的影响,对已确立的、正式的机构习惯性地抱有怀疑,对非正式的直接性抱有理所当然的信任,他们着手在政府和商业运作的模糊地带以当时极为新奇的方式开展协商。他们动用了在技术背景下实用的手段——"大致共识和运行代码",然后着手将其应用到日益政治化的事务中。

　　然而在更大的政治领域,其他惯习占据主导。1992 年 12 月,总统候选人比尔·克林顿召集州经济会议,将经济问题确定为竞选的核心。这次会议把一流的专家和企业首脑聚集在一起。当时,对信息高速公路的说法飘忽不定,于是它被列到议程中。这就给了在 NREN 颇有研究的副总统候选人阿尔·戈尔一个让他在最喜欢的话题上大显身手的机会。

　　《纽约时报》引用了戈尔和 AT&T 主席罗伯特·E. 艾伦之间的交流。艾伦说道:

　　　　对基础设施的关注需要加以鼓励,包括相互连通、彼此互动、国家和全球的信息网络和商业网络。我想就谁该做这方面的事情发表一些看法。我认为政府不应该建造并(或)操作这样的网络。我相信私人部门能够并且将被激励去建造这样的网络,去加强它们并且使得人们可以与世界上任何地方的人通过信息联系起来。

　　　　然而,我认为,政府还可以在以下领域发挥更大的作用。首先,增加民间研究和竞争前期技术的投资。其次,支持技术向民间部门的有效转移。再次,建立并发布技术标准,这对确保网络和设备协同运作非常关键。这样我们才能拥有世界上最高效的系统。还有对投资、研发和职业培训的鼓励。

　　戈尔回复道:

　　　　我非常支持传统网络和你们公司正在建造的新型网络。

有了像国家科研和教育网这样的先进网络，我确实认为政府应该在落实主干架构上发挥作用。正如没有私人投资者愿意建造州际高速公路系统一样，一旦州际高速公路系统建造起来，之后会有很多其他的道路与它连通，因此很多人认为新的宽带高性能网络应该由联邦政府建造，随后向私人产业转移。当你说到政府应该发挥作用的时候，你并没有否认这个说法，是吗？

对此艾伦的回复是"不，我可能不这么想"。① 第二天，《今日美国》报道了这次交流，标题是"AT&T 的艾伦与戈尔争执不下"。②

有观点认为二人的争端仅仅是技术问题。戈尔和艾伦都同意最基本的布什思路，即政府资助初始研究，随后转移到私人部门实践发展；问题仅仅在于计划中的高速宽带网络的骨干架构是否应该由政府创造然后移交给产业，还是从一开始就让私人部门建造。已经在肯尼迪政府学院的信息基础设施项目中大展身手的布莱恩·卡辛后来抱怨戈尔和艾伦的谈话"混淆视听"。在他看来，每个人都预设了互联网将要开放给私人部门。提供地方性网络和工作站的网络已经自下而上地通过私人团体建立起来，包括公司和大学；政府只是提供一些核心周边的帮助，以及"自上而下的补贴"。像 IBM 和 MCI 这样的私人公司已经获得了建造技术重要部分的政府合同，而且在一些情况下，据卡辛所知，他们投标所得低于成本，想必是他们视此为一项研发投资。③ 对于卡辛等人而

---

① "THE TRANSITION: Excerpts from Clinton's Conference on State of the E-conomy", *New York Times*, 15 Dec 1992, Bio；转引自 Gordon Cook, "NSFNET 'Privatization' and the Public Interest: Can Misguided Policy Be Corrected?", Jan. 1993, www. cookreport. com/p. index. shtml。

② 参见 John Schneidawind, "AT&T's Allen Feuds with Gore", *USA Today*, 15 Dec. 1992, 4B。

③ 参见 Kahin, "Interview with Brain Kahin", 24 May 2001。

言,所有的这些只是公共与私人部门之间的理性协调;担心公共互联网将会"转交"给私人企业的说法更像是无事生非。

但这里还是存在问题。对政府和营利企业之间恰当关系的矛盾心态,融化在美国人的血液里。戈尔与艾伦的交谈只是开始,在接下来的几年中,有一系列围绕互联网的公共和私人状态不确定性的争论。有些争论是由不同类型的政治活动家挑起的;反公司的活动家抱怨公共品被窃取,经济保守主义者则力图证明阿尔·戈尔(以及公共资助)对互联网的成功没有任何贡献。但是,即使对那些政治立场不明确的人来说,戈尔和艾伦的谈话还是引起了深层次的问题:谁来决定这些事情?像艾伦这样有明显企业立场的人是否应该被允许参与到这个层面的决策过程?以及阿尔·戈尔对政治投资的支持视角是否真如其所言一般纯粹出于理性?

在 2000 年美国总统大选之中,戈尔回顾了他在为 NSFNET 发展立法支持中的领导作用,表示"我推动了互联网发展的第一步"。这样的声明很快被自由派《连线》记者德克兰·麦克洛(Declan McCullough)发文抨击,最终被很多共和党人歪曲成戈尔说他发明了互联网。[①] 此后这句话变成晚间喜剧的常用笑话和一则电视披萨广告的广告词。这是误导性诽谤,记者和政治家在大选期间不断重复也是不负责任的行为;似乎"戈尔说他发明了互联网"的俏皮话最后确实影响了戈尔对阵拉尔夫·纳德(Ralph Nader)的最终票选。

不过在这里值得注意的是,尽管这个金句实际上是假的,它却是有趣的。而且它的有趣之处在于,它诉诸一种常见的怀疑态度,怀疑与戈尔的技术政策相关的有序管理思维。就华盛顿方面而言,NREN 与传统的公司自由政策一脉相承;它将成为技术测验

[①]　参见 Richard Wiggins, "Al Gore and the Creation of the Internet", *First Monday* 5 2 Oct. 2000, firstmonday. org/htbin/cgiwrap/bin/ojs/index. php/fm/article/viewArticle/799/708。

基地,将会滋生能够最终落实和被私人部门广泛利用的创新。而且它将会在全国基础上发展,与 IBM、AT&T 等著名企业的老牌财团相互配合,可能最后和其他国家的有序体制建立关系并向全球蔓延。总而言之它有崇高的意义。在戈尔的 NSFNET 预测下的信息高速公路,将会被科学家用来进行精密研究,可能还会成为一种电子图书馆,使得深思熟虑的赞助人能够悄无声息、勤勤恳恳地搜集有用信息。

戈尔确实在互联网上采取了主动,但是他所想的完全是另一幅图景,绝对不会是乱糟糟的信息大爆炸,甚至还迅速被色情内容、流行文化、阴谋论和非理性激情占领并席卷全球。并且戈尔所想的,也不是那种在商业化和私有化中正在发生的自嘲的、开放的、自由的过程。

结　论

20 世纪 80 年代对社会过程的关注习惯在多大程度上影响了互联网的历史? 在 80 年代早期,互联网的最终胜利,尤其是为阿帕网发展的 TCP/IP 协议,并不是预先注定的。同时期还进行着数不清的其他网络化实践,譬如英国的 SERCNET(科学与工程研究委员会网络,Science and Engineering Research Council Network)、法国的 Cyclades 网络(激发了很多被 TCP/IP 采用的技术创新)和专属分组交换互联网络系统,如计算机制造商 DEC 提供的 DECNET。最突出的是,X.25 网络化标准在当时是商业化运作的,受到了国际团体和电信运营商的支持,被很多人视为未来的趋势。在法国,PTT 用 Minitel 把网络化带给了普通人;然而,在80 年代的大多数时间里,美国的网络化还局限在大学和军工联合体内部。Minitel 和其他的智能电报系统被很多人视为把数字化通信带给消费者的首选。设定技术标准的国际组织 ISO 投入大量心血开发了名为 OSI 的全球分组交换协议，在理论层面远远超越了互联网的 TCP/IP。

此外，到了 20 世纪 80 年代，曾经在 50 年代至 60 年代使得 APRA/DARPA 发展迫在眉睫的冷战共识烟消云散。当新上任的里根政府想要以战略防御促进会的形式忙于发展高科技武力威胁时，施乐帕克研究中心的计算机网络对此充满了反对之声，1981 年 10 月一份网络讨论表被列了出来，它促成了 CPSR（computer professionals for social responsibility，负有社会责任的计算机专业人员）在 1982 年的组建。这个群体很快因为他们对里根 SDI（大众所知的星球大战计划）的反对而获得国际声誉。SDI 的理论基础是最新计算机支持的高科技可以被用来摧毁敌人的洲际弹道导弹。CPSR 认为，这项计划不仅无益于稳定，还很可能成为战争威胁，更会因为计算容易出错的属性而不起作用。总而言之，最热门的政治争端的全部张力出现在仍然很小众的计算机网络中。如康维和卡恩等人依然认为参与武器相关的研究是名正言顺的，但是那样的选择不再是理所当然的。利克莱德早年将社会与军事特性的简单结合不再是毋庸置疑的。

那么，为什么互联网会胜利呢？如同所有的技术标准一样，其中肯定有碰运气的成分：时机凑巧，经济，或政治。Betamax 与 VHS 的故事是个很好的例子，而美国彩电在 50 年代早期采用平庸的 NTSC 标准则是另一个。很多或者绝大多数造成互联网压倒其他标准和体系获得最终胜利的原因，只是一些历史的巧合。譬如，一种常见的对互联网 TCP/IP 标准成功之道的解释仅仅是金钱和时机。80 年代，在其他标准，尤其是 OSI，还在拼命争取资金支持、政治和技术稳定时，互联网的 TCP/IP 标准在国防部财力支持下已经取得了相当显著的效率和用户数量。如果一些历史巧合减慢了互联网的发展或使 OSI 提速，网络化可能会遵循完全不同的路径。

　　回想起来,在 80 年代肯定有一些事情是做对了,而且这些事情不仅仅是纯技术的,如采取了特定的分组交换技术和抽象的端到端设计。从互联网的胜利中,也能够总结一些政治教训。

　　显然,互联网之所以成为一种有效的通信媒介,不是靠两个车库里的人,不是靠企业领导,也不是靠或真或假的市场需求。[①] 自由市场的愿景和企业神话让美国文化在 80 年代迷上了微型计算机,同时也制造了盲点,让人看不到创造互联网的合作性、社会性机构。在很大程度上,创造互联网的背景是由使用政府资金的非营利性机构定义的,也有私人部门的参与,有那些在科技共同体中崇尚自由分享信息和代码的个人有意识地在合作的模式中工作。不管是谁参与了这些过程,他们肯定不是任何意义上的企业或市场驱动,而对此事实的广泛忽视在 90 年代产生了一系列后果。

　　话说回来,这些过程究竟是什么呢? 我们可以找到很多个人化的线索,70 年代至 80 年代计算机先驱者还在对这个阶段下不同的政治结论。迈克尔·豪本与荣达·豪本在 90 年代著有《网民》(*Netizens*)一书,作为对当时市场狂热的批判。他们认为 Unix 和阿帕网发展的启示是反市场的社群主义。然而参与了几家商业创业公司的史蒂夫·克洛克则不这样想。显然,他不认为在"免费向全世界的所有人散播成果"的体系和私人公司之间有本质的不兼容。如果说工程师当中确实有一种主流观点,那么很可能是类似万尼瓦尔·布什的版本:技术创新需要公共和私人共同的努力,模式是非营利性机构做基础研究乃至建立共享的框架、条款,然后转移到私人产业,发展成可运转的系统。例如,康维反复强调她在帕克研究中心的工作方式,之后带动私人创业企业的产生及其"一种新型的合作/竞争环境"[②]的塑造。最后,必须承认的

---

①　参见 Abbate, *Inventing the Internet*, 145。

②　Conway, "The MPC Adventures: Experiences with the Generation of VLSI Design and Implementation Methodologies".

是存在着相对的工程自治;一起工作的工程师最主要的关注点是让复杂的事物运作起来,而让不同社会习惯和政治偏好的工程师合作是必不可少的。

此外,80年代的网络先锋核心人物对社会、机构和政治关系的关注越发与他们的技术考虑结合起来。就像学外语通常会让人对母语的语法更加敏感,搭建计算机网络的行为让工程师更加感受到社会关系。不同的个人和机构在网络之间建造有效的技术网关,发展允许不同机械交互操作的协议,类似的任务让他们感觉到通信的物质复杂性。再者,这并不是没有乐趣的。随着时间的流逝,网络发展起来,创造了这样的情景:登陆总是为讨论表带来新成员,新的联系和通向其他网络的网关——通向新的人,新的社会沟通。随着网络先锋们越发感受到网络化根本上的社会属性,他们当中的一些人最终卷入到国家立法事务、国际规范讨论以及军工联合体内部的特殊争斗中。在公众关注之外,他们奠定了当今互联网的基石,不管是在技术层面还是在政治治理习惯上。

在1983年,那时候早期互联网治理和技术发展的非正式、公开、民主的文化很大程度上得到了重要机构的支持。在军事计算历史上的微小偏差得到了滋养和鼓励,使其最终提供了为今日互联网奠基的技术和价值观。十年以后,互联网才在全球舞台上爆发,数不清的企业努力普及计算机通信,成为实现长久以来多元国际网络的载体。但是,1983年国防部支持一个免受军事等级命令的分组交换网络的决定,是创造TCP/IP分组交换网络的重要时刻,使其得以逐渐演化成无所不能的互联网。[①] 科研共同体通过请求协议熟悉了去中心化计算机网络的价值和乐趣,以及管理创新的非正式的、水平式方法,自愿性的委员会在培育网络长远发展

① 这一时刻的重要性最先引起我注意,是 Coordination and Administration of the Internet 大会上一位听众对 Scott Bradner 的评论,会议由肯尼迪政府学院的 Harvard Information Infrastructure Project 赞助,Harvard University,8—10 Sept. 1996。

上得到了资金和合法性支持，免受军事化等级体制和谋求利润的即时压力。

之前的讨论提到决策是特定机构的需要或设计，也是计算机工程师共同体文化的产物。互联网勃发带来了什么样的胜利，很大程度上是对计算机是什么的理解——计算机是写入技术（writing technology），是操作设备，还是平等交流的通信桥梁，联系着特定的非正式的社会愿景和一系列关于人类社会关系的信念。这种观点首先在60年代晚期出现，至少受到同期反文化运动的部分影响；在70年代悄然生长；80年代早期在国防部内部影响了决策方式的塑造。这种视角既不是铁板一块，也不是不证自明的政治概括。但是1983年的决策特别诠释了关于网络管理的核心决策制定在多大程度上受到相关创新者共同体的文化，以及宏观结构和经济力量的影响。

第五章 "连线"时刻

打破常规的时候,有趣并不是最重要的因素。它是唯一的因素。马赛克(网络浏览器 Mosaic)并不是最直接的寻找在线信息的方式,也不是功能最强大的。在发布后的 18 个月里,马赛克仅凭自己能给用户带来最多的乐趣,激起了互联网史上前所未有的兴奋与商业热潮。

——《连线》,1994 年 10 月(网景上市前 10 个月)

办公间里的发现:20 世纪 90 年代初
白领阶层如何使用计算机

回忆一下——或者,如果你太年轻的话,想象一下——20 世纪 90 年代初的时候,上网是什么样的? 那时候,台式机刚刚从一个新鲜玩意变成办公生活的一部分。在过去五年里,文字处理变成了秘书必备的标准技能,而一台崭新的台式机也成了开展学术工作的标配。就像复印机一样,台式机成了办公生活常见的一部分。

然而,在大多数办公场所,用电子邮件的人仍然只是少数,而网络浏览器则不为人知。试图使用电子邮件沟通的人仅仅在非常具体而狭窄的范围内进行了一点尝试,比如在CompuServe、Prodigy这样的服务网上,本地的公告栏上或者某个有一定限制的校园或者公司网上。对于那时候的记者、学者等专业人员来说,在技术上他们已经可以利用摆在他们桌上的台式机来上网了,但他们并没有形成这样的意识。如果你不是一个计算机专家的话,上网则纯粹是出于好奇。上网会消耗掉大量的时间,却不能立即产生使用价值。对于绝大多数人来说,重要的通信还是仅仅通过书面或者电话的形式来进行。即使你想上网进行交流,你也知道你身边大多数人并不在线。

上网通常需要为计算机购买并接入一个大约平装书大小的调制解调器(一般来说,计算机并不会配置它们)。调制解调器上有一排神秘的闪烁的红灯,它的使用则包括了安装、调试,然后运行终端程序,键入命令行,听调制解调器尖叫一声,再键入另几组神秘的命令行和密码。那时候的在线世界还不是点击一下就可以实现目的的。仅仅连接网络就需要至少45分钟。连接好网络之后,搞清楚如何操作又是一件麻烦事。同时,计算机网络之间的网关也仍处在建设之中。如果人们想要发送一封邮件,比如从BITNET——那时在一小部分工程技术类大学中常见的网络——发出,穿越功能有限的互联网,则需要把电子邮件的地址放在引号中间,并在前面加上IN%,变成:IN%"T_STREETER@uvmvax. uvm. edu"。这并不是一个容易发现的技术细节。

但是,一旦你在这场竞技中将这些技术掌握得游刃有余,你就打开了一扇进入神秘世界的大门。

在下面这段1993年2月的文本中,一段消息发给了几个讨论组。它是这样开头的:

来自:IN%"TNC@GITVMₗ. BITNET""' TECHNOCULT-URE'discussion list"22-FEB-1993 11:48:56.39

发送至:IN%"T_STREETER@uvmvax.uvm.edu""Thomas Streeter"

主题:约翰·佩里·巴洛与情报人员见面

朋友们,

这封令人愉悦的信件来自SURFPUNKs(下方选择订阅)。JPB(约翰·佩里·巴洛)受邀为情报系统做一个技术讲座。这主意真是太棒了。他讲得也很不错。

拉里·亨特(Larry Hunt)

这段消息的主体是关于几个月前的一场演讲的信息。1992年12月,电子边疆基金会(EFF)联合创始人约翰·佩里·巴洛在华盛顿特区外围的一场会议上做了这个关于国土安全的演讲。[①]正如这段信息所表明的,美国情报机构(也就是CIA、NSA、FBI)的许多成员都出席了这场会议。作为电子边疆基金会的代表,巴洛的主要议程就是开导这些情报机构,重视数字领域的言论自由与隐私问题。

通常来说,面对这些易于怀疑的听众,大多数人会采用一种谨慎的、官方的且循规蹈矩的措辞。我们通常会回避我们的异议与差别来表达我们对这些听众的尊重。然而巴洛却是这样开始他的讲话的:

> 我没办法表达我现在感觉有多奇怪,尤其在听完上一位的演讲之后。一个靠给感恩而死乐队(Grateful Dead)写歌谋生的人,竟然给你们这样的人做演讲。这样的演讲安排如果都不够让你们感到讽刺的话,那你们是真的不懂什么叫讽刺

---

① 参见 Dave Farber,"Remarks of John Perry Barlow to the First International Symposium on National Security and National Competitiveness", 21 Feb. 1993, textfiles. Tonytee. nl/magazines/SURFPUNK/surf0059. txt。

了……

　　我不是因为感恩而死乐队才出现在这里的，而是因为我在1989年认识了米奇·卡普（Mitch Kapor）。尽管我们之间有很多的不同，但有一点让我感觉我们能聊到一块儿去……我们同样认为计算机不仅仅是一个更好的计算器或是打字机。我们认识到当计算机彼此连通的时候，它具有了创造一个人类可以并且已经在其中生存的环境……分享这样认识的人就是未来的原住民，而无法接受它的人只能永远做一个移民。

　　当米奇和我发现计算机创造了这样一个地方的时候，我们开始追问这是个怎样的地方……我们决定把它叫做赛博空间（Cyberspace），这个名字来源于比尔吉布森（Bill Gibson）的小说《神经漫游者》里面描绘的充满未来主义色彩的一个地方，它们非常相像。

　　这个例子集中展示了其后不久变得极具影响力的一些主流语言与思维习惯。巴洛是将赛博空间这一词语从科幻迷程序员群体中引入中产阶级话语的核心人物。其后，对互联网的想象超越了将它作为功能可预期的一种工具或是一套设备，而成了一个有待探索的空间。大量现实生活也被投影到了这样一个空间中，尤其是巴洛提出的关于边疆的隐喻。而边疆这一隐喻也在很大程度上受到了60年代反文化运动修辞的影响，产生了扭曲。巴洛的信件里带有一些明显的特征，比如刻意的非正式说法（采用俚语"我们能聊到一块儿去"，简称"米奇""比尔"），乐于打破旧习（"如果都不够让你们感到讽刺的话"），以及自我炫耀式的个人主义（"在电子边疆基金会对个人隐私与自由无休止的关注之下……"）。同时，这一部分的计算机反文化主义又与权力脱不开关系（他们可与CIA有联系！）。并且，很重要的是，作为一种典型的反文化话语策略,巴洛既没有谄媚他的听众们也没有轻描淡写地忽视他们,他给了他们一个选择:成为我们中的一员或者拒绝。接受他所描绘的雄辩的宇宙,你就是"未来的原住民";而拒绝它,你就永远只能做一名"未来的移民"。①

那个时候,或许是在办公室清闲的一天里,又或许是在某个居家的深夜里,通过黑白屏幕阅读这样一封信件有一种引人入胜的效果。巴洛的这封电子邮件使得每天蜗居在办公室小隔间里的这些掌握了这项技术的职员们感受到线上世界正在出现一种新能量。将感恩而死乐队的词作者与 CIA 官员并置在一起产生的不协调当然是很有趣的,但同样,这件事也指出了一个很诱人的事实:有多少人能够受邀与 CIA 官员对话呢?更别提能够揪着这些官员的鼻子又毫发无伤呢?我们眼前的是一个纳税等级和间谍经历和你差不多的人,然而这个人却大胆地对一个建制完善、富有权势甚至有时是暴力的机构进行说教。这样的情景昭示着一个新的开端:一条通往权力的新道路。作为 1993 年初这段文本的一名白领读者,你会获得一种对这一有趣开端的独一无二的参与感,因为你正是那一少部分在上网技术竞技中脱颖而出的精英中的一员。而试图在互联网上获得信息这一过程的相对晦涩则更为这件事增添了一层神秘色彩,象征着个人成为一个特殊团体的一员。当你能够理解这样一个玩笑并且技术上可以接收到它的时候,你便被邀请成为一名先锋,一名巴洛口中的"未来的原住民"。这为在办公室里打字办公赋予了一个新的意义,一个崭新的、时髦的,不那么常规的自我意识。

这种效果真的让人非常享受。

在 20 世纪 90 年代早期,持续增长的专业人员和白领工人都分享了这样的台式机操作经验所带来的惊喜。随着上网人数与接

---

① 同上。

入网络的方式日复一日地增加，越来越多的人感受到自己正蹒跚在一个令人震惊的事物上。这种感受可能来源于某个讨论组上的电子邮件，上面讨论着远方某个内部圈子的小道消息；也可能来源于某个挑逗性的个人信息曝光，也是从这一阶段开始，电子邮件恋情的故事开始进入民间传说。网络可以成为了解某个人或某件事的新形式，正如 MTV 的播放员亚当·库里根据他的个人爱好而创建了 Gopher 协议下的 MTV 网站一样。人们可以藉由 Gopher 来独立了解某个媒体人物，了解某个通常由光鲜的专业主义遮蔽在电视屏幕之后的人物。（这些使用 Gopher 的粉丝在 1994 年也经历了一场巴洛式的打破常规的洗礼。随着 60 年代反抗热潮的兴起，库里宣称从 MTV 辞职。库里辞职是为了全职从事他的数字活动事业，那时有一种令人震惊的认识，即数字世界是未来的浪潮，而电视则是陈腐的。）①一个颠覆性的新事物似乎已经呼之欲出。

在 20 世纪 90 年代早期的美国，虽然微型计算机产业已经获得了胜利，但它却不再令人着迷。经过一段时间的发展，微型计算机变成了一种办公机器，而大多数的家用微型计算机则成了下班后在家办公的工具。80 年代那些将计算机销售到家庭市场的努力——比如说 Sinclair、Commodore 64、Atari、IBM PCJr——都逐渐销声匿迹了。这些小型计算机看起来不再显得富有个性。与此同时，不仅台式机成了办公生活的一部分，与官僚体系联结在了一起；制造微型计算机的公司也不再具有那种喧闹的像车库创业这样的资本神话气质。1990 年，微软推翻了晦暗的、傲慢的、循规蹈矩的 IBM 独裁，取而代之以微软自己的晦暗的、傲慢的、循规蹈矩的独裁。

---

①　参见 David Toop, "MTV Gets Tangled in the Net", *The Times* (London), 28 May 1994, 16。

同时，就在巴洛的消息在电子邮件讨论组和新闻集团中流传的同时，《连线》的创刊号席卷了报摊，在不到一年的时间里，它将发行超过 100000 本，并创造一个数倍于这个数字的充满好奇心的读者群。①

从"信息高速公路"到"赛博空间"
以及知识工人的习性

90 年代的互联网狂热常常被描述为一种乌托邦。然而，就为一个更好的未来绘制蓝图而言，信息高速公路的设想才真的是乌托邦。与其相反，赛博空间这一名词来源于一本先前的赛博朋克小说——吉布森的《神经漫游者》。这部小说描绘了近未来的一个充斥着技术暴力、残酷个性、操纵与愤世嫉俗的不满的世界，一个彻底反乌托邦的世界。《神经漫游者》的魅力来源于浪漫主义而不是乌托邦。它的"网络牛仔"叙事塑造了一个为寻求内心的转化——寻找爱、友谊和意义——而非财富，踏上一场希望渺茫的征程的边缘人物的故事。同时，似乎是为了让他完成内心转化的动机更加鲜明，他也进行了一个内部的重新编程，以实现更好的网络旅行。

对于 90 年代早期这些操作计算机的白领工人而言，《神经漫游者》为他们提供了一条新的故事线。这条故事线重新定义了坐在键盘前键入命令行这一行为，让它从枯燥的白领日常工作变成一种探索和冒险的行为。赛博空间，将互联网定义为一种空间，一片可以去探险的领地；而不仅仅是一条高速公路，一种通向了解已知信息的方式。这表明知识工作者拥有一种潜在的新的自我定义。信息高速公路听起来很整洁，很顺从也很有序。而赛博空间的内涵则更

---

① 参见 Connie Koenenn, "E-mail's Mouthpiece: In Just a Year, Wired Magazine Has Become the Guide Down the Information Superhighway", *Los Angeles Times*, 30 Mar. 1994, E1。

加黑暗，不受管制，更加可怕——也因此更令人激动。当你在深夜里，独自一人坐在办公室小隔间里的时候，赛博空间展现出它更加诱人的一环。它并没有构建起一个乌托邦，一个完美的世界，相反，它为你提供了一个体验自己成为反叛英雄那一面的机会。

我们倾向于认为浪漫与革命是自发的，它们自身即构成了对自身的解释和动力。然而事实上，这些变化的发生通常处在一些具体的语境中，比如中年危机或者沮丧的失业中产阶级。对于90年代早期的上网行为来说，也是这样。

我们可以从思考90年代早期上网的究竟是什么人着手，来理解为什么赛博空间在流行话语中战胜了信息高速公路。一般来说，在讨论社会阶层与计算机使用这一问题的时候，容易陷入一种有和没有的连续中。在这种有和没有的讨论中，人们的关注点在于扩展计算机使用对于降低社会阶层跨度的作用。关注社会阶层这一阶梯本身也发人深省，对于比尔·盖茨和每天清理你的垃圾桶的清洁工来说，没有台式机他们每天的工作也不会受到太大影响。主要对于知识与专业人员这一阶层而言，计算机是他们工作的一个核心特征。这一群体囊括了中层管理者、工程师、中层政府官员、学者以及记者——这些白领知识工人们。

20世纪90年代早期的一个重要特点就是，那个时候，上网的实践事实上首先是由那些需要自己完成文字处理工作，因而拥有必要的设备和操作经验的人们进行的。研究生和助理教授在大学的校长与教务长之前开始上网；中层经理、技术人员和工程师在副总裁和CEO之前上网；中级的记者在编辑和经理之前上网。相对来说这与一般的技术扩散模式并不一样。网络社交是以与影印机类似的模式进入社交生活的，而不是像电话的模式或者是电视的消费分布模式那样自上而下的扩散模式。这种扩散模式也意味着这种对某件重大事情即将发生在社交领域的感受将首先冲击到中层的知识阶层，其后才会影响到高层群体。

　　而信息高速公路以及它所支持的公司自由主义技术政策可能是合理的、前瞻性的以及经济理性的。但它缺乏一种魅力。开展能够刺激大量计算机网络领域投资的政商合作，进而达成促进信息交流的目的可能是个不错的主意。但是，对于办公室隔间里的职员来说，这并不能吊起他们的胃口。

　　在 1995 年之前的这几年里，舞台专门为这些中层人员开放，在这里他们欣赏着一幕关于上层的无知与茫然的戏剧。正是这些自己打备忘录、报告、学期论文和新闻报道的人率先感受到了互联网的重要性并看着上层人员艰难地追赶他们。赛博空间带有浪漫主义色彩地暗示着这种富有反抗意味的自我认知。这也使它能够更好地捕捉到使用者的快感，以及当他们注意到自己率先进入的秘密世界胜过了他们上级主导的固有生活时，所感受到的那种开放的可能性。

反文化运动带来的修辞："他们根本不明白"

　　《连线》杂志的创始人之一，路易斯·罗塞托（Louis Rossetto）亲身经历了 20 世纪 60 年代最初的反文化运动以及它后来在计算机文化中的浮现并形成了一种新的变体这两个过程。前一个过程发生在他的大学阶段，而后一个过程则是在他担任一本关于台式机的小杂志《电子词汇》（*Electric Word*）的编辑期间发生的。① 他曾说过他是参考早期的《滚石》来设计《连线》的——那个真诚的、有些可笑的、70 年代早期的《滚石》，那时候它还在旧金山并将摇滚明星奉为人性精神革命的圣人。② 罗塞托反复用"他们根本不明白"③这

---

　　① 参见 Wolf, *Wired-A Romance*, 18—21。

　　② 参见 Paul Keegan, "Reality Distortion Field", Upside. com, 1 Feb. 1997, www. upside. com/texis/mvm/story。

　　③ 同上。

句话来驳斥主流媒体的技术报道。这句话是像骇客网站 Slashdot
和《连线》这些地方宣泄情绪时采用的修辞基本语汇。在时常见诸
报端的揶揄那些大致界定的、"旧的"机构以及观点（比如微软、电
视网、政府官员、凯恩斯主义）时，这些媒体经常通过含蓄地将他们
的读者纳入到知识先锋的方式来取悦他们。正如巴洛乐于指出的
那样，你是我们中的一员，是现代的哺乳动物；而那些掌权者则是
史前的恐龙。

　　当一个边缘的社会运动在公众视野中准确预测了领导层的一
次重大的历史性判断失误时，它所产生的效果是影响巨大的。而
在当局错误判断时正确判断了某件事，是 60 年代反文化运动的一
项主要的集体记忆。1969 年，在全世界的瞩目下，电视台、《纽约
时代周刊》和当局的许多官员都改变了他们对于越战的立场。90
年代中期，这种记忆是上层错误地预期了互联网的重要性，而到了
90 年代后期，则是他们错误判断了开源软件的价值。这些时刻带
来的影响之一就是它们开启了破除偶像、接纳新思潮的大门。如
果当局在某一件事上的判断是错误的，那他们在别的什么事情上
是否也会失误呢？

　　同时，这种集体记忆为人们划定边界创造了条件。这种边界
不见得有益，即区分出"懂行的人"与"不懂的人"。"他们根本不明
白"这句话所表明的，正是告诉听众，他或她与演讲者一样，属于懂
行的精英群体。而不懂的那些人或许来自五角大楼，来自媒体或
者就是你的父母。不管怎么说，指出彼此与其他那些可耻的不懂
的人不同这件事总让人感到刺激。

　　如果在像越战和互联网这些主要事件上采取了正确观点就能
使这套说辞具有说服力，那么一般意义上的准确性就不再是一个
必需品，甚至不再是让这套说辞生效的先决条件。《连线》仅在创
刊号中对互联网本身进行了讨论，罗塞托必须像其他媒体一样，尽
快承认互联网的中心地位。更重要的是，一旦一套说辞被建立起

来,无论是用什么方法实现的,他就有条件生产出一种有效的扼制质疑的变体。在上文所提到的那场采访中,当罗塞托被问到是否有信仰的时候,他回答"没有";问到他是否是无神论者时,他回答"不是",然后他补充道:"这没什么值得想的……我的意思是,我已经超越了这个话题了。"[①]这套"他们根本不明白"的说辞为聪明地扼制这种质疑声音创造了条件。读者和听众在提出批评、质疑和考虑问题复杂性时不得不担忧:如果你表达了疑虑,这可能比错误还要糟糕,这说明你可能是史前的恐龙,因而不再属于这个特权团体。你根本就不明白。

马赛克(Mosaic)时刻:预期带来的快乐

直到 1993 年年中,使用联网计算机的中层白领人数悄然增长着,其中有不断扩大的一部分人开始使用非营利性、非专属的互联网。这种使用经验又不断受到反文化运动和打破常规精神的影响。然而越是高层的领导,比如 CEO 和政客们,越倾向于忽视这件事的发生。这样的环境也为一种新的、免费发布的计算机程序——马赛克(Mosaic),第一款成功的图像网页浏览器——提供了一片沃土。马赛克 1.0 的苹果和 PC 版本在 1993 年 8 月发布,一经发布便在整个秋季如野火燎原一般疯狂扩散。这一程序当即引起了整个市场的惊叹,促使那些每天从事无聊的或者需要全神贯注的工作的办公室职员主动向他们的同事推荐:"你一定要试试这个。"

这就是一切的起点,90 年代互联网的狂热就是从这一刻开始腾飞的。

需要说明的是,马赛克不是第一款网页浏览器,甚至也不是第

---

① 同上。

一款图像式网页浏览器。① 当伊利诺伊大学国家超算应用中心（National Center for Supercomputing Applications）的两名员工：埃里克·比纳（Eric Beena）和本科生马克·安德森（Marc Andressen）在大概 1992 年末决定要做一款更好的浏览器的时候，他们仅仅是跟随了当时的时代热潮，参与到了如火如荼的网络进化中去。他们在第一版 Unix 系统下的马赛克中的主要技术贡献就是使图像可以在单页中显示出来，这样看起来更吸引人。而另一个重要贡献则是 1993 年发布的可以用于 PC 和苹果系统的马赛克浏览器。这些主要是由一群本科生程序员编写的版本让上网浏览变得更容易了。

技术上来讲，马赛克是一款实用但普通的产品，很难说能比得上像 SMTP（简单邮件传输协议）和 WWW（万维网）这些使上网浏览可行的协议或者是像 SLIP（串行线路网络协议）和 PPP（点对点协议）这些使用户可以通过调制解调器接入互联网的技术。显然，马赛克也没有底层的 TCP/IP（网络通讯协议）这样的包交换协议以及所有那些使这一协议可以在各种电脑上运行的软件重要。马赛克并不是我们能够上网的原因，其他的这些程序和协议才是。马赛克也没有让互联网变得更友好，它只是让互联网在原有的基础上更友好了一些。并且，可以很负责任地说，马赛克没有令上网变得更高效，它在获取信息时又慢又笨重，尤其是在早年那些图像功能很弱的电脑上更是这样。马赛克是一款

① 由于许多投资人都将网景创始人吉姆·克拉克所说的"如果说我的第一家创业公司的核心发明可以比做内燃机的话，那么马赛克就是火种"（Jim Clark, *Netscape Time: The Making of the Billion-Dollar Start-Up That Took on Microsoft* [St. Martin's Griffin, 2000], 228.）这句话当了真，所以这里需要说明一下。实际上，在马赛克之前就已经有了一些其他的网页浏览器。比如说 1992 年基于 Windows 系统的 Viola 网页浏览器就已经有了滚动条，左上角的前进与后退按钮，右上角的球形图标，一个网址显示区域，不同的字体显示，当然，还有可以鼠标点击的由下划线标示出的链接功能——就像马赛克、网景和 IE 这些浏览器一样。参见 Ed Krol, *The Whole Internet* (O'Reilly & Associates, 1992), 227—33。

还不错的软件,但在任何意义上,它都不是一款具有革命意义的天才之作。

那么,为什么马赛克成了关于互联网最热门的应用呢?又为什么它直接的继任者网景(Netscape)开启了 90 年代的"互联网经济"热潮呢?一部分原因仅仅在于累积起来的关键人群与技术群,也就是一部分经济学家所说的网络效应(network effect)。越来越多的计算机支持图形化,其中有足够多的计算机接入了局域网,其中又有足够多的计算机接入到了互联网。同时,上网这件事也变得越来越有价值。

但同样重要的是,比起使用效率,马赛克更加注重给人带来的乐趣。使用马赛克是互联网带来的第一项真正引人注目的、有趣的经历。有些计算机技术人员会通过这样的原因来贬低它:"很多时候,人们使用马赛克仅仅是为了显示他们在自己的计算机上投入了多少钱",一位软件经理观察道,"你可以叫一个人过来然后对他说'看看这个',这有一种爆炸性的吸引力……就像你第一次走进图书馆,在书柜中间穿行,取下来一本本书就非常有趣。但是这种愉悦感一定会逐渐消退下去。"①毋庸置疑的是,今天我们回顾这一段历史,网页浏览带来的乐趣起码在相当长的一段时间里,绝不会消退。

马赛克究竟可以带来怎样的乐趣呢?马赛克并不满足欲望,它激起欲望。科林·坎贝尔提出了一种所谓的"现代自主想象式享乐主义"(modern autonomous imaginative hedonism),这显然是一种现代性结构,它认为获得愉悦的预期本身即构成了愉悦的一部分。这种结构大体上具有典型的消费文化与浪漫主义的特征。②坎贝尔认为,个体在这种特定的愉悦形式里所追求的并不

---

① Josh Hyatt, "Hyperspace Map: Mosaic Helps Lead Users through Maze of Internet", Boston globe, 29 Mar. 1994, 62.

② Campbell, *The Romantic Ethic and the Spirit of Modern Consumerism*, 77.

是对欲望的满足，而是欲望本身，是一种得以欲望的欲望。与其说马赛克向人们展示了他们想要看的或者说是他们需要的，不如说它刺激了人们去想象他可能会看到什么。早期一种经典的展示网络的方式就是点击卢浮宫网页，然后看着颗粒状的图片缓缓地出现在屏幕上。这样一个操作给人带来的乐趣并不在于它实际展现出来的——一张更好版本的，在很多其他艺术书籍里也能看到的照片——而在于这种体验让观者禁不住去想象：我还能在这里看到什么呢？马赛克实现了一种希望：这种希望与其说是了解某种新的事物，不如说是一种了解新事物的可能。用马赛克来上网的最初一段时间和恋爱的早期或者是革命的最初阶段有很多相似之处。移动光标，点击，然后看着图片慢慢浮现在眼前，这样的过程产生了一种有所盼望的体验，一种充满可能的体验。早期这种梦幻的、欲罢不能的上网体验实际上就是沉浸到一连串的"接下来还有什么"之中去。

非理性繁荣的起源：市场的浪漫化

到了 1993 年 5 月的时候，安德森等人正在编写马赛克的代码，而约翰·佩里·巴洛的拥护者和《连线》的编辑们则向中层人员散播着计算机反文化的修辞。与此同时，分散在各地小隔间与办公室中的白领工人们则纷纷在无声中发现了上网的乐趣。然而主流媒体心思并不在这上。就在这一月，《美国新闻与世界报道》（*U. S. News and World Beport*）发表了一篇关于马上到来的联网计算机未来的"技术报道"。在这篇显然是在回应围绕副总统阿尔·戈尔提出的信息高速公路计划而产生的狂热的文章中，对互联网只字未提。它开篇是这样写的：

> 今天，电话、电视和个人计算机的融合开启了一场极具活

力的数字革命,这场革命将在世界范围内彻底改变人们的生活、工作和娱乐方式。这场巨变将为我们带来哪些新的产品和服务?我们究竟在谈论一个多大的市场?克林顿政府又可以做什么,如果确实有什么可以做的话,来促进美国的这些融合技术发展呢?①

这是那个时候常规的理解问题的方式——通过产品、服务和市场这些商业术语来进行理解。从这里出发,这篇文章试图从"七位技术巨头"那里寻找答案:比尔·盖茨、购物频道领军者巴里·迪勒(Barry Diller)、AT&T主席罗伯特·艾伦(Robert Allen)、有线电视大亨约翰·马龙(John Malone)、IBM董事会副主席杰克·库尔勒(Jack Kuehler)、手机巨头克雷格·麦考(Craig McCaw)以及摩托罗拉主席乔治·费舍尔(George Fisher)。而这篇文章也是依照这样的假设来组织的:无论未来发生什么,这个未来一定是主要由公司领袖和公司关注点塑造的,或许也会与白宫签发的鼓励性政策之间有一些互动。盖茨预测将会出现一种钱包大小的个人计算机,可以实现与所有家电的互联。其他人则展望了未来可能出现的利润丰厚的在线购物,无处不在的可以服务于商业高管们的多媒体通信,按需求制作的电影,通过有线电视实现的远程教育以及不断发展的无线数据服务。而所有人都对政府的角色表现出了一种矛盾态度,一方面感激戈尔和克林顿政府激发的热情,另一方面又警示政府的决策者们不要阻碍公司的计划。这就是当时这些公司高层的看法。

三个月之后,当安德森和他的同事们悄然发布了第一个苹

---

① Jim Impoco,"Technology Titans Sound off on the Digital Future",*U. S. News and World Report*,3 May 1993,62。

果和 PC 版本的马赛克的时候,《科学美国人》(*Scientific American*)发表了一篇类似的回顾文章。[①] 为了符合更复杂的读者需求,这篇文章囊括了更多的技术细节。其中对不同的传输技术进行了比较,比如光纤和窄带接入(ISDN)的带宽和花费问题,文章的访谈对象也更多来自实验室,而非企业办公室。但组织起这篇文章的一个基本假设却和前文中《美国新闻与世界报道》的那篇报道相类似,文章的主体聚焦于不同的公司以及它们与互联网相关的技术,比较和对比不同的光纤、手机研发方案,同时穿插了一些内部的规则制定方面的消息,比如一般承运人原则(common carrier principle)。在制定这项即将到来的未来技术潜在的应用清单时,这篇报道稍微侧重于信息和技术产业而非购物方面。这些应用包括了:一个断流器盒可以实现让学生通过电子邮件与南极洲的科研人员联系;一名广播工程师利用在线数据库和电子邮件来辅助诊断自己女儿罕见的疾病;或者是一场可以将牙科 X 光图像发送过整个大西洋的实验;或者一群新泽西的学生可以与俄罗斯的教师进行联系[②]……万维网并没有被提及。

然而,这篇文章提到了互联网。它以一段互联网协会主席温顿·瑟夫(Vinton Cerf)的轶闻开场,温顿在准备一场国会听证会的时候,联系了成千上万的互联网狂热者,指出互联网上蓬勃发展的活动是戈尔所谓的"国家信息基础设施"(National Information Infrastructure)潜在的萌芽。[③] 而且,这篇文章被命名为《驯化赛博空间》,并以一位国会议员对巴洛具有象征意味的将在线世界建构为边疆的回应作为结尾。这位议员说到:"赛博

---

①　参见 Gary Stix, "Domesticating Cyberspace", Scientific American, Aug. 1993, 100—110。

②　同上,105。

③　同上,101。

空间中的一切都极具危险……这里没有规则,这里就是狂野的西部。"①这种带有鲜明巴洛色彩的,具有浓厚象征意味的标题、开篇与结尾——一种狂野的、开阔的、让人兴奋的网络空间——比那些关于公司斗争、教育应用以及竞相发展的技术内容更易于让读者产生共鸣。《科学美国人》的读者可能是特定的某一部分群体,但这部分读者中包括了政客、经理人以及在这一历史时刻很重要的一个群体——记者——记者也属于那些需要自己处理文字的人。

这就是互联网出现在媒体雷达上的时刻。1993年夏秋交际的时候,互联网非常突然地成了媒体的关注点。斯考特·布拉德纳(Scott Bradner),一位资深的互联网专业人士,②有些困惑地发现:"互联网忽然就火起来了……只有媒体之神才知道为什么会这样,关于互联网的文章似乎就是现在应该讨论的话题。"他指出:在仅有一小部分人可以上网的1993年秋季,美国主流的出版物上有170篇文章提到了互联网,而在一年前的同一时间段,则仅有22篇文章。③ 他补充道:

> 所有这些关注都让我们这些一直以来为互联网布道的人倍感振奋。但问题在于我没发现当下这些对互联网的关注有任何合乎逻辑的理由。互联网已经在我们身边发展了十多年了。当然,它规模大起来了(全球已有近200万台联网计算机)并且发展得很快(每个月扩大7%),但是它已经保持这样的规模和发展速度相当长一段时间了。可以确定的是,至少

---

① 同上,110。

② 在80年代晚期,布拉德纳曾是NEARNET——一个面向新英格兰地区大学的区域性TCP/IP网络——的创始人与管理者。这些大学中也包括他的雇用方哈佛大学,这所学校也曾是这个区域性网络的一个参与者。

③ 参见 Scott Bradner, "Why Now?", *Network World*, 27 Sept. 1993, ww. sobco. com/nww/1993/bradner-1993-09-27. html。

在《时代》周刊与《新闻周刊》(*Newsweek*)还在预言面向儿童的全国性录像厅,而不是国际实时在线交互的校园网络的时候,互联网就保持这样的水平在发展了……上个月,我甚至在一趟航班的机上杂志中看到了一篇关于互联网的文章。[①]

随着对互联网的热情不断聚集在媒体上,随着《连线》和约翰·佩里·巴洛利用令人目眩神迷的反文化术语不断塑造计算机网络,随着马赛克在用户数量不断增多的联网计算机上流通,商业群体开始留心这项新的技术了。某种程度上来说,正因为他们的注意力已经被信息高速公路的修辞吸引到了网络这一命题上,这些寻找商机的人又一次被媒体吸引到互联网上就不奇怪了。而另一个重要的因素则是微软的垄断,这样的垄断起到了双重作用。一方面,微软在计算机操作系统领域的垄断象征着一个并不振奋人心的车库创业神话终结。因而也促使那些有浪漫主义情怀的企业家们去寻找一些新的叙事。另一方面,众所周知,比尔·盖茨刚刚成为世界首富,而那些在80年代末大量投资了微软的人也收获了丰厚的回报。微软因此既成了一个被痛斥的巨无霸,又是一堂活生生的教学课:会不会又有哪家公司像微软推翻IBM那样,推翻微软?若有的话,这家公司会不会与互联网有关?而那些准确猜测到了接下来这个风口的人会不会获得类似的丰厚回报呢?

再来看网景。吉姆·克拉克,林·康维的学生,图形工作站公司SGI的创始人,那时候是一位并不需要自己处理文字的经理。然而1993年秋天的某个时候,互联网狂热与马赛克进入主流视野的同时,克拉克在试图使用马赛克搜索技术发展的新方向时遇到了阻碍,是他在SGI的一位下属为他展示了如何使用这款网页浏览器。1994年2月,克拉克辞去了SGI的工作,飞往位于伊利诺

---

① 同上。

伊州香槟-厄博纳市的国家计算机安全协会（NCSA，National Computer Security Association）找到了马克·安德森。在1994年春季，两人成立了一家公司将马赛克商业化。① 在前所未有的匆忙之下，他仅仅在一年以后就启动了网景的IPO（首次公开募股）。而这也是到那时为止历史上最为成功的IPO，并在其后成为一系列IPO项目的模型，开启了一场互联网股票热潮。资本主义创造的一场规模空前的狂欢就此拉开帷幕。

那么，为什么网景引起了让人如此目眩神迷的关注呢？一部分原因在于网景是一家诞生于硅谷的公司，也有一部分原因在于吉姆·克拉克在SGI过去的工作经历，还有一部分原因在于网景雇用了安德森等一群马赛克原始代码的编写者。同时，网景的第一款网页浏览器做得很不错，特别是当公司将启动资金大量投入到加快程序升级，频繁在网上发布免费更新时，它很快就成为最流行的网页浏览器。然而需要注意的是，在IPO的时候，这家公司还没有利润，甚至几乎没有营收。它的主要产品是免费获取的，同时也没有核心技术专利或者其他什么能让它在浏览器市场中胜出的显著优势，它不过是大约市面上十家想要商业化马赛克的公司之一。②

在很大程度上，之所以网景获得了如此巨大的关注，是因为它采取了一种非常直接的策略：创造一个紧紧围绕着浪漫化、英雄化的计算机反文化建构的媒体叙事，事实证明这在媒体中非常流行。通过这种方式，网景将自己描绘得非常迷人。很早以前，克拉克雇用了一位叫作罗珊·西诺（Rosanne Siino）的公关专员，并要求她将安德森包装为公司里的一位摇滚明星。③ 其后西诺采用了一种

---

① 这家公司最初叫做马赛克通信公司，后来在NCSA关于商标权的投诉问题后更名为网景。为了避免引起困惑，我们这里就简单用网景来指代它。

② 在1994年7月，至少有10家公司从伊利诺伊大学获得了对马赛克进行商业开发的授权，其中就包括有着良好社会关系的Spyglass和Spry。参见Elizabeth Corcoran, "Mosaic Gives Guided Tour of Internet", *Washington Post*, July 11, 1994, F19。

③ 参见Clark, *Netscape Time*, 99。

以极客时尚为框架来谨慎地培养媒体关注的策略，直接将记者带到这些技术的幕后，向他们展示程序员生活的小隔间有多么混乱，他们会直接在办公桌下睡觉等等。[①] 在这些努力下，她成功将安德森打造成了一位名人。1993 年，安德森出现在了《福布斯》科技版的封面上，边上肆无忌惮地写着这样一句话："这个年轻人可以打倒比尔·盖茨。"[②]在这之后不久，《人物》将要做安德森的专访，《时代》也将在封面登出他光着脚的照片。[③]

可以说，如果没有《连线》杂志，所有这一切都不可能发生。当克拉克雇用安德森的时候，《连线》刚刚成立一年多，那时候充斥着这本杂志的都是些幼稚而夸大其词的内容（罗塞托声称计算机技术正在创造一种"意义极其深远的社会变革，只有火种的发现可以与之比拟"），[④]以及一些不准确的预言（除了仅仅在第一期中提到了互联网，它还声称理查德·斯托曼［Richard Stallman］的开源软件项目是个过时的而且注定要完蛋的计划）。[⑤] 同时，它吸引眼球的幻彩荧光漆制成的图像和版面有时候根本无法阅读。《连线》杂志并不是促使马赛克成为互联网热销应用的原因。[⑥]

但确实是《连线》以其独特的方式使马赛克成为热销应用这一故事变得流行。《连线》在 1994 年 10 月发行了它的首份副刊，内容就是关于马赛克效应的。那时候马赛克虽然在互联网迷中已经

---

①　同上，100。

②　同上，106。

③　同上，194。

④　引自 Keegan, "Reality Distortion Field"。

⑤　参见 Simson L. Garfinkel, "Is Stallman Stalled? One of the Greatest Programmers Alive Saw a Future Where All Software Was Free. Then Reality Set in.", *Wired* 1 (Apr. 1993): 102。

⑥　这一荣誉或许应该归功于 3Com 的创始人罗伯特·梅特卡夫（Robert Metcalfe），他在 1994 年 6 月发布了一篇专栏文章，开篇这样写道："马赛克现在为互联网所做的一切，正是 Visicalc，那个众所周知的热销应用，在大概 1980 年时为个人计算机所做的。"（Bob Metcalfe, "Thanks, NCSA, for Graduating a Few of Your Mosaic Cyberstars", *InfoWorld*, 6 June 1994, 50.）

广为流传,但才刚刚开始散布到更广阔的世界。^① 这篇加里·伍
尔夫(Gary Wolf)撰写的标题为《(第二阶段的)革命已经开始》的
文章并没有像一般的贸易杂志可能做的那样,仅仅停留在介绍一
种好的投资项目或者是一种新的技术。取而代之的,是一套通俗
的预言和一种对革命性变化、有趣和个人感受的强调。"打破常规
的时候,"这篇文章开篇这样写道,"有趣并不是最重要的因素。它
是唯一的因素。"在一段标题为"我为什么研究马赛克"的段落里,
伍尔夫观察到"马赛克的运行并不顺畅,跑起程序来感觉它气喘吁
吁的",之后他描述了一段在一个新网页上搜寻技术信息的经历,
在搜索中他很快便在从一个链接点到另一个链接的过程中分心
了,最终他进入到了一位外科医生的个人网页。虽然一个标准的
计算机软件使用测评文章会指出这是一种问题,伍尔夫却并没有。
"整个经历,"伍尔夫写道,"带来了一种强烈的幻觉,并不是关于信
息的,而是关于个性的。"尽管个人计算机将自己塑造为一种办公
机器的形象,也因此并不怎么具有个性,伍尔夫却将个性定位在了
上网冲浪这一行为中。

然后,仿佛是为了给予网络的个性这一薄弱观点一些正确性,
伍尔夫刻画了马克·安德森的个性。其他的记者或许已经采访过
公司的高层,但伍尔夫聚焦于这位二十几岁的年轻合伙人,并且注
意到了很多个人细节。在网景总部,"去采访地点的路上,"伍尔夫
写道,"安德森脱掉了他的礼服衬衫,换上一件白 T 恤完成了接下
来的问答。这样的姿态表明了他是一位打硬仗的人而不是生意
人。"同时,伍尔夫聚焦于安德森身上挑战极限的态度。在网景工
作,伍尔夫注意到,"(为安德森)带来了一个摆脱另一家他视为邪
恶势力公司的束缚的机会——微软"。

---

① 参见 Wolf, "The (Second Phase of the) Revolution Has Begun: Don't Look
Now, But Prodigy, AOL, and CompuServe Are All Suddenly Obsolete—and Mosaic Is
Well on Its Way to Becoming the World's Standard Interface ", *Wired* (Oct, 1994)。

　　通过集中聚焦于网景和安德森,这篇《连线》文章不仅放大了这样的观点:马赛克是互联网上的畅销应用,而网景是它的主要受益者,同时也为读者提供了一副带有浪漫色彩的眼镜,让读者们可以透过这副眼镜来理解这一现象。正当克林顿政府与国会在各种会议上不断宣传信息高速公路这一诞生于内阁的严肃理念,商人们却在飞机上翻阅《连线》杂志,阅读着像"赛博空间"和"边疆"比喻这样的术语,这种语言在新闻报道和政客的言辞里不断蔓延。如果没有《连线》,我们或许很难想象这样一种弥漫着自由至上主义色彩的对计算机网络的反文化建构竟然占据了主流。

　　在接下来的几年里,正如后来众所皆知的,这种建构抓住了机遇。成为知识先锋是那个时代核心的社会精神之一。玛丽·米克(Mary Meeker),后来被称为"泡沫中心的女孩",那时候是摩根·斯坦利(Morgan Stanley)的一名证券分析师。她在网景的 IPO 中是一名核心角色,同时也是其后一系列网站公司 IPO 的核心人物。她说:"我记得 1995 年的时候,我会和马克·安德森交流,数数看有多少人能理解这个东西。我们认为这个数字大概是 400人。"[①]就在网景 IPO 之后不久,一位有远见的年轻人,杰弗里·斯基林(Jeffery Skilling)带领着一家叫做安然(Enron)的冉冉升起的公司进入了一个新领域。安然在这一领域中主要从事能源与互联网相关产品的投机买卖。对于那些斯基林策略的怀疑论者,斯基林的态度被描述为罗塞托式的、嗤之以鼻的,"这世界上只有两类人,一类是能理解正在发生什么的,另一类完全不明白"。[②] 同样,这种建构也在政治中留下了自己的印记。在 1994 年夏天,保

---

　　① 　John Cassidy, *Dot. com*: *How America Lost Its Mind and Money in the Internet Era* (Harper Perennial, 2003), 96. 亦可参见 Cassidy, "The Woman in the Bubble", *The New Yorker*, 26 Apr. 1999, 48。

　　② 　引自 Wendy Zellner and Stephanie Anderson Forest, "The Fall of Enron: How Ex-CEO Jeff Skilling's Strategy Grew So Complex That Even His Boss Couldn't Get a Handle on It", *Business Week*, 17 Dec, 2001, 30。

守派权威乔治·吉尔德(George Gilder)与未来主义者阿尔文·托夫勒(Alvin Toffler)等人联手,推出了一份激动人心的文件,叫作《赛博空间与美国梦:一部知识时代的大宪章》(*Cyberspace and the American Dream:A Magna Carta for the Knowledge Age*)。这份文件宣称在新的时代中,自由市场与技术将会逐渐废弃政府。这一系列的议题很快将被其后当选的议员纽特·金里奇再度提上议程。

时过境迁,今天我们自鸣得意地去嘲弄这些发展路径,草草说一句"早就说会这样",是没有什么帮助的。许多深思熟虑的观察者已经认识到 90 年代末的股价是非理性的了,并且他们中的许多人也做出了这样的表述。证据和争议就摆在那里,然而这个泡沫仍旧不顾一切地膨胀。我们当然应该追查那些利用这个目眩神迷的环境来施行不同程度的彻头彻尾诈骗的人。但任何人都不能因为其中时而充斥着夸大其词的报道、利益冲突和不诚实而去责备这个令人目眩神迷的环境本身。

这一过热的环境实质上正是对财富的欲望与关于自由、自我表达以及推翻固有权力阶层的浪漫梦想的融合产物。如果没有这种关于自由与革命的浪漫视角,就绝对没有什么值得为之激动的。在这场淘金热中,并没有真正的金子,没有任何有实际价值的原材料,只有一座由非物质的数字比特映射出的空中楼阁。这座空中楼阁需要一些什么东西能让他变得有价值。如果没有一夜暴富的希望,这种狂热也不会获得让它得以传播的动力。改变世界、推翻独裁、表达自我以及一夜暴富,正是在所有这些希望令人目眩神迷的混合之下,诞生了这样一种让人们为之兴奋的效果。

浪漫主义在互联网惊喜中的角色

资本主义的发展和特性有时会与枪炮、细菌和钢铁这一类事物以及技术、资源和地理这些联想在一起。我们同样愿意认定经济发展是关于平淡无奇的人类生活的基础，决定我们要吃多少和能活多久的生产与分配的效率问题。然而这种思路，尽管其中不乏一些真知灼见，却使我们忽视了资本主义的发展很多时候是轻浮的。回想一下黄金、香料、茶叶、烟草和海狸皮毛在重商主义制度下的角色以及美洲的欧洲殖民地发展早期。所有这些都是无关紧要的商品，并没有实际的应用价值，而它们的流行则主要来源于欧洲上流社会一时兴起的时尚潮流。尽管如此，正因为是基本的会计与贸易系统奠定了早期现代资本主义的基石，有很多人才会声称资本主义，甚至是当下的世界体系本身，是围绕着这些系统建立起来的。

20世纪90年代的互联网或许更像香料和海狸皮草而不是蒸汽机或是无线电。互联网所提供的并不是装饰我们身体或食物的时尚产物，而是某种装点我们自身的时尚。

在短短的几年里，1992年到1996年之间，互联网从一场不为人知的实验变为一种全球性的制度，它似乎成了每个人的口头禅，而它的存在与重要性都被视为理所当然。到了1995年，剩下的那些80年代的商用计算机通信系统，比如说Compuserver和Prodigy都将自身打造为一种接入互联网的方式而不是远离它的工具。国会在半个多世纪以来首次修改了通信法，主要的那些大公司从手机公司到微软再到电视网络都从根本上修改了它们的经营策略，可口可乐和百事可乐的电视广告会常规性地展示他们的网址，而股市的泡沫也在不断增长着。

在媒介的历史上，这是一次极其快速的转变。相比较而言，其他各种媒介的早期发展呈现出一种良好合作与计划的特征。举个例子来说，美国电视工业发展的大体轮廓——主要的公司参与方、广告系统、将节目提供到各附属站点的网络、甚至包括大部分的节目比如说电视剧和各种综艺——在30年代的中后期就已经被清晰地勾勒出来了,比它在 50 年代的全面推行提前了十多年。(RCA 与 NBC 在 1932 年就将电视作为他们未来发展的核心计划,就在网络化的、广告支持的无线电广播系统刚刚巩固起来的时候。)①尽管之前这些媒介的发展中也存在着一定的复杂性和困难,电影、电视和 VCR 这些媒介的传播都是在一个工业领袖、政策制定者和加工商都大致了解这一新兴工业的发展轮廓的语境下进行的。他们中的争议也多局限于特定的技术标准(比如说 BE-TAMAX 与 VHS 之间的争议)和利益分配(比如光缆与磁带之间的版权问题)等问题。技术史学家有理由去嘲笑那些夸大其词的关于互联网的言论(比如说互联网是继书以后最伟大的发明)。但是,互联网传播的诸多惊人特征之一恰恰就是在 90 年代这一段时间里,它有多少次让人们感到意外。可以说,在 20 世纪唯一带来了相似意外的通信系统只有无线电广播了(无线电广播同样造成了 20 年代的一场股市泡沫)。②

很多人可能会问:互联网的成功是不是因为它是一种可以提供新的效率、新的灵活性以及一种新的易于操作的获取信息和知识方式的创造物,而这些放在一起构成了互联网自身发展的驱动力以及互联网对新兴市场的驱动机制、对全球化和降低经济差异的贡献?这么多的资金和工作真的是被一种像浪漫化的自我表达这样朝生暮死的、非理性的情绪驱动的吗?

当然,还有一些因素也很关键。但似乎这些浪漫化的企业家

---

① 参见 Erik Barnouw, *A Tower of Babel*. vol. 1 of *A History of Broadcasting in the United States* (Oxford University Press, 1966), 232。

② 1918 年的时候,整个商界将无线电想象为一种具有特定战略性的、点对点的应用,比如用于船只到海岸和军事通信,是这样一种工具。而使这些无线电的业余爱好者们(20 世纪最早的骇客们)发现广播和用无线电进行娱乐活动则用了 1906—1919 这一整段时间。当无线电在 1920 年成为一种流行的热潮时,商界感到措手不及。这也造成了商界重大的战略转向,通过重新建立与广告业界的一种新的关系,以及一个新的政策机构和法制建设才逐渐让一切变得可控。这是福特主义得以巩固的一个重要时刻。参见 Streeter, *Selling the Air*, 84—91。

自我观念是 90 年代互联网爆炸的一种必要条件，如果不是充分条件的话。这能帮助我们记住这些事情发生的顺序。在大量的个体通过在互联网上售卖商品成功盈利，甚至在大量计算机可以接入互联网之前，一切就都已经改变了。并不是好像很多人开始利用互联网赚钱之后，整个商业世界才反应过来。1995 年，还没有什么值得一提的存在于真实世界的而不是比喻意义上的市场，也没有大量的人竞相在互联网上买卖物品。大体上来说，只有那些实验者、投机者和狂热者，这些希望互联网上能出现一个那时还未存在的市场的人。（是的，有一些图表显示这一时期疯狂增长的节点与用户数，这些数据连成了一条直指右上角的线，构成了几乎完美的三角形。但是我们同样可以为时兴的流行摇滚轰动绘制出同样的销售图表。而互联网已经在 1993 年之前一段时间就保持这样的增长率了。）作为一种被理解为实用技术的产物，互联网并不能引起这些变化，因为互联网在这一阶段实际上还无法使用。而其他许多重要的，为后来互联网与互联网经济的大爆发奠基的变化都是在这一技术产生实在的效果之前发生的。

事实上，1993 年到 1995 年之间的互联网并不仅仅是一种技术，它是一种希望的落地。93 年到 95 年之间发生的这些变化很大程度上是预期性的，是基于人们想象中可能发生的，而不是实际上已经发生的事物。在 90 年代早期，与其说互联网促成了很多新事物的产生，不如说它刺激了人们去想象新事物即将发生。这是一种具像化的陷入到由马赛克一连串"接下来是什么"之中的集体记忆。对于相当一部分人来说，这种集体记忆是与新技术带来的巨大惊叹和那种能使人成为带有浪漫主义色彩的企业家的机遇联系在一起的，也因此促成了许多新的行为。人们表现得不一样了，并不仅仅是因为互联网使他们得以做一些不一样的事情，而是因为互联网的存在引导人们去想象事物将可能会发生怎样的改变，它们又会被变成什么样子。许多 90 年代人们对于互联网的所说所做今天来看都是一些误判,甚至有一些是极大的错误。然而这些误判并不是随机出现的。它们是一种在共同愿景中存在的模式的一部分,尽管这种集体愿景建立在摇摇欲坠的基础上,它仍可以对人们产生很大的影响。

互联网与新自由主义

并且,这种影响并不会快速消退。互联网狂热并不是另一场"郁金香狂热",那种终将伴随着大量财富流失而消逝的平庸想法。一方面,互联网泡沫释放了大量的资金,这些资金涌入到了电信基础设施建设中去,有效地促使 TCP/IP 成为可预见的未来中的标准协议。同时,这些资金也在事实上使得宽带线路得到了大量扩建,直到泡沫破碎之后这些线路依旧发挥了重要作用。另一方面,虽然不那么具体但或许更加深刻的是,这场互联网惊喜促成了新自由主义的复兴。正如我们注意到的,当比尔·克林顿在 1992 年当选的时候,新自由主义看起来似乎要随之陷入严重的衰退。无论是公司的领导层还是政府都回归到一种更加古典的关注公共与私人关系协调的公司自由主义观点。然而就在苏联解体与互联网泡沫之间的某个阶段,对市场的盲目崇拜又获得了新的能量。恰恰由于互联网建基于一种惊喜,由于它引起了反文化与庞大的投机资本主义的合流,互联网为一个大胆设想的时代拉开了帷幕。

考虑到 90 年代早期的政治坐标,率先冲入这场开幕式的学术团体是自由主义知识分子,他们成功将互联网的浪漫主义个人色彩视角与互联网的自由市场视角画上了等号。埃丝特·戴森(Esther Dyson)是一位有记者工作经历的商务咨询员,她来自一个声名显赫的家族,并有显著的自由主义倾向。(她对《理性》杂志说,她之所以喜欢市场经济,是因为:"一,它行之有效;二,它符合道德标准。")①她将逐渐浮出水面的互联网视作一种机遇并将其变成她职业生涯的核心。曾因撰书攻击女性主义和福利政策而闻名的共和党撰稿人乔治·吉尔德也通过1990年的一本关于电视终结的书将他的视野转向了技术。这本书从其预言性层面来讲并不是很准确，但其中那种激情澎湃的感受让吉尔达领会到可以通过技术预言巨大的能量来吸引读者。自由主义记者迪克兰·麦卡洛（Declan McCullough）在1994年建立了一个着眼于互联网与相关政策的的网站，很快他也成了《连线》的一位常规供稿人。这些人建立起这样的认识框架都受到了德·索拉·普尔的《自由的技术》的影响。这本书将自由市场与言论自由并为一谈，并且将政府法规诠释为二者的对立面，用这种方式来理解层出不穷的互联网活动。

想要了解这种修辞上的联系是如何产生作用的，可以参考一篇《经济学人》在1995年发表的关于互联网的文章。这篇文章的作者（最终他成了《连线》的一位编辑）克里斯托弗·安德森写道："互联网革命挑战了信息高速公路的公司模式。网络的增长不是一次侥幸或是一时风潮，而是充分释放个体创造力带来的能量的结果。如果我们能称之为一种经济的话，这就是自由市场对计划经济的胜利。而如果将它称为一种音乐，则是爵士对巴赫的胜利。这是民主对独裁的胜利。"②这种释放个体创造力的视野（以及与之相关的丰富的修辞）是一种传统的浪漫个人主义的体现。然而这篇文章却出现在了《经济学人》而不是《连线》上，而读者翻开这本杂志首先映入眼帘的这些内容更是会造成一种叙事扭曲。一位

---

① Virginia Postel, "On the Frontier: From the Wild East of Russian Capitalism to the Evolving Forms of Civilizing of Cyberspace, Esther Dyson Likes the Promise of Unsettled Territory——and the Challenge of Civilizing It", *Reason Magazine*, Oct. 1996, www. reason. com/news/show/30021. html.

② Christopher Anderson, "The Accidental Superhighway (The Internet Survey)", *The Economist* (US), 1 July 1995, 4.

不具名的编辑将安德森这篇浪漫的文章压缩成了一篇引言,放在印刷版杂志的第一页上:"互联网爆炸性的增长并不是一次侥幸或一时风潮,而是一个已经被开启了的数字自由市场的结果。"①《经济学人》的读者们被巧妙地从"如果称之为一种经济"引导到了它就是"数字自由市场"。这种从市场比喻到实体市场的关联性跳跃在那个时候的文化中一再重复。这也使得一种建基于非营利标准,并源于私有与政府资助合作的技术系统,成为自由市场和公众自由表达两种不同思维的共同原型。因此,互联网在美国办公生活中逐步打破常规的节奏也带上了洛克式市场自由的色彩。而潜藏在其中的各种不合理性都被一连串事件的接连发生以及那种对被认定为《连线》式的史前动物的担忧扫到了一边。

所有这些事件,紧随着震惊世人的苏联解体与 1991 年美国在海湾战争中的迅速获胜,穿凿了一种使新自由主义重获新生的语境。在讨论法律、政治和商务管理的时候,大部分关于工业政策与相关的公司自由主义的术语都消失在了背景知识里,而对市场是一切创新的源头(甚至是自由的源头)的信仰也像从前一样有力地复兴了。1994 年,正当网景计划它的 IPO 的时候,《纽约时报》翻译了一篇中东一位叫作托马斯·弗里德曼(Thomas Friedman)的评论员写的报道白宫与经济学的文章。其后一年,股市泡沫开始膨胀,弗里德曼成了一名专栏作家,就在这一阶段,他建立起了一种娓娓道来的、由轶闻驱动的自由市场原教旨主义叙事,这种叙事其后又响应了微妙的民族主义必胜信念。面对所有这些事件,那些一开始对某些新自由主义的决议提出疑虑的人——比如说经济学家杰弗里·萨克斯(Jeffery Sachs)认为可以将对苏联的休克疗法转化为一种市场经济,而这样造成的后果连萨克斯本人都承认是两面的,更多人都会认为是灾难性的——在整个 90 年代,一方

---

① 同上,3。

面是因为受到了无可辩驳的市场前景的震慑，另一方面也是被一系列的事件、围绕互联网聚集起来的那种能量和股市上相关股票的疾速增长所鼓舞，这些人的声音逐渐被淹没了下去。正是因为互联网这种被文化接纳的方式，玛格丽特·撒切尔（Margaret Thatcher）在 80 年代宣称世界舞台上除了新自由主义"我们根本没有其他选择"的断言，重获了新生。

第六章　开放源代码、善于表达的
程序员和知识产权问题

每一款好软件都源于一个开发者自己的痛点。

——埃里克·雷蒙德（Eric Raymond）[1]

事实证明，那些最终让新自由主义共识的基础出现裂隙的，也正是那些曾在 20 世纪 90 年代早期为它带来新生的东西：一种对于计算的浪漫个人主义表述。

早在互联网普及之前，甚至早在微型计算机出现之前，泰德·尼尔森就在《电脑实验室》（*Computer Lib*）杂志上，针对被他称为"世外桃源"（Xanadu）的超链接数字文本系统，就其资金来源问题进行过简要的反思：

> 我还能找到资金吗？我不知道……我认为，不该去找大公司（因为所有这些公司眼里就只有自己的竞争对手）；也不该依靠政府（超文本不是属于什么委员会的，而是个人主义

① 雷蒙德在 1997 年首次发表的传奇文章有许多印刷版和电子版供参考，但最为准确的版本应该是其个人网站上提供的，附有历年的修订清单，参见 Eric Raymond, "The Cathedral and the Bazaar", *Eric S. Raymond's Home Page*, 21 May 1997, catb. org/～esr/writings/homesteading/cathedral-bazaar/。

的——靠政府的话,补助只能通过冗长而烦人的申请和审核才能获得);而是应该独辟蹊径地依赖民营企业系统。我认为,曾经带领着麦当劳走上快车道的那种精神,也同样能帮我们渡过难关。[1]

尽管在当时并不怎么惹眼,但泰德·尼尔森正是这样为他的数字乌托邦想象出了一种企业形态,在某种程度上,可以说他提前预知了十年后将出现的一种新自由主义计算机框架(在第三章曾讨论过)。

但是泰德·尼尔森并不仅仅是在为微型计算机——这种装在盒子里出售的机器——谋划市场。正如我们今天所见,微机很容易就被想象成一种可以任意买卖的单个商品。而在一个先进的计算机网络中,在一个巨大的、虚无缥缈的、充满社会关系和技术链接与协议的网络当中,一个人又该怎样才能建立并运行起一种企业家式的、近似于农贸市场的交易系统呢?

泰德·尼尔森回答了这个问题。他坚持让"世外桃源"在提供一个超链接文本世界的同时,也"必须保证这样一点,即任何一条信息的所有者都会得到相应的版税,只要他们的作品中有某一部分被用到,不管被用到的部分有多小,也不管何时被用得最多"。[2]道理在于,"你发表了作品,任何人都能使用它,你会一直自动得到版税。这很公平"。[3] 而且,他还认为,这种经济公平是与知识公平相一致的:"你可以无限期地在旧的、已发表文献的基础上创造新的,只要不破坏原稿,做任何修改都可以。而这意味着一种全新

---

[1]　Nelson, *Computer Lib*, DM 45.

[2]　Nelson, www. hyperstand. com/Sound/Ted_Report2. html.

[3]　Nelson, *Literary Machines : The Report on , and of , Project Xanadu Concerning Word Processing , Electronic Publishing , Hypertext , Thinkertoys , Tomorrow's Intellectual Revolution , and Certain Other Topics Including Knowledge , Education and Freedom* (self published, 1983) , chap. 2,38.

的多元发表模式。如果任何既有发表物都能被囊括进一个新发表物当中，那么任何新观点都能很好地呈现。"①泰德·尼尔森不仅是数字产权的信徒，还希望通过数字化使产权制度变得完美。

　　本章要探讨的是所谓"网络知识产权"这一问题在 20 世纪 90 年代后期的出现。在这一时期，Linux、开源运动以及音乐下载的接连出现，让法律圈和管理圈既兴奋又恐惧。这些发展态势中蕴含的"自由传播"理念与产权概念格格不入，这对市场原教旨主义的前提提出了质疑，而正是市场原教旨主义曾一度使许多政治经济学思想与互联网相勾连，才让互联网发展到如今这一步。突然之间，自由和市场不再是同义词了，事实上，在某些情况下，它们好像还是对立的。

　　本章力求论证的是，互联网不仅给知识产权创造了新麻烦，它也把一般意义上的产权概念所具有的潜在问题摆到了台面上。在第一个例子中，让产权问题重新浮出水面的，并不是对产权本身的批评，而是浪漫个人主义和功利个人主义之间的冲突。赚取利益和表达自我这两种在 20 世纪 90 年代早期曾被合并的欲望，突然要分道扬镳了。

"清晰协定"（Clean Arrangement）：产权迷梦

　　尼尔森的产权理念最吸引人的一点在于：它内嵌在一套道德话语之中，而非只有一套干巴巴的商业模型或经济理论。尼尔森在《电脑实验室》杂志里努力为之辩护的，绝不仅仅是一套能帮他个人致富的东西。在尼尔森眼中，保护知识产权与他对自由的理解是一致的。他把电脑使用者想象成自主、自由的个体，可以不借助出版商、图书馆或教育机构等中介进行交流。他相信，由数字化

_____

① 　同上，chap. 2, 38。

技术带来的知识产权保护,可以为这种个人主义赋权。

理查德·斯托曼等人可能会提出质疑:如果这种私有制的计算带来限制、障碍以及法律和管理上的干预,那怎么办? 尼尔森的回应是:"我知道有这种质疑,比如'版权会招来律师'。这大概就有点落伍了。法律总是要介入的;能让律师靠边站的应该是清晰的法律协定……如果权利是清晰明确的,就更不容易被任意践踏,我们也能更容易地解决麻烦。爱信不信,律师们是喜欢清晰条约的。俗话说得好,'坏案子导致坏法律'①嘛。"

这正是尼尔森为计算机和洛克式自由主义找到的结合点:机器,拥有强大精细计算能力的机器,将带来清晰的协定,从而使"零摩擦"产权关系成为可能。尼尔森认为,有了"世外桃源",每一个人对系统所做的贡献都会被完美保存并得到回报;计算机系统本身就能避免思想偷窃的发生,因为每一次"引用"都会被一个不可变的链接所保存,这不仅能让读者迅速找到知识来源,也保证了对每一次信息使用的直接支付。

"清晰协定"(即对产权边界做出精确定义)能给人们提供一把打开自由大门的钥匙,尼尔森的这一希望深深根植于美国传统,甚至是比美国历史还要久远的一项知识传统。"生命,自由,财产",源自约翰·洛克和亚当·斯密的这一著名的三位一体,曾以各种形式出现在《独立宣言》、美国宪法以及《权利法案》之中。② 值得强调的一点是,这一表述把产权和反对谋杀(即生命权)以及自由本身放在同等位置上,而且,产权被说成是一种自然的、固有的、人类与生俱来的东西。早在美国政体严肃地考虑普选权之前,早期美国领导人就已经把产权概念注入了美国社会

　　① Nelson,Ted_Report2. html.
　　② 洛克在《政府论》下篇中的表述是"没有人能够损害另一个人的生命、健康、自由和财产"。(John Locke, *Second Treatise of Government*, ed. Crawford Brough Macpherson[Hackett Publishing, 1980],9.)

的灵魂。

保护产权，即确保"你的就是你的、我的就是我的"，不仅是个哲学概念。说得夸张一些，这是资本主义世界中正义的基础。这一思想具有强大的社会文化意识制造能力，会让人们认为，追求对财物的所有权利（即追求财富）是天然且正确的，即使这会导致部分人拥有的比其他人多得多。它深刻影响着我们对于"哪些法律和正义排第一位"这一问题的想法。公平、清晰的规则——常言道，要法治，不要人治——是通过维持清晰的边界，即财产间的边界和个人间的边界而获得的。找到这些边界，确保在没人越界的同时又能让每个人在自己的产权边界内为所欲为，这就是正义。正如安·兰德这位美国 20 世纪的流行产权哲学家，借她小说主人公约翰·盖尔特（John Galt）之口所说的那样："正如一个人不能脱离他的身体而存在一样，也没有一种权利能够脱离以下这些权利而存在——把权利转换成现实的权利，思考的权利，工作并保有其成果的权利，也就是说，财产权利。"[①]在她看来，财产权不仅是一个法律术语。思考权和工作权是和"保有工作成果"的权利相一致的。

会对这套观点买账的不仅仅是那些富人。严格地说，尼尔森不算什么有钱人，他的人生是波折颇多的一生，在深受其理念影响的计算机商业圈和计算机教育圈中，他的地位同样边缘。考虑到这一点，就不难认识到他理念中的深刻之处。他从未得到任何机构的完全保障或丰厚报偿，他从未被多么"公平"地对待过，但就是这样一个人，以一种局外人的视角，在想象着这样一种乌托邦，在那里，所有这些不公平的机构，全都会被电脑操作台前的自由人所组成的社群替代。在这个乌托邦里，将不存在任何强权，比如大公司的垄断或者专横的强大政府，也不存在大量靠阿谀奉承或吹牛

[①]　Ayn Rand, *Atlas Shrugged*(Dutton Adult, 2005), 106.

忽悠上位的"成功人士";在这个乌托邦里,没有自以为是的期刊编辑能阻止你的文章发表,也没有目光短浅的公司高管会以削减成本为名葬送你心爱的项目。这些人再也不能把下属的想法据为己有。尼尔森想让一个非常"美国"的理想成真:一套能进行完美计算的产权系统,一套水晶般透明的、基于"法治而非人治"的规则,而这一切,都能靠计算机技术得以实现。

然而,到20世纪90年代中期,尽管互联网已经成功地让尼尔森的超文本进入了美国人的生活,但产权问题却远远没有变得像水晶般清晰透明。

由清到浊:产权的难题

西方法律史告诉我们,产权边界的难题不仅来自新技术。数百年来,让权利"清晰且明确"的梦想在许多领域都是个让人头痛的问题。当然,产权关系本身也难逃此劫;随着资本主义在过去数百年中的扩张,产权关系日益扩大到生活的方方面面。除了奴隶制这一重要例外,几乎没有什么已经被财产化的东西能重新变回"非财产"。但产权的问题就在于,随着其范围的扩展,产权的性质也越来越模糊,离所谓的"清晰明确"越来越远。事实证明,实践中的产权几乎从来就不是如洛克所言、如尼尔森所希望的那种水晶般透明的系统。让产权如广告宣传的那样运转良好是完全不可能的,这种认识逐渐掏空了产权的所有意涵。

很多副作用造成的扭曲让产权边界变得模糊,比如财富的不均等分配,又如区域法和环境管制等有监管力量辅助的、致力于消除产权边界的法律和政治体制。导致财产边界模糊的原因也在于,权利的定义也许能够在纸上写得清清楚楚,而一旦将其应用到人类活动的真实世界当中,可能就不是那么回事儿了。甚至就连最原始的财产之一的土地,也面临着棘手的困境。这种困境早在

19世纪的法律案件中就能找到。在享受个人财产和侵犯他人财产之间有一条线，这条线究竟该画在哪里？如果你养的猪会弄脏邻居的小溪，或者你造的房子会挡住邻居花园的阳光，那该怎么办？[①]

多年来，最精明的法学家们发现，他们对这些问题思考得越多，答案也就越多，结果就是，判例法越积越多，情况也越发朦胧。

于是，进入20世纪，生活中有越多的方面被财产关系所规范，这些财产关系就显得越没道理。人们的买卖行为越来越偏离洛克对产权的设想。在20世纪，纽约市的出租车运营许可证，或者某一频率的广播执照，都被大量买卖，但它们根本就不是什么实实在在的东西；它们完全是被各种政府部门的行为所定义和创造出来的。[②]（事实上，美国法律的规定是，一张广播执照仅允许其持有者"使用该频道，而非拥有该频道。"）[③]一只股票的持有权并不等于任何实体财物；拥有一家公司5％的股份，并不代表你有权从它的工厂里拿走5％的东西。如果认真思考一下股票这个东西，你会发现，与其说它是一种财产，不如说它更像是一种古怪的、不断变化的权利，尽管它已经成为资本主义财产所有权的核心形式。

曾有一项著名的研究，通过检视美国产权法律的历史演变，向我们揭示出，在基于坚定而明确的规定做出的法律决定，和基于模糊而灵活的标准做出的法律决定之间，存在的那种云泥之差。[④]尽管法律解释一直在清晰和模糊之间徘徊，法学理论家威廉姆

---

① 关于美国早期财产法的一些奇怪波折与转变，可以参见 Lawrence M. Friedman, *A History of American Law*(Touchstone, 1986), 234—44。

② See Thomas C. Grey, "The Disintegration of Property", *Property: Nomos* XXII 69(1980): 69—70。

③ Streeter, *Selling the Air*, 219.

④ 参见 Carol M. Rose, "Crystals and Mud in Property Law", *Stanford Law Review* 40, no. 3(1987): 577—610。

斯·费什(Williams Fisher)指出,至少 20 世纪的主流是偏向模糊的。[1] 总的来说,历史表明,在纸面上定义得清清楚楚的法律,并不一定能在现实操作中表现得同样清晰、明确、公正,所谓的"清楚"只停留在纸面上。

有些哲学家几乎从一开始就料到了这种问题,他们早就指出过自然权利这一概念的脆弱。例如,边沁(Jeremy Bentham)就曾尖酸地回应过那些自然权利理论家:

> 希望世界上存在权利这种东西,是有其缘由的。但希望存在诸如权利这种东西的各种理由,可不是什么权利……自然权利基本就是胡扯:自然而不受约束的权利,简直就是胡扯,夸张的胡扯。[2]

边沁认为,只有当政府采取行动让权利存在的时候,权利才会存在;如果没有某些政府机构出手来决定,什么权利应该存在,该以何种形式存在,该如何被执行,那么一切都是空话。权利,根本无法成为个人在政府行为面前的终极保护伞,因为权利本身就是一种政府行动。把这种逻辑推到极致,得出的结论会是:权利和政府特权难舍难分。所以,产权也并非一项能保护我们免受政府伤害的权利。我们会看到,就像其他权利一样,产权也是政府的一种创造。

作为回应,边沁发明了功利主义。他认为,虽然权利并非天然,但人类的自利是天然的,而这种对自利的追求,能够也应该被组织起来,以便将最大多数人的幸福最大化。这一概念曾先后为

---

① 参见 Fisher, "Stories about Property", *Michigan Law Review*(1996): 1776—98。

② Jeremy Bentham, *The Works of Jeremy Bentham*, ed. John Bowring(W. Tait, 1843), 501.

今天相互重叠的两种传统，新古典主义经济学和理性选择理论，奠定了基础，并且已经以各种方式渗透进了大众意识之中，今天人们对于"激励"这类术语的广泛使用就是例证。1976年，年仅20岁的比尔·盖茨曾公开谴责自制计算机俱乐部，指责他们让会员免费共享他公司的第一款产品基本软件（the Basic software），背后起作用的就是这一套逻辑。盖茨声称，这种做法会让他和他的同事难以维持软件创新。[①] 跟尼尔森相比，盖茨所强调的不是公平，而是软件开发的激励因素。软件应该被保护的理由在于，免费复制会阻碍更多新软件的诞生。

但边沁仅仅开了个头，其后又有许多知识分子，回应了这种对于"能够不依赖于专横国家行为的产权系统"的渴望。除了洛克式的和功利主义的思想之外，康德和黑格尔也都为基于尊重人格的财产权或基于某种先验主体的财产权提供了辩护，此外，人们还为了保证各种社会利益，建构了一系列功能主义而非功利主义的产权理论。[②]

产权之外：作者与机器

每一种理论都有其后继辩护者。但是，到了20世纪70年代晚期，在经历了两个世纪的挫败后，人们终于开始承认，在理论上清晰的产权总是会在实践中变得模糊，于是，有些人开始发明一些看似聪明的讲法：他们宣称，产权不过是一种"权利束"，更有甚者如法学教授托马斯·格雷（Thomas Grey）声称，产权本就应该是分裂的。[③] 多年来，许多学派都曾隐隐表达过类似见解，比如法律

---

①　参见 Levy, *Hackers*, 299。

②　费什将目前知识产权理论写作的主导视角分为四种：功利主义、劳动理论、个性理论和社会计划理论。参见 Fisher, "Theories of Intellectual Property"。

③　参见 Grey, "The Disintegration of Property"。

现实主义者，某些法律史学家，以及某些法律社会学家。批判法学
研究运动（the critical legal studies movement）——这一运动在 20
世纪 80 年代早期以一种狂风暴雨之势席卷了法学界——曾一度
是这一说法最著名也最声嘶力竭的支持者，他们认为：产权法这种
东西多半已经自己败下阵来。至少在那些曾建立起最高法院的法
律并获得大量关注的疑难案件里，法律规则是模糊的，也就是说从
逻辑上讲有好几种办法都能自圆其说；最终决定判决结果的，是社
会背景、文化、潮流、意识形态。换言之，是人，或者从统计层面讲，
往往是男人。这一立场有着强大的逻辑，而且有一种智识上的勇
气，一种直视艰难真理的勇气；尽管被绝大多数法官在实践中忽略
了，但批判法学学派却在法学院里站稳了脚跟。

　　然后，到了 20 世纪 80 年代，出现了一些更为复杂且完善的学
派，他们认为，尼尔森的清晰产权之梦——不仅网络知识产权要清
晰，任何产权都要清晰——显得太天真了。

　　而且，对于历史学家和社会学家来讲，"产权不过是国家创造
的种种特权的集合"这一标新立异的想法，还带来了很多有趣的问
题。如果产权不是什么含糊的东西，如果产权是国家的任意建构，
那么它们到底是怎样被建构出来的，我们又到底为什么一直把它
们当成权利来讨论呢？ 伯纳德·艾德曼（Bernard Edelman）的《图
像所有权》（Ownership of the Image）一书，是最早从传播技术的角
度来探讨这个问题的著作之一，该书研究了 19 世纪晚期摄影的流
行和推广。① 当时，版权法的合法性基本上源自艺术家的劳动和
创造性，即一个作家或画家因其在作品中投入的劳动和创意而享
有对自己作品的所有权，而摄影给这一理念带来了一些麻烦。按
一下快门真能算是一种值得保护的创造性劳动吗？ 还是说，它仅

---

　　① 参见 Bernard Edelman, *Ownership of the Image*：*Elements for a Marxist The-
ory of Law*, trans. Elizabeth Kingdom（Routledge & Kegan Paul, 1979）。

仅是一种不怎么重要的技术性动作，就像开一下灯？一张照片的拍摄对象对这个图像是否享有某种权利呢？毕竟，实际上塑造了胶卷上的图像的，不正是这个人的面孔和外貌本身，而非艺术家对这张脸的诠释吗？如果你像洛克那样，认为权利是天然存在的，麻烦之处只是对其进行定位，或者如果你像边沁那样，认为人能够以某种方式做出一种能让社会福利最大化的权利分配，那么，剩下的就仅仅是个技术问题了，只需要想办法把摄影也囊括到版权法里面去。但如果你像伯纳德·艾德曼一样，认为权利是任意的，并没有所谓的正确答案，那就出现了一个有趣的历史问题：政治、经济、意识形态等多种力量是怎样交汇、组合在一起的？这种组合又如何塑造了摄影中的产权概念？

艾德曼的分析很有意义，因为他并未满足于为这类问题提供那种标准化的、简单而愤世嫉俗的答案——例如，资产阶级或者某个利益集团是幕后黑手——他认为，是观念的力量在以某种特别的方式发挥着作用。法律要想生效就必须有意义，版权法的制定者在大众脑中唤起了这样一种图景，即"一个有创造性的劳动者得到他应得的回报"；换言之，要给摄影的版权问题找到答案，就要唤起一种特别的自我概念，用艾德曼的话来讲，是一种主体概念。这个主体既由法律所描绘，也同时被执法过程所定义。在解释主体/自我这一概念时，艾德曼借鉴了法国后结构主义的观点，认为主体/自我并非一个人固有的属性，而是一种文化建构，是一种语言和社会实践的偶然性组合，与约翰·弗洛所说的"虚构的自我形式"一脉相承。①（这一论述是指，并非是说自我是不存在的，而是说自我并不能自圆其说；当一个人深深地感到"这就是真正的我"，或者当他们依照某种具体的自我定义，如"我是一个公民"或者"我是一个逐利的商人"，去采取行动的时候，并不是说这些主张不真

① Frow，*Time and Commodity Culture*，187.

实,而是说它们都有自己的文化条件,因此不能完全把它们看作是不证自明的。)

把这一概念应用到版权问题上则意味着:这种对个人写作或其他工作的拥有感,这种对个人创作的责任感,必须源自特定的历史和文化语境。它并不像安·兰德所言,是一种在任何时候、对所有人都显而易见的东西,而是更像法律史学家戴维·桑德斯(David Saunders)所言,是一种习得,"正如西方人在20世纪晚期习得了对'随地吐痰'这种行为的'不愿和无能'一样"。① 艾德曼的一个独特贡献就在于,他把"文化主体建构"这一理念带出了文学分析范畴,通过将其应用到另一个范畴之中,让人们得以明确地看到,在资本诞生的同时,权力、文化和国家之间的互动。

若干年后,在大西洋彼岸的美国学术界,一个深受批判法学运动影响的法学教授,彼得·杰斯(Peter Jaszi)对类似的互动产生了兴趣,由此产生了一次在当时并不常见的学术合作——法学家杰斯和文学史学家玛莎·伍德曼斯(Martha Woodmansee)之间的合作。结果,这次对于版权发展史的批判性检视得出了一个惊人的结论:作者概念中的浪漫面向在知识产权法中被掩盖掉了。②

历史上,版权的出现只是作为对印刷媒体之能力的一种反应,而非关于一种存在于物理事物如个人书籍之中的财产。也就是说,它是关于一段文本的,关于一串按特定顺序排列的单词,或者是一种颜色、形状、声音之间的组合,一些能够在大量产品(如书籍、照片、电影等)之间进行复制的东西。但是,如果要让版权像物理产权那样能说得通,版权就需要具有一些能够被法律进行认证为原创而非复制的东西,它一方面需要是独特的,另一方面又要具有可辨识的起源。这种能够被当成财产的特质,必须是一种非复

---

① David Saunders, *Authorship and Copyright* (Taylor & Francis, 1992), 7.

② 参见 Martha Woodmansee and Peter Jaszi, *The Construction of Authorship* (Duke University Press, 1994)。

制的、具有原创性的东西。从印刷书籍的时代起，法官们和律师们就面临着法律上的纷争和困境，在他们的想象中，这种原创性应该来自某个天才的独特头脑中那灵光乍现的一刻。结果，这个形象既不像洛克口中辛勤耕耘的自耕农，也不像边沁笔下那精打细算、利欲熏心的商人，但是，无论从历史上看还是从表面上看，这一形象都更接近歌德和华兹华斯笔下充满灵感的浪漫艺术家，即一种浪漫自我的原型。

于是，在一些明显不够浪漫的案件中，比如在一些关于电脑数据库或脾脏转基因细胞的案例中，你会发现好像有人调用了一些陈旧的文学形象，非常接近那种躲在阁楼里默默工作的、浪漫而孤僻的艺术天才。文学批评家和文化史学家认为这一点非常有趣，因为一直以来，他们忙于解构的正是作者这一概念。在他们眼中，福柯的《何为作者》（What is an Author?）是一篇标志性的文章，对这个问题给出了铿锵有力的回答：谁在说话真的有那么重要吗？[①]（杰斯在向法学界引介这一概念时所使用的表述是"谁在乎谁写了莎士比亚？"）[②]这一问题有双重含义。一方面，它反映出人们普遍对特定作者的概念持有的怀疑：为什么要去关心莎士比亚作为一个个人到底是谁？这能对我们了解他的作品及其重要性有何帮助？但另一方面，它也引发了另一个问题，即"作者是天才的创作者"这个理念是如何在历史和社会中起作用的，即福柯提出的"作者功能"问题。

在这种思路的启发之下，人们已经取得了大量卓越的学术成果，这些研究将尖端人文学者、文化批评家与法学学者的所思所想

---

① 参见 Michel Foucault, "What is an Author?", in *Language, Counter-Memory, Practice*, ed. Donald F. Bouchard, trans. Sherry Simon (Cornell University Press, 1980), 113—8.

② 参见 Jaszi, "Who Cares Who Wrote Shakespeare?", *American University Law Review* 37(1987): 617, and James D. A. Boyle, "Search for an Author: Shakespeare and the Framers", *American University Law Review* 37(1987): 625。

融合在一起。例如,电影学者简·盖恩斯(Jane Gaines)就写了一本书,来解释对产权问题的分析如何能为人们理解电影带来启发。[①] 而法学教授詹姆斯·波利(James Boyle)在分析版权法的发展趋势时则借鉴了福柯和其他欧陆学者的思路。[②] 他特别指出,要关注"神来之笔"这一假设是如何与"作者的天才"这一概念发生联系的,所谓的"作者意识形态"会导致如下后果:遮蔽创作的社会条件,引发令人质疑的法律政策,掩盖各种形式的集体文化知识生产。法学教授兼人类学家罗斯玛丽·康比(Rosemary Coombe)在这个问题上走得更远,在同意波利观点的同时,她强调作者身份这一概念在法律中的"双重性",即作者身份可以导向多种不同的甚至难以预料的后果;如果"作者意识形态"的一般功能是,把凌驾于文化创作之上的权力导向迪士尼或时代华纳这种大公司,那么它有时也可以支持那些试图保存文化遗产的美国原住民群体。[③]

　　然而,在学者们探索这些有趣问题的同时,美国的法院和立法机构,或者可以说是这个世界的大部分人,则在进行一次明显更少疑虑的关于私有产权的推理。顺着新自由主义的思维模式走,产权关系所能统辖的范围正在进一步扩大——扩大到水域,到高速公路,到基因,然后,扩大到知识产权领域,到软件专利,到商业模式,到软件的"外观和用户体验",到越来越长的著作权保护期限——在20世纪90年代早期,这被认为是唯一合理的发展道路。1993年,一个由克林顿政府设立的专案组发布了一份白皮书,呼吁在新的电子技术来临之际,加强知识产权保护。1994年,美国和欧盟成功签订了TRIPS协议,让知识产权法成为世界贸易体系

---

①　参见 Jane M. Gaines, *Contested Culture: The image, the Voice, and the Law* (The University of North Carolina Press, 1991)。

②　比如,参见 Boyle, "Search for an Author"。

③　Rosemary Coombe, *The Cultural Life of Intellectual Properties: Authorship, Appropriation, and the Law* (Duke University Press, 1998).

的一环,由 WTO 进行管理。数字领域的产权就这样变得清晰、高效、道德,而且如掌权者所料想的一般不可避免。"产权保护越多越好"这一原则,似乎已经势不可挡。

在知识藩篱的另一边,令人无奈的是,批判法学学派及其同僚,一谈到解决方案问题,就会变得语焉不详。批判法学学派通常被认为是一个左翼运动,因为它旗帜鲜明地把斗争矛头同时指向了法学院内部的温和派与保守派,而且它似乎为相对激进的司法解释变革提供了充分的理由。然而,它并不完全等同于 20 世纪 60 年代早期民权运动中的那些左派积极分子,那些人追寻马丁·路德·金的足迹,声称自己的宣言就代表了理想的权利状态;早期(美国)左派的主要诉求在于,美国应当践行自己所宣誓的理想,正如马丁·路德·金所说,美国应当支持每一个公民的生命权、自由权,以及追求幸福的权利。与此相反,批判法学学派似乎在说:问题并不在于法律没能践行其原则,而是法律根本就不可能践行其原则。是的,这也意味着,理论上法律可以被修改任意多次,但理论本身并没有提供任何依据指导人们到底该怎么改。而且,如果这一点是真的,那法治到底怎么了? 难道说我们应该退回到人治吗? 应该退回到那种让法官依个人政治观点来解决纠纷的状态吗? 或者说,我们是否从未真正脱离人治状态? 另一种可能在哪里?

所以,即便在其支持者眼中,批判法学学派的姿态也有令人沮丧之处。一旦一个人至少是为了让自己满意而打破了曾经的主导信念,接下来会发生什么呢? 或许,一种对于法律理想的多彩讽刺,对那些享受打破偶像这一举动本身所带来的瞬间快感的人而言,就足够了。但是,随着保守主义法律和经济理论家对实际法律决策所施加的影响越来越大,对于那些对保守主义的缺陷有着深刻洞见的人而言,聊以慰藉的只是拿出了一份引人争议的书单和有几个提出优雅批评的终身法学教授。如果你想做的不仅是在同事面前把他人观点批得一钱不值,如果你想成为某些实际的积极变革的一部分,如果你想做点真正重要的事,你该怎么办呢?

在这样的背景之下,互联网令人惊讶的出现,给事情带来了转机。[①] 1994 年 3 月,《连线》杂志发表了约翰·佩里·巴洛的一篇文章,该文的副标题——《关于知识产权,你所知道的一切都是错的》——显得对以上两种姿态都不屑一顾。乍一看,这就像是一篇批判法学学派的文章出现在了一本时尚流行杂志上。但可以肯定的是,两者的共同点基本仅限于标题。这篇关于数字领域的专利与版权的文章这样发问:

> 如果我们的财产能够被人不花一分钱就无限复制且瞬间传遍全球,还无须通知我们,甚至似乎无须让这份财产离开我们……怎样能够保证这种创作和传播会继续下去呢?……日积月累所形成的关于版权和专利的法律之所以被发展出来,根本不是为了完成它现在正被要求完成的那些虚幻的任务。它从内部泄露的与外部泄露的一样多。知识产权法能够被修补、翻新或扩大到包含数字化表达的程度,不可能超过地产法被修订后包含广播频谱分配的程度了(事实上,很像这里正在尝试的)。我们需要开发一套全新的方法来适应这一全新的环境……这个难题的来源很简单,但其解决方案很复杂。数字技术把信息同物理载体剥离开来,而各种各样的物权法一直以来正是从物理角度去定义问题的。[②]

----

① 参见 U. S. Patent and Trademark Office, *Intellectual Property and the National Information Infrastructure*: *The Report of the Working Group on Intellectual*, *Property Rights*, Sept,1995,www. uspto. gov/go/com/doc/ipnii/。

② John Perry Barlow, "The Economy of Ideas: a Framework for Patents and Copyrights in the Digital Age(Everything you Know about Intellectual Property Is Wrong)", *Wired* 2(1994):349.

对于法学教授和其他对产权概念怀有疑虑的知识分子来讲，这看似是一次来自一个意外领域的声援。诚然，对那些熟稔于产权问题的批判性和历史性文献的人来讲，巴洛的很多论据都显得可疑。数字技术的确与众不同，但曾经的摄影也是如此，而且艾德曼已经告诉我们，在面临某种全新而令人困惑的技术时，法律曾如何被成功地改造；历史学家还能从广播、电影、唱片业中找出很多相似的故事。① 而且，巴洛提出的旧法律总是基于"物理层面"这一观点也显得古怪；知识产权一直就是关于无形之物的。数字财产所谓的"虚拟性"并不新鲜。（虽说，一直以来知识产权所保护的确实都只是"固定于某种有形表达介质"上的东西——比如说写下来或者以某种形式记录下来的东西——但一本印制书籍或一盒磁带与一段数字文本之间的差别，只能说是程度上的，而非根本性的。）无论是一页书上的文字还是一个屏幕上的文字，都不缺少有形的物质基础，而且都很容易被复制。历年来关于产权问题的批判性文献告诉我们，法律和现实之间的差距一直存在。一个批判法学学派的支持者可能会说，我们所知道的关于普通产权问题的一切基本认识都是错误的，所以在数字领域指出这一点，又有什么大不了的？

然而，即便是那些已经了解以上所有问题的读者，也能在巴洛的长篇檄文里找到一些更有趣的东西。这是一个那时的作者们常用的伎俩：巴洛区分了能跟上时代的、酷酷的年轻人，和脑子转不过弯来的落伍者。他论证说："大多数在事实上创造了软财富的人，如程序员、黑客和网上冲浪者，他们都已经知道了这一点。不幸的是，无论是这群人为之效力的公司，还是这些公司雇佣的律师，都没有足够的与非物质财富打交道的直接经验，所以都无法理解为什么会这么麻烦。"这些"程序员、黑客和网上冲浪者"，在当时

① 比如，参见 Streeter，*Selling the Air*，276。

的文化中扮演着英雄一般的反抗者角色，因此很可能会愿意团结在这样一个宣判那些老律师们都错了的人身边。对产权法进行解构可能会让一些同事对你刮目相看，但跟随巴洛的引领，则可能会把你带到一个新的、更有希望的境地。就这样，一个有潜力的联盟形成了，一群新的潜在听众诞生了，而这一联盟与看起来软弱无能的批判法学学派不同，它预示着，一些真正的改变就要发生了。

巴洛的文章为我们提供了一个绝妙的例子，它讲述了在互联网迅速普及的背景下，人们对于数码的浪漫想象是如何促进了打破偶像运动的流行。互联网的惊人普及，加上《连线》杂志成功地为反叛所营造的浪漫感，使得大规模解构既有常识这件事变得越发容易，甚至颇具吸引力。在新的语境下，与知识产权相关的常识不但会被批判，而且会被改变。

网络法的诞生

当年的劳伦斯·莱斯格（Lawrence Lessig）是芝加哥大学的一名法学助理教授，前途一片光明。此时的他已经发表了一系列文章，讨论关于宪法解释的难题，这些文章表明，他已经清楚意识到为批判法学学派所揭示的令人困扰的产权问题，但是他并不同意批判法学学派的姿态中所隐含的宿命论意味。例如，他发表的第一篇文章，就把温和派代表人物布鲁斯·阿克曼（Bruce Ackerman）和相对特立独行的罗伯特·昂杰（Roberto Unger）（后者是在批判法学学派运动中涌现出的新黑格尔主义新星）两人的理论拿来进行了对比分析。① 莱斯格认为，两者的差距并没有人们以为的那么大，这一观点让他显得既年轻气盛（因为他说每个学

---

① 参见 Lawrence Lessig, "Plastics: Unger and Ackerman on Transformation", *Yale Law Journal* 98(1988): 1173。

者都有点错误)又温和谦逊(因为他说两者的分野并不像大多数人以为的那么大),而当年的法学界两极分化相对严重,做一个温和派可能就会显得标新立异。① 随后,在 90 年代,莱斯格又发表了一系列学术文章,对于法律最高原则的作用以及法学辩论背后的隐藏假设表现出了浓厚的兴趣,同时他还坚信这一点:经过改造,法律还是能够说得通的,也能够践行其原则,总之,法律还是可以有效的。

承袭了批判法学学派的方式,莱斯格经常温和地指出各种法律哲学背后的基本假设的缺陷所在。比如他曾这样写道:整个法律与经济运动的原则,都依赖于这样一种经济理论,其"贫乏与简单"有时可能会"损害其要义"。② 或者,所有试图定义一个宪法解释体系的努力,都依赖于"大量的直觉,而非令人满意的解释"。③ 然而,与批判法学学派不同的是,莱斯格并不因这些弱点而去质疑法律理性本身是否已经从根本上失效。他认为,对于人类行为的意义进行解释,能够弥补那些把经济理性适用于法律的努力;在所有历史证据都指向信仰缺失之时,一种转化的理论能让人坚定对于宪法的忠诚。④

但是,在法学家这一身份之外,莱斯格还是一名骨灰级电脑用户,他大学毕业后曾学过一阵子编程。⑤ 这让他同时也属于这样一群人:先于自己的上司体验到了互联网的崛起。1990 年到 1991 年,他曾担任最高法院斯卡利亚法官的助理,在任期内,通过在自

---

① 相似的知识分子轨迹也可以在巴拉克·奥巴马身上找到,他在 1989 年开始担任《哈佛法律评论》的主席,就像莱斯格规划在芝加哥大学获得第一个教授职位。

② Lessig, "Social Meaning and Social Norms", *University of Pennsylvania Law Review* 144(May 1996):2181.

③ Lessig, "Understanding Changed Readings: Fidelity and Theory", *Stanford Law Review* 47(1994):400.

④ 同上。

⑤ 参见 Levy, "Lawrence Lessig's Supreme Showdown", *Wired* 10(Oct. 2002), www.wired.com/wired/archive/10.10/lessig_pr.html。

己的个人电脑上进行演示,他成功说服了几名法官抛弃旧系统,转而开始使用基于微机的软件。据他所说,1993 年 12 月,就在互联网第一次引发媒体关注后几个月,他的"巴洛电邮时刻"(*Barlow-email-moment*)是《村声》(*The Village Voice*)杂志的一篇封面报道,朱利安·迪贝尔(Julian Dibbel)写的"网络空间的一桩强奸案"。那场讨论针对一起发生在在线游戏世界中的虚拟强奸案展开。① 据史蒂芬·列维称,"迪贝尔的作品让莱斯格感到震惊,他震惊于虚拟世界漫游者们的关注点和马克金农等激进主义者的观点是多么相近。凯瑟琳·马克金农(Catherine Mackinnon)是一位法学家,她的一些激进观点(如色情作品不应受到言论自由的保护)通常会被《村声》杂志视作诅咒。这一点让莱斯格意识到,网络空间就像是知识界的一块处女地,正统观点仍然有待确立。'在这里没人知道自己的政治是什么',莱斯格说。"②

莱斯格之所以会抛弃干巴巴的宪法解释理论,转而投身于互联网问题的研究与写作,部分原因当然是出于他个人对电脑办公的兴趣,以及互联网在 1993 年和 1994 年的惊人大爆发,但同时,他之所以做出转变,也是受到了这样一种愿望的驱使:在这个保守主义称霸的世界里,他渴望做出些改变。回看自己一步步成为一名"网络律师"的转型过程,莱斯格曾这样说:

> 我认为,在我们的法律体系中存在许多深刻甚至是惊人的不公。你知道,我们的法律体系对穷人而言简直就是一种暴虐,而且我强烈反对死刑。类似的问题还有很多很多,但你无能为力。我可以去做个政客,但我就是不喜欢那一行。可网络

---

① Julian Dibbell, "A Rape in Cyberspace: How an Evil Clown, a Haitian Trickster Spirit, Two Wizards, and a Cast of Dozens Turned a Database into a Society", *The Village Voice* 23, 21 Dec. 1993, 36—42.

② Levy, "Lawrence Lessig's Supreme Showdown".

空间完全是另一片土地,关于它,我了解得越多,我就越觉得在这里能找到正确的答案。法律的确给出了一个正确的答案。①

　　莱斯格并不是孤军奋战。在 20 世纪 90 年代早期,有一群知识分子都在利用业余时间探索在线交流的乐趣,他们发现,互联网出人意料的普及似乎创造了这样一个机会:一些重大的哲学问题似乎能够以一种新的方式被重新讨论了,而讨论的范围很可能不再局限于他们自己那一小撮同事,而是很可能真的产生一点影响力。在 20 世纪 90 年代早期,互联网以这种让学院派吃惊的方式开了头,让知识分子当中的标新立异者能在学术圈之外也找到一点市场。

　　正如上一章写到的,在 20 世纪 80 年代后期,像埃丝特·戴森这样的自由至上主义者开始发现这样一种可能,并通过在《连线》和其他杂志上撰写文章来努力抓住它:从某种程度上讲,他们希望计算机技术能够把知识产权这团乱麻给重新理顺。然而,到了 20 世纪 90 年代,一群来自左派法学家的离经叛道者闯入了互联网领域。进入 20 世纪 90 年代中期,波利开始更加专注于这个独特的数字世界,而他此前第一本关于知识产权问题的著作简直无所不包:从本土文化知识到基因问题再到内部交易。哥伦比亚大学法学院的一位法律史学家艾本·莫格伦(Eben Moglen),于 1993 年签约成为当时还鲜为人知的自由软件基金会(Free Software Foundation)的总法律顾问;莫格伦在 20 世纪 80 年代早期曾是一名程序员,而他的法学生涯则始于一系列关于 20 世纪早期法律史的论文(以及一篇重量级文章,评论了批判法学学派的几大原则之一"法学的不确定性")。②

---

　　①　同上。
　　②　参见 Christian Zapf and Eben Moglen, "Linguistic Indeterminacy and the Rule of Law: On the Perils of Misunderstanding Wittgenstein", *Georgetown Law Journal* 84 (1995):485。

对于一位人到中年的教授而言,一旦拿到了终身教职,他便不用再向前辈们证明自己,这时,他很自然地就会想去研究一些更世俗、更贴近纷繁复杂的当前事件的东西。但这种转变,通常会在形式上显得要远离抽象和哲学性的关注,而这似乎往往是学术圈内最高级的一种兴趣;换句话说,他得开始去适应那些政客、执业律师,或利益相关群体的思考方式。在网络法的发展过程中,最令人惊讶的一点是,它深受这样一种感觉所驱使:并不是人们不得不抛弃哲学思考而拥抱"真实"世界,而是几乎正好相反。互联网进入美国人社会和政治生活的方式,为我们创造了这样一种语境:它似乎确实在欢迎你向最高原则提出质疑,然而同时又维持着一种充满积极的可能性的感觉。从追本溯源的角度来看,智识激进主义似乎是一条正路。也许我们所知道的关于版权(或产权,或政府管制)的一切的确是错的,但是,在互联网这个特殊语境下,这个结论也许并不令人沮丧。因为它同时带有一种"大有可为"的感觉。

微软难题

网络法的早期发展基本和《连线》杂志提供的视野相近,即网络是一个拥有自由潜力的新天地,不该被老牌公司和政府的老旧做法所控制;同时,它又要与那些较早进入互联网领域的离经叛道者,即市场原教旨主义者和自由至上主义者,就许多细节问题展开辩论。然而,当微软在1995年和1996年针对互联网的崛起做出了调整后,指望互联网能凭借其开放性推翻微软帝国的统治,便没有这么乐观了。微软通过在浏览器开发上投入大量资源,同时又利用自身在操作系统市场中的主导地位,便能像它主宰个人电脑领域一样主宰网络世界了。

"仇恨微软"已经成了一种流行,特别是在程序员和技术爱好者圈内。对于微软的怨恨,还不完全等同于美国国内对大公司的那种一般性仇视。的确,自从大公司在进步主义时代占据了美国经济的中心地位以来,大公司所遭到的批评和攻击就几乎和它们受到的赞颂与效仿一样多。而知识产权往往是许多大公司的实力来源之一;精心培植的专利实验室与投资导向型的研发紧密相连,曾在 20 世纪为许多大公司(如陶氏化学、通用电气、西屋电气以及美国无线电公司)提供了有力支持。[①]

但是,针对微软的抱怨则有所不同:它是个人化的。对微软的批评,几乎很少把它和那些在各自领域拥有类似特权地位的公司相提并论(如英特尔在微处理器制造领域,或者甲骨文在数据库管理系统领域),也很少提及公司资本主义本身就严重偏袒大公司这一结构性条件。相反,批判的矛头总是对准微软创始人比尔·盖茨,有时也批评产品质量,甚至还有人暗示说整个公司都具有一股特殊的邪恶力量。Slashdot 是一家在电脑专家和开源爱好者当中很流行的网站,它在报道 AOL、谷歌、索尼、苹果、雅虎等公司时往往会配上该公司的商标或者产品照片。然而,他们给微软选择的图标则是头上戴了一顶博格(Borg)头盔的比尔·盖茨,博格是电视剧《星际迷航》(*Startrek*)中一个邪恶与洗脑的帝国。那些为微软工作的计算机专家,都会因为自己选择的雇主而在专业论坛里受到指责。在网络文化的象征经济中,比尔·盖茨已经被塑造成了一个重要的负面形象,就像是一个流传在部落神话中的恶魔。

为什么批评的矛头会对准比尔·盖茨个人呢? 很明显,比尔·盖茨之所以能成为世界首富,并不是因为他自己写出来的程序,而主要是通过管理其他程序员的劳动,操纵他人工作成果的分配和销售。20 世纪 70 年代末到 20 世纪 80 年代初,即微软公司初创时期,盖茨的确亲自完成了大量的编程工作,但是,那些在日后让微软发展壮大的重要基础性软件,如 MSDOS、Windows、Ex-

---

① See David F. Noble, *American by Design*(Oxford University Press,1979).

cel 以及 Word,却都是由其他人创造并维护的。

其实,在美国公司发展史中,微软的商业策略并不罕见。硅谷记者罗伯特·克林杰利(Robert Cringely)声称,盖茨曾对他说过这样的话:"在计算机行业致富的方法是去做规则的制定者。"[1]在计算主要是用于沟通的情况下——正如我们所见,从 20 世纪 70年代起就是如此——能让其他所有人都拥有跟你一模一样的系统,你就能有得赚。很重要的一点是,一个更好却与众不同的系统,就算不上"更好"。这可以称为网络的外部性,或者路径依赖,或者人类存在的基本社会属性,总之,共性具有很大的价值,而微软的核心策略正来自对这一事实的充分挖掘。成为规范然后坐地收费;所有其他目标都没有这个重要。单从技术角度讲,MSDOS可能并不是 20 世纪 80 年代早期各种操作系统中最好的,但微软想尽办法保证 MSDOS 成为最普遍的那一个。随着它的广泛普及,微软建立起了这样一个循环:它鼓励硬件和软件制造商去生产匹配微软操纵系统的产品,而制造商们只要这么做了,就会进一步巩固微软的地位;这种自我强化的循环一直延续至今。

从商业管理的角度讲,这可绝不是什么麻烦。《经济学人》杂志曾对盖茨做出冷静而清醒的评价:和盖茨本人的说法正好相反,他并不是一个能看得比其他人更远的技术引领者,也没有创造出什么独特且具有开创性的产品。他的技能在于"利用他人的技术趋势来赚钱",而这件事本身是非常合理的,至少《经济学人》这么认为。[2]

---

① "比尔·盖茨曾经告诉我,在电脑商业上赚钱的方法是通过设置标准,他的意思是受知识产权保护的标准。"Cringely, "I, Cringely. The Pulpit. Tactics Versus Strategy | PBS", *I*, *Cringely*, 2 Sept. 1999, www. pbs. org/cringely/pulpit/1999/pilpit_ 19990902_000622. html.

② "问题并不在于盖茨先生是否能够努力看得更远——迄今为止的证据表明答案是否定的——但是,他从其他人的技术流动中赚钱的技巧在未来十年,乃至二十年内仍然行之有效。"("I Have a Dream", *The Economist*, 25 Nov. 1995,65.)

只有当你相信对个人努力和创造性的认可与回报高于一切时，也就是说，只有当你相信一种浪漫的个人主义观点时，你才会认为比尔·盖茨有问题。从这个角度看，微软简直令人难堪到难以置信的地步，特别是对程序员而言。进入 20 世纪 90 年代，随着微软霸主地位的日益稳固，数量与日俱增的程序员和电脑专家们，则经常能够体会到一种发自内心的对比尔·盖茨的成功的反感；他不断收获成功，并不断把这些成功继续转化为他未来的优势，但他并不是靠着创造更好的产品来实现这一点的，他所做的事情在他们眼中都不算真正的工作。他并未创造出多少真正称得上是更新或更好的东西。事实并不像安·兰德所说的那样，在所有权利中最根本的就是"思考，工作，并保有成果"的权利；那些真正在思考和工作的人并没能拥有他们的成果。这种情况并不迷人。

开源概念的诞生

人是理性且利己的，边沁关于人性的这一假设存在许多漏洞，其中之一就是：很明显，人们有时并非如此。大多数人都会在某些时候很明确地感到，自己想要做一些超越利己的工作，比如士兵、参加团体比赛的运动员、登山者、庆典或灾难中的家庭成员，以及法学学生在法律评论中经常提到的那种由于为集体工作而获得的强大能量和团结感。很明显，人们经常做出一些不是明显利己的行为。事实上，人们常说，与纯粹为自己的利益工作相比，在团队中工作时他们会更加努力。只是因为功利主义的概念在我们的文化中被看得太过理所当然了，以至于人们可以做到刚刚说完自己很喜欢为集体工作，又马上翻脸说"每个人都知道福利有碍于主动性"，或者"如果赚不到钱就没人干活"。

　　然而,有不少计算机工程师都从亲身经历中得出结论:有时人们情愿去做那些赚钱少的事,而且,就像我们在第四章讲过的,很多计算机工程师都把计算机联网看成一个绝佳案例。这种情况并不少见:一些最棒的程序并不是出于利益最大化的考虑做出来的,而是出于一种做点大事的激情和使命感。在 20 世纪 90 年代早期,当互联网如野火燎原般迅速普及,并且在大众想象中和毫无管制的自由市场捆绑在一起时,一些这样的工程师开始发声抗议了。例如,迈克尔·豪本和荣达·豪本就在合著的《网民》一书中有力地指出,互联网的诞生和建构方式,往往并非是基于资本主义的自利原则,而更像是一种英勇且谨慎的集体行动。他们举例称,Unix 的设计宗旨就是为了保证软件工具能够被协作修改并分享,以此鼓励大家都来为系统升级做贡献。互联网之所以会以一种为共享集体成果而建的开放系统的面貌出现,不仅是基于各种各样的非营利协定,也是基于技术和社会这两个层面的认真设计。新闻组以及其他一些非营利集体协作交流系统,都普及了大量能让全球互联网成为可能的知识,而且为整整一代技术专家建立了线上公民式合作的价值观。

　　也许是因为在美国社会中,被视作天经地义的功利主义价值观占据着压倒性的优势地位,所以那些持不同意见者有时候似乎不得不走向另一个极端。豪本二人曾做过一项重要观察,即人类社会中一些最为先进的技术如互联网,并不单纯产生于利己和逐利的逻辑,并据此声称,非营利行为在道德和技术这两个层面都明显更具优势。他们对"网民"(netizen)一词做了如下定义:那些仅仅是使用网络的人还不能被叫作网民,只有那些"理解集体协作和公共沟通的价值的人,那些在意新闻组与更大范围的网络的人,那些愿意努力建设能够增益更大世界的合作与集体性的人"才能被叫作网民。① "所谓的'自由市场',"他们说,"并不能帮助人们更

---

① Hauben, Hauben, and Truscott, *Netizens*, x.

好地普及互联网。"①更不用说万尼瓦尔·布什模糊意识形态的一贯作风,他有一种"技术专家治国论",认为专家的能力能够优雅地结合公众和私人的努力,或者所有那些在私人和公共语境中前前后后的运动,那些豪本奉若神明的众多专家。在 20 世纪 90 年代的前半程中,有一种诡异的观点大获流行,即互联网的胜利在某种程度上就是自由个体自主性和市场的胜利,面对这一观点,豪本二人抓住了与之对立的一点:真正的网民,即便是在愚蠢的资本主义经理的威胁恐吓下,依然把计算机交流描绘成一个属于非营利公有社会的乌托邦。

理查德·斯托曼也支持这种用社群主义的纯粹性来反对实用主义至上的立场。今天的他是一名黑客英雄,但在 20 世纪 90 年代早期,他试图创造一个免费且开放的 Unix 操作系统复制品的努力,则被认为只是想要缩小计算机工程圈。20 世纪 70 年代晚期到 80 年代,Unix 等系统的商业化给软件使用者带来了很多限制,对此感到愤怒的斯托曼决定另创一套系统,这将不仅是另一个版本的 Unix,而是一整套软件体系,其用户将可以要求免费分享软件代码;最后,他创立了自由软件基金会和一种特殊的版权许可,即通用公共许可协议(General Public License)或简称 GPL。这一协议明确规定,只要发布者免费发布了源代码及任何相关补丁,该软件就能被免费分享和使用。也就是说,软件代码并没有公之于众,版权得以保留,但并不是为了防止其他人售卖这款软件,而是为了维持软件的免费和开放发布。与其说这是一种单纯的非产权行为或公有领域路径,不如说这更像是一种反产权的行为。1991 年,一位来自芬兰的大学生利努斯·托瓦尔兹(Linus Tor-valds)为了学习操作系统,开始建构一个实验性的操作系统内核,他很早就用 GPL 对自己的操作系统进行了版权保护,以便他和团

---

①　同上,265。

队也能使用斯托曼等人创造的软件工具。①

在学术研究领域,一个人的声望和饭碗往往依赖于公开出版物和团队合作,因此斯托曼的想法是很有意义的。但是,在新自由主义者的世界里,对高科技的热爱和"毫无拘束地追求利润是创新的最大动力"这一假设才是最重要的,所以斯托曼的方法就容易因为太另类而被忽视。在 1993 年的第二期杂志中,《连线》就发表了一篇名为"斯托曼要不行了?"的文章,简要总结了斯托曼的理念和做法。作者引用了斯托曼的这样一句话:"我认为人们永远都不该做出那种'我不要跟别人分享'的承诺。"接着,作者花了近半篇幅来讨论斯托曼的问题所在。"现在的状况似乎已经陷入僵局",文章在提及软件生产的拖延问题和财政困境时这样说道。特别是在当时《连线》杂志的语境中,作者的口气就像是一个博学的成年人在谈论一个理想主义的孩子。该文还说,斯托曼这个项目所取得的任何成果,都来自他那些以逐利为目的的支持者,比如天鹅座支持公司(Cygnus Support)。该文的副标题为,"仍在世的最伟大程序员之一认为未来所有软件都应免费。然后现实打败了他。醒醒吧。"读者们一定会以为,"现实"就是利己主义、逐利和市场的世界;分享则是一种天真的理想。《连线》杂志颇有成效地向读者们传达了这样一个信息:往前走,这里没什么好看的,这种行为仅仅存在于创业公司那种浪漫主义的企业家精神里。

随后几年里,随着商业世界把《连线》杂志的忠告牢记在心,并把美国经济丢进股市泡沫中,那些对"新经济"这一概念持怀疑态度的人,都选择了在无助观望互联网热潮的同时,默默地去忙自己的事。斯托曼、托瓦尔兹,还有其他许多工程师,则选择

---

① 参见"Linux", *Wikipedia*, en. wikipedia. org/wiki/Linux, and Glyn Moody, *Rebel Code:Linux and the Open Source Revolution*(Basic Books, 2002), 190—91。Also see Michael Tiemann, "History of the OSI | Open Source Initiative", www. opensource. org/history.

了继续修补他们的系统。而像莱斯格和波利这样的学者，则继续努力求索，试图利用新技术这一处境，来唤起人们对于一些核心法律原则与社会原则的重新思考。而豪本等人，则沉醉于互联网发展过程中闪现的那些社会共有的瞬间，尽管多数情况下这些瞬间只出现在网络上。然而现实世界似乎仍然只为市场而疯狂。股市持续上涨，同时，市场经济在全世界范围内迅速扩张，即便是在俄罗斯、中国等原本被认为不可能发展市场经济的地方，市场经济貌似也发展得很成功；而那些原本被认为不可能完全对市场放开的产业，如电信产业，也在市场经济的条件下发展得很好，在世界的许多地区，由市场驱动的电话系统很快就超越了国有的陆线电话系统。于是，互联网所带有的那些数量众多且意义重大的非产权面向，就被极大地忽视了。尽管有着豪本等人的努力，但是，互联网的非营利发展史，它在发展过程中众多与各种刻意开放有关的方面，它的迅速成功与其开放且兼容的结构设计大大相关这一事实……所有这些细节，都没能穿透 20 世纪 90 年代早期由巨大的市场热情所带来的层层迷雾，从而没有进入大众的视野。

但微软的难题依然存在。在那些认为编程是像艺术般需要获得认可的程序员眼中，微软的霸道依然令人生厌。正如我们所见，如果没有"浪漫的程序员"这一叙事，股市泡沫就不会出现；而如果没有安德森等反叛英雄般的程序员神话，这一叙事也不会如此令人信服，正是这些神话提供了这样一种希望，让人觉得对于财富的追求与对于自我表达和反叛的追求可以实现完美融合。然而，到了 90 年代，微软对操作系统市场的控制权更大了，到 1996 年，它还开始急剧挤占网景公司在网络浏览器市场的份额。IBM 和苹果等大公司纷纷发现，在霸道的微软面前，自己的处境日益艰难。

Linux 的出现，切断了主流文化中互联网和新自由主义市场之间的联系。1994 年,托瓦尔兹和朋友们对其新的操作系统内核进行了升级,使之能够与斯托曼的工作成果相结合,从而生成一套更高效的完整软件系统,这引起了一些软件专家的注意。一方面,因为它就脱胎于 Unix 系统,所以对于许多工程师而言,这套系统的操作似曾相识。另一方面,它因克服了 Unix 系统现存框架中的一些问题而变得更有竞争力,而且,它是开放的,所以改造和升级也更容易。最后,就在 Linux 系统经历着快速技术升级的同时,微软的操作系统也彻底称霸了市场,以至于微软开始采取这种策略:把大量资源集中到仍然存在竞争对手的领域,如浏览器市场,而在自己已经称霸的领域中,它只提供那种将将及格的软件。那些只用 windows95 的普通用户并不会注意到这一点。但是计算机工程师则会有所察觉。一开始,他们只是在感慨 Linux 系统技术太棒的同时,对微软的技术局限性感到不爽,随后他们就开始好奇,对于软件行业来说,这个故事究竟意味着什么。

这就是《教堂与集市》一文诞生的语境。作者是一名来自 Unix 的程序员,名叫埃里克·雷蒙德。他曾在 1997 年的一些编程会议上发表了这篇文章,随后,此文的流传范围很快超出了互联网界,进入到一些重要公司的执行官和律师的视野中,从而引发了企业战略领域的一次重大变革。就在网景公司于 1998 年 1 月正式决定开放其浏览器源代码之前,这篇文章在其内部广为流传。此后不久,苹果公司决定将其下一代操作系统建立在一个开源的基础上,而 IBM 和甲骨文公司也打算把"开源"作为一项核心战略。① 很快,使用 Linux 系统的公司如红帽公司(Red Hat)就成了股市新宠。

---

① 根据蒂曼的说法:"OSI 形成的直接诱因,就是 1997 年埃里克·雷蒙德《教堂与集市》的发表。"(Tiemann, "History of the OSI | Open Source Initiative".)

　　很重要的一点是,《教堂与集市》一文的论点并不是社群主义的。与斯托曼和豪本相比,雷蒙德驳斥了利他主义的诉求。① 这篇文章的一个重要修辞成果是,用市场语言来建构志愿劳动;其核心比喻是,把 Linux 式的软件发展过程描绘成一个集市,即一种竞争性市场的原型,然而把更加中心化、控制性更强的软件生产过程,描绘成等级制的和中心化的,从而也是相对低效的,就像一个教堂:静态,低效,中世纪。(尽管雷蒙德在描述"教堂式"软件发展路径时,似乎暗指的是 Unix 系统的早期工作状态,但我敢说,大多数读者联想到的其实是微软。)这样,雷蒙德就把这一原本属于传统资本主义生产模式的市场隐喻,转接到了志愿劳动这种为劳动本身而劳动的生产模式身上。

　　之所以会发生这种奇怪的反转,部分原因在于,雷蒙德的关注点是程序员的动机。在一篇关于软件开发管理这种干巴巴的技术问题的论文中,他引用了大量程序员的内在感受、心理伪装,以及渴望等内容。(在后续的关于开源软件的讨论中,他似乎也保持了某种同样的关注点。)② 几乎就像一部流行的成长小说,雷蒙德以第一人称的视角,呈现了他本人在软件开发过程中的亲身体会,讲述了他是如何被 Linux 的软件模式所吸引的。这种个体视角的叙述中,穿插着一条条语录,第一条就是:"每一款好软件都从解决开发者自己的痛点开始。"③ 因为他的大部分读者都来自商业界或法

---

　　① "'效用函数'Linux 黑客并不符合经典经济学中的利益最大化假设,而受到无形的自我满足与在其他黑客中的声誉驱动。(人们可以称之为利他主义的动机,但是这忽略了利他主义本身是利他主义者自我满足的一种方式)。以这种方式工作的志愿文化并不罕见,另一个我长期参与的例子是科幻小说,虽然它并没有像黑客社会一样明确将'自我表达'(在其他爱好者中获得个人声誉的魅力)作为志愿行为背后的驱动基础。"(Raymond, "The Cathedral and the Bazaar".)

　　② 参见 William C. Taylor, "Inspired by Work", *Fast Company* 29(Oct. 1999): 200。

　　③ 更多这类语录指向的是内在领域:"4. 如果你有正确的态度,有趣的问题就会找到你。"再比如:"18. 要解决一个有趣的问题,首先要找到一个让你感兴趣的问题。"

律界,所以雷蒙德很快便开始把他对于动机所进行的心理主义的描述与一种功利主义的视角进行了调和。"被 Linux 程序员所最大化的'实用功能',"雷蒙德继续道,"并不是经典意义上的经济利益,但是无形中帮他们实现了自我满足,并在其他黑客当中建立声望。"雷蒙德继续用粉丝亚文化来进行类比,在这种亚文化中,个人在社群中的声望增长,被理解为一个关键的驱动力。①

　　这篇文章的很大一部分篇幅在解释这样一个问题,即为什么以下三点能够在 Linux 的案例中结合起来以创造更好的软件:一种需要频繁借用和分享代码的、十分开放的软件开发方式,一种有利于用户参与开发过程的早期且频繁的更新,一种对于在参与者当中维持积极社会关系的注重。但这篇文章之所以能流行,很重要的一点在于,雷蒙德把写软件的动机建构为一种并非完全理性的痴迷和抱负,它源自对一种成就感的渴望,这种成就感是通过心理满足而非金钱来获得认可的。当然,无论把它看作一种经验描述还是哲学思辨,你都能从中挑出毛病来,但重要的是,第一,拥有一个"痛点",拥有一种内在的激情这一梦想,是如何被这一群体所认可的,这是一种关于感觉的典型浪漫化建构;第二,无论它在哲学上能否自洽,雷蒙德对于这一问题的表述在一定程度上与计算机文化达成了共鸣,并且对于更大范围内的商业文化产生了一定

_____

　　①　这件作品以各种不同的方式承认和阐明合作与分享的价值观,从而在某种程度上脱离了更为简单化的浪漫主义个人形式,但创造性的想法仍然是英雄式或者说普罗米修斯式的。可以看看下列段落:

　　尝试这类想法的唯一办法就是拥有大量这类想法——或者通过系统性的判断采用其他人的好想法,并超出原创者本人找寻更多的可能性。……安德鲁·塔南鲍姆产生了为 386 机建立一个简单的 Unix 操作系统用来当作教学工具的想法,利努斯·托瓦尔兹将 Minix 的概念推到比安德鲁想到的更远的地方,最终让它成长为一个奇妙的东西。同样地(虽然在更小的范畴),我吸收了卡尔·哈里斯和哈利·霍切希尔的想法,并努力将其推得更远。我俩都不是人们想象的浪漫主义的"原创"天才。然而,大部分科学、工程和软件开发都不是由原创天才、黑客神话完成的,事实恰恰相反。结果一样相当令人兴奋——其实,这种成功就是每个黑客活着的目的!并且这意味着未来我将设置更高的标准。(Raymond, "The Cathedral and the Bazaar".)

影响,而且还是在社群主义和管理学的论述都没能产生什么影响的情况下。在很多人眼中,对于产业内长期存在的垄断难题而言,这种激情程序员的视角是一种比产业政策或反垄断法都有吸引力得多的解决办法。

1997 年 9 月,雷蒙德公开发表了《教堂与集市》一文,随后该文便流传开来。此时,在经历过早期股市泡沫带来的兴奋后,网景公司的高管开始嗅到不祥的气息。1997 年,他们眼看着微软在网页浏览器市场从无名小卒发展到坐拥市场半壁江山的地步,而就在网景公司几乎颗粒无收之时,微软通过其他软件获取的利润已经开始破纪录了。[①] 于是,到了 1998 年 1 月,网景公司宣布将免费公布其浏览器的源代码;2 月,他们邀请了雷蒙德等人前来开会以帮助他们制定新策略。这些与会者把这当作是一次重要的机会,来让大公司认真对待这群开发免费软件的人,为此,他们还做出了一个务实的选择:用"开源软件"(open source software)一词代替斯托曼原先使用的"免费"(free)一词,意在强调开源软件带来的技术优势并非理想主义,这称得上是一个绝妙的修辞策略。几周之后,雷蒙德等人还成立了开源协会(Open Source Initiative),后来,这一组织还参与了苹果、IBM 等公司的战略转变过程。[②] 如今,Linux 和其他形式的开源软件,已经在世界范围内成为多种不同行业的核心要素,从手机到大型研究型计算机,你几乎能在任何产品上找到它们。如果有人在 1994 年就预言这一系列的事件,任谁都会轻蔑地称他是"无药可救的天真"。

并不能说大公司纷纷采取战略转型仅仅就是因为这么一篇文章,实际上,在大公司的战略转型过程中起到巨大作用的是一种理

---

① 参见 en. wikipedia. org/wiki/Usage_share_of_web_browsers。Also John Borland, "Browser Wars: High Price, Huge Rewards", *ZDNet News & Blogs*, 15 Apr. 2003, news. zdnet. com/21003513_22—128738. html.

② 参见 Tiemann, "History of the OSI/ Open Source Initiative"。

解软件开发的新思路，而正是雷蒙德的文章让这种新思路变得广为人知。对于开源软件转型而言，这是一个必要不充分条件。当然，采取新战略能给这些大公司带来经济利益，特别是考虑到微软的垄断。但是，这一转变背后的经济利益已经存在了很多年，所以，单凭经济利益这一理由，并不足以解释这些公司为何几乎全在1998 年这一年之内进行了策略转变。

在另外一些时期，开源可能一度显得不这么引人瞩目；当贝尔实验室在 50 年代因为一纸判决而放弃晶体管的专利权时，这被看作是复杂问题的一种合理解决方式，而非令人震惊的盗窃。但是到了 90 年代前半期，为那些其工作成果只能被免费发放的劳动买单，会被看作是极度不理性的行为。1997 年，开源软件的低调出场，标志着美国高科技领域的政治经济思考出现了一次深刻转变。在开源运动出现之后，新自由主义提出的"产权保护越多越好"这一基本假设就不再那么无懈可击了。

那些，这究竟是怎么发生的呢？谈到一家公司为什么可能会开放软件源代码这一问题，传统的经济理性确实能够提出一些解释。比如，一家像 Tivo 这样的终端设备制造商是靠售卖硬件而非软件来赚钱的，所以它会使用 Linux 系统，不仅是因为这个软件免费，也因为 Linux 的开放特性能让 Tivo 更容易根据自己的需求来改造软件，并且得到全球 Linux 用户的支持。而像红帽或 IBM 这样的软件公司，他们的软件本身是可以被免费复制和分享的，公司则通过为用户提供技术支持来营利。对很多高科技公司而言，在20 世纪 90 年代末期，面对微软这样一个极其强大的市场竞争对手，在开源软件上赌一把似乎是唯一的选择。与微软的市场实力竞争的唯一方法，就是提供一个向消费者免费开放的平台，借此把微软的所有竞争者团结起来，建立起对抗微软的统一战线。

但事实上，这些经济学的理由并不能解释这一转型为何在此时发生。所有这些经济因素早在 1994 年就已具备，但当时并没有一个公司认真考虑过开源软件这个想法。直到 1997 年秋天,随着雷蒙德那篇文章的流传,这一理念才开始得到关注;随后,在 1998年和 1999 年,这一理念突然成了主流。正是雷蒙德从浪漫个人主义角度对免费软件做出的解读,加上微软难题这一时代背景,为主流观念逐渐接受这一理念创造了条件。

当然,这种接受并不是在朝夕之间就完成的,因为这篇文章并不是普世的。无论哪种自由至上主义都要以私有产权这一理念为基本前提,所以毫不令人意外的是,很多自由至上主义者在一开始都对开源运动嗤之以鼻。例如,在 1998 年年底,当开源运动刚开始获得媒体关注时,竞争企业协会(Competitive Enterprise Institute)的韦恩·克鲁兹(Wayne Crews)就发表了一篇批评开源运动的文章(作为"C:\spin:一次偶然引发的对于高科技管控的评论——从一种纯粹的自由市场角度出发"系列文章之一)。文章指出,"就像自由恋爱一样,开放源代码的确很好玩,但可能并不适合现实世界"。克鲁兹写道,

> 在大多数情况下,是发财梦,而非散财欲,驱使着软件创新。无论是文字编辑软件,图像处理软件,游戏软件,还是浏览器软件,几乎所有免费软件都比不上那些顶级商业公司的产品。而且,即便是被很多开源运动拥护者所称赞的网景公司免费开放 Navigator 这款软件的源代码这一行为,也并不是为了履行开源运动的基本宗旨,而只是为了赚得更多。同时,还经常被人们忽略的一点就是,网景公司的所谓"善举"刚好发生在其创始者因 IPO 成为百万富翁之后。①

---

① James Gattuso, "Latest C:\spin from the Competitive Enterprise Institute", 8 Dec. 1998, www. politechbot. com/p—00120. html.

　　其他人的批评则更不客气。比尔·盖茨和史蒂夫·鲍默(Steve Ballmer)曾在不同场合影射 Linux 公司跟共产主义有关。①《福布斯》杂志也曾这样嘲笑开源运动:"这场运动的公共形象通常是这样的:软件业内一群幸福的无产主义者手挽手唱着《国际歌》,免费分享他们写代码的劳动果实。"②

　　但这些批评此时却显得凄厉而绝望。它们已经不再拥有几年前它们曾拥有的那种力量。如今,已经出现了一种技术复杂精密的操作系统,在某些方面它的表现比微软的产品更好。当微软用户开始习惯于"蓝屏死机"时(即 windows 系统崩溃后的结果,20世纪 90 年代中期经常出现),Linux 过硬的技术质量就给了新自由主义知识产权的一条核心论调一记漂亮的耳光——在没有产权保护作驱动力的条件下,人们创造出了更好的软件。同时,在 20世纪 90 年代早期,当不修边幅的程序员被拔高到文化英雄的地位之后——请记住这其实是网景公司的公关策略,目的就是想把作为"经理反对者"的年轻程序员推到前台——这种文化发现,正是这些曾经备受推崇的年轻英雄们,如今却在越来越多地为一些完全相反的东西欢呼。在由《连线》杂志的读者和作者所创造出的知识空间中,你会从雷蒙德关于开源运动的再现当中,识别出一种拜伦式的吸引力,正是这种吸引力曾在这本杂志的早期引导了其修辞方式;如果你还在嘲笑开源运动,那么你就可能会开始变得像巴洛的恐龙一般,像一个跟不上时代的老头子。开源运动的浪漫特质太有吸引力了,以至于谁都无法无视它,而且前几年的经验教训已经让人们明白,这也许并不是昙花一现;黑客的浪漫诱惑已经通

　　① 参见 Graham Lea, "MS' Ballmer: Linux Is Communism", *The Register*, 31 July 2000, www. theregister. co. uk/2000/07/31/ms_ballmer_linux_is_communism/, and Michael Kanellos, "Gates Taking a Seat in Your Den-CNET News", *CNet News*, 5 Jan. 2005, news. cnet. com/Gates-taking-a-seat-in-your-den/2008-1041_3_5514121. html。

　　② Daniel Lyons, "Software: Linux's Hit Men", *Forbes*, 14 Oct, 2003, www. forbes. com/2003/10/14/cz_dl_1014linksys. html.

过它在股市泡沫中的作用影响到了全球经济。

　　某种观点中所蕴含的完整知识结构，不仅经常显露于对崇高理想的陈述中，也经常显露于被人们定义为实际的东西里——显露于那样一些瞬间，即有人会讲，是时候理智一些了，是时候做出一些妥协了，是时候走一条中间道路了。所以，例如，相对于韦恩·克鲁兹从市场角度对开源软件表现出的不满，他来自自由至上主义的同伴埃丝特·戴森则走了一条试着跟这场运动妥协的路径。"一个根本性的误解就是，"她写道：

　　　　开软软件确实可供免费下载，但其实还是有人在掏腰包。OS软件的大多数维护工作都是有偿的，很多黑客就靠这个挣钱。在OS的世界周围涌动着大量价值或曰金钱。而且，是的，网景公司利用OS来让自己的其他服务更吸引人，这是一种合法的、被认可的而且理智的商业模式……（在我看来，就什么是商业模式而非道德的证据这一话题，似乎两边都有盲信的极端分子。）[①]

　　如果说，两年前戴森还能很从容地声称市场是"有效且道德的"，那么现在，她认为是时候不再提"道德"二字了。现在应该多谈谈商业模式，谈谈什么是明智，谈谈中间道路。这种克制的语调，会让持戴森这种观点的人在公众面前保持一种对开源运动友好的姿态。

　　但是，这种温和而克制的语调，也会导致浪漫的个人自由主义与市场自由主义之间的联系不再紧密。十多年来，这还是第一次，商业文化显现出这样一种可能性，一方面占据反叛性高科技的迷

[①]　Esther Dyson，"FC：Re：Competitive Enterprise Institute Blasts Open-Source Software"，9 Dec. 1998，www.politechbot.com/p-00128.html.

人位置,同时又假设,在市场这条路之外,也许确实有另一条路(尽管撒切尔夫人可能并不同意)。

Slashdot 和"代码即法律"

在 90 年代后期,Slashdot 网站为开源运动所做的事情,正如《连线》杂志曾在 90 年代早期为计算机企业家主义所做的事情一样。1997 年,作为 Linux 爱好者、学生和业余商业网站开发者的罗波·玛尔达(Rob Malda)创立了 Slashdot。它逐渐从一个讨论技术话题和个人轶事的小型网站,成长为一个开源软件爱好者的主要论坛,在为这一运动建立一种文化论调并向不断发展的网络世界传播这一论调的过程中,发挥了举足轻重的作用。Slashdot 的标题栏这样写道:"给书呆子的新闻。重要的东西。"(好像是在嘲讽《纽约时报》那句自信满满、老成持重的"刊载一切适于刊载的新闻"。)Slashdot 的创立早于博客的出现,它看起来就像一个有自知之明的怪人,也像是一个迷宫世界的入口;全天候更新,Slashdot 的每个封面"故事"都由一小段"新闻"加上一串持续增长的来自读者或其他作者的帖子构成。滚动屏幕和文末链接是该网站用户的必经体验;令人熟悉的"Slashdot 效应"是指,当一个外部网站的网址被贴到 Slashdot 上之后,该网站在几分钟内很可能会超载。[①] 尽管 Slashdot 有大量内容都和开源软件直接相关——比如 Linux 新发布的软件,知识产权法的发展等等——但也有大量内容更为宽泛,反映了其热爱编程的年轻读者的趣味和精神:有趣的科学新进展,科幻电影的影评,用乐高积木制作的神奇作品。

与几年前的《连线》杂志一样,Slashdot 给人带来的快感很大

---

① 参见 S. Adler,"The Slashdot Effect: An Analysis of Three Internet Publications", *Linux Gazette* 38(1999)。

程度上来自这样一种暗示：你，Slashdot 的聪明读者，在这个世界上是与众不同的——比如，跟那些给比尔·盖茨工作的西装革履的白痴不同。进而，这个暗示意味着，通过阅读 Slashdot，你成了一小撮与众不同的骨干之中的一分子；这个共同体在很大程度上是通过其反对者来定义自己的。尽管迷恋开源软件，但这群人的精神并不是社群主义的或是老派的严肃政治。Slashdot 一词来源于键盘上的"/."命令，也许这并不是一个偶然。这个命令能够把操作者带到 Unix 系统的根目录去，在一个多用户系统中，这项权限只对拥有绝对超级用户特权的系统操作者开放。对熟悉 Unix 系统的用户而言，这是一个很常见的命令。但这也跟权力有关。如果你能在一台 Unix 电脑上键入"/."并接入根目录，你就能够进入并使用任何一个人在这个系统上的账户。你能做的事情包括：格式化整个硬盘，读取他人的电子邮件，或者变更他们的密码。在这台电脑的小小世界里，你是全能的。Slashdot 给人的感觉更像一群失意英雄，而非贵格会（Quaker meeting）。

正当开源软件运动悄悄酝酿之时，法学界的知识分子如莱斯格和波利等人也正在探索，如何趁知识产权与互联网产生交叉之际，让关于法律的基础问题更加广为人知。比如，波利原本在法学期刊上撰写与法律解释理论有关的文章，此时则转向互联网话题，如隐私、审查和知识产权。由于曾就"著作"这一范畴的模糊性和局限性问题与人展开过大量辩论，波利乐于强调在法律和技术的问题上，严格的个人主义及右翼观点所存在的局限性和盲点。在职业生涯早期，他曾撰文讨论"个体的主体性"（individual subjectivity）这一观念的局限性，通过解释主体这一概念本身的不确定性（它更像一个结果而非原因），[①]把福柯对主体的批判引入了批

———————————

① 参见 Boyle, "Is Subjectivity Possible-The Post-Modern Subject in Legal Theory", *University of Colorado Law Review* 62（1991）：489。

判法学理论。在 1996 年的《萨满、软件和脾脏》(*Shamans*, *Software and Spleens*)一书中,他把知识产权法中对浪漫作者建构的使用,描绘成一种"作者意识形态",会使其追随者们无视文化创新往往也能源自集体这一事实。1997 年,他发表了一篇文章,批评《连线》杂志式的数字自由至上主义的潜在假设;呼吁互联网界模仿环境保护运动,关注正在出现的知识产权体制的结构和限制,他努力通过各种方式来强调积极支持公有领域和文化共享的重要性。① 总体而言,他指出某种公民共和主义,正是他所描绘的那种狭隘的、短视的、激进的、基于权利的个人主义的解毒剂,而正是这种个人主义,在 20 世纪 90 年代同时推动了知识产权法和互联网这两个领域的许多思潮。也许,生活毕竟不仅是爱默生所谓"自治的自我"。

莱格斯开始于一条类似的轨迹,从法律解释理论转向互联网法和知识产权领域,他同样敏锐地意识到,法律权利的束缚力量与其解放力量同样强大。莱格斯最著名的书是《代码及赛博空间的其他法则》(*Code and Other Laws of Cyberspace*),带有很强的法律现实主义手法的特点;通过指出各种私人活动(在这里主要是指编程)的管控特点,驳斥了那种把自由狭隘地定义为政府行为的反面的一般性假设。莱格斯耐心地向那些痴迷互联网的读者们解释道,只是简单地要求政府不许插手,并不能保证网络自由。在这种分析中,莱格斯保持了法学现实主义的传统,这一传统也曾影响波利和杰斯等人。

但是,与波利不同,莱格斯并不追求对"主体"概念做出福柯式的批判,也没兴趣去探究"自由个体"这一理念的局限性和条件。对莱格斯而言,自由个体仍然是一个非常重要的目标;他的论证主

---

① 参见 Boyle, "A Politics of Intellectual Property: Environmentalism for the Net?", *Duke Law Journal* 47, no. 1(Oct. 1997):87—116。

要是想阐明,个人和政府行为都可以对自由形成限制。开源软件运动是"一次对专断权力的检验。一种对制度化自由的结构性保证,其作用原理类似美国宪政传统中的分权原则。它类似一种实质性保护,像言论自由或出版自由,但它的立场更加根本"。[1] 如果说波利是在呼吁他的读者放弃对于"自由个体"这一抽象概念的执念,并开始对支撑创新和文化的社会条件做出更多更复杂的思考,那么莱格斯把这一选择呈现得更加简单和直白:他有一篇文章的名字就是"信息社会:自由还是封建?"。[2] 尽管莱格斯和波利同样攻击"市场和私有财产是自由的唯一保障"这一自由主义观点,但他们还是有所不同,在下面这一理念上,莱格斯对自由至上主义者做出了波利未曾做出的让步:自由本身是一个简单的条件,是一种束缚的缺失状态,是个体去做他想做的事情的能力,特别是自我表达和施展创意。波利对个人主义的浪漫理想持怀疑态度,而莱格斯选择拥抱它。

在 Slashdot 过去十年的帖子中检索一下,你会发现波利的名字出现了近 50 次。而莱格斯出现了超过一千次。[3] 莱格斯拥有广大读者群的原因很多,包括他过人的天赋、毅力、高产和性格等等。但还有一个很重要的原因在于,他会非常细心地针对 Slashdot 读者群的特点进行演讲和写作,而这些读者的特点就是,他们都以一种浪漫化的方式理解"自由个体"这一概念:自由个体会创造性地表达自我,经常会跟权力抗衡,并通过自己的成就获得认可。波利则会要求自己的读者超越那种对抽象个人自由理念的迷恋,这一点无疑是明智的。但是,通过强调浪漫的个人主义和功利的个人主义之间的区别,莱格斯则形成了一个能与更多受众取

---

[1]　Lessig, *Code and Other Laws of Cyberspace* (Basic Books, 1999), 7—8.

[2]　Lessig, "An Information Society: Free or Feudal?", *The Cook Report on the Internet* (Sept. 2003): 102—4.

[3]　在线检索截止到 2008 年 3 月 10 日。

得共鸣的框架。

结　语

在一篇雄文中，弥尔顿·穆勒（Milton Mueller）已经简洁地挑明了这样一个宏大的观点，无论是开源软件运动的支持者还是反对者都曾这样讲过，即，从某种角度讲，开源软件运动就总体而言是对资本主义的一个威胁。穆勒呼吁一种更实际的解决办法，致力于把开源软件当作一种达成个人自由的方法，而不是把开源软件本身作为一种目的。① 这是完全合理的。但穆勒今天之所以能务实地做出这个论断，部分正是因为这种浪漫主义，正是因为这种浪漫主义带着它所有的宏大特点在 20 世纪 90 年代后期和开源软件运动结合到一起，并因此把开源运动推到了聚光灯下。从这篇文章开始，知识产权法领域就一直充满动荡和争议。但这次论争标志着一次重要的转折：在 20 世纪 90 年代早期的法律和政治话语中，知识产权的扩张在权利殿堂中被想象为不可避免的和不证自明的，似乎已经不需要讨论了，但这次论争改变了这一点。

自从开源软件运动诞生以来，在《经济学人》等主流杂志上，已经出现了语带同情地阐述莱斯格或波利等人观点的文章。② 许多产业的商业执行官都表示出了对于重新思考专利系统的兴趣。甚至是唱片业——这一行业一度是版权执法强硬派的领袖——也大大软化了自己的立场。比如一些主流唱片公司现在会让他们的大量内容都能以一种无版权保护的 MP3 格式下载，这一行为在 1995

---

① 参见 Milton Mueller，"Info-Communisim? Ownership and Freedom in the Digital Ecnonomy"，*First Monday* 137 Apr. 2008，firstmonday. org/htbin/cgiwrap/bin/ojs/index. php。

② 参见"Copyrights：A Radical Rethink"，*The Economist*，23 Jan. 2003，www. e-conomist. com/opinion/displayStory. cfm? story_id=1547223。

年会被看作是幼稚而愚蠢的。如今,在全世界,开源软件在很多情况下都被看作是一个合理的技术选择,Linux 系统则继续悄悄发展着,在诸如雅虎这样的网页搜索公司的服务器上运行,在中国制造的手机上运行,在法国制造的数字媒体播放器上运行,在沃尔玛销售的个人电脑上运行。1999 年,当初那个浪漫的版权保护主义者,泰德·尼尔森,把正在进行中的 Xanadu("世外桃源")计划开源,"以庆祝开源软件运动取得的成功及其给广大人类带来的益处"。[①]

而且,开源这套话语及其相关理念也已经被其他领域所借用。用"开放"(open)一词来表示非营利、去中心化的劳动——这一表述最初是在 1997 年由一群程序员建构出来的,他们想找到一个术语以推动非专利性软件开发在商业管理中的合法化——如今在整个体系中被广泛使用。毫不令人惊讶的是,这一潮流始于技术界。2001 年,通过"开放课程"(Open Couresware)这个倡议大家把所有课程材料放到网上免费向全世界公众开放的项目,MIT 大张旗鼓地扭转了 20 世纪 90 年代高等教育界里教学资料和课程的商业化趋势。一个呼吁广播频率管理激进新方案的组织,也采用了"开放"频率一词。(描述这一方案的白皮书,从第一行开始就显示了跟巴洛的契合:"你所知的关于频率的一切都是错的。")[②]

不过,这一趋势的扩张范围并不仅限于技术界。2002 年至 2003 年间,在霍华德·迪恩(Howard Dean)竞选总统期间,一群去中心化和基层政治行动的倡导者欢呼着"开源政治"的崛起。[③] 主流媒体的批评者们主张并探索一种"开源新闻业",作为一种更

---

① Nelson, "Welcome to Udanax. com: Enfiladic Hypertext", ww. udanax. com/.

② Kevin Werbach, *Open Spectrum: The New Wireless Paradigm*, working paper, Spectrum Series(New America Foundation, 2002), werbach. com/docs/new_wireless_paradigm. htm.

③ 参见 Micah L. Sifry, "The Rise of Open-Source Politics: Thanks to Web-Savvy Agitators, Insiderism and Elitism Are under Heavy Attack", *The Nation*, 22 Nov. 2004。

为民主的对传统新闻业的替代品。① 巴西的文化部长——他曾是一名持不同政见者和流行音乐人——在他的"文化观点倡议书"(Culture Points Initiative)中,同时引用了莱斯格和罗伯特·昂杰的观点,这份倡议书提出:要对贫困地区的本土艺术家给予资助,以培养本土的音乐流派比如巴西说唱音乐。②

像戴森这样的人可能会说,这些趋势只不过是另一种商业模式罢了,而且主张信息的免费发布根本就不是什么新想法。她确实有道理。大学和图书馆就经常以各种方式支持将信息的免费和开放发布作为一种组织原则。而且,开源运动就其本身而言,无法称得上是对资本主义整体的一个威胁。只要彻底回顾一下资本主义发展史就不难发现,所谓"纯粹"的市场充其量不过是昙花一现;资本主义的兴起,必须依赖于各种超越市场的政治和体制基础,其中某些东西会被当作适于交换的财产而另一些则不会。③ 事实证明,所有的经济体都是混合型的。如果操作系统变成全部开源的,如果它们从可交换物的范畴中移到了非商品(但能让其他东西被交换)的范畴中,资本主义并不会因此而崩塌。

但是,开源运动作为一次政治经济学实例的意义是不能忽视的。资本主义可能并不要求纯粹的市场或者完全透明的产权关系,但它的确需要某种合法性,需要某种机制来让它显得正确,或者至少是会被大部分人默许。正如我们所见,被理解为计算机使用体验中必备一环的浪漫个人主义,是美国文化中一种经久不衰的现象,

---

① 参见"Open Source Journalism", *Wikipedia*, en. wikipedia. org/wiki/Open_source_journalism。

② 参见 Larry Rohter, "Gilberto Gil Hears the Future. Some Rights Reserved", *The New York Times*, 11 Mar, 2007, www. nytimes. com/2007/03/11/arts/music/11roht. html? _r＝1 and "Brazilian Government Invests in Culture of Hip-Hop", *The New York Times*, 14 Mar. 2007, www. nytimes. com/2007/03/14/arts/music/14gil. html。

③ 参见 Karl Polanyi, *The Great Transformation*(Beacon Press, 2001)。

自有其独特的特性与价态。如果说,在 20 世纪 90 年代早期,《连线》版本的浪漫个人主义曾被用来激发新自由主义的市场热情,那么在 20 世纪 90 年代晚期,一种同样的感觉结构,经过雷蒙德、莱斯格和 Slashdot 网站的转接,则成了一场反向运动中的关键要素。从这个角度讲,这个实例的某些细节仍然是令人困惑且模糊不清的。但是,那些曾在 1980 年到 1997 年之间对于涉及知识产权问题的法律或管理决策起支配作用的假设已经改变了,人们已经不再把以下这些观点看作天经地义的了:产权保护是技术创新最好的甚至是唯一的驱动力,产权保护越强越广泛就越好,数字经济应该以信息商品化为核心基石。在 1997 年之前,对这些所谓"常识"的批评并不会招致反驳,因为它们完全被忽略了。而在这场由网络学者们用智力劳动支撑起来的开源运动兴起之后,这些批评意见就不能再被忽视了,这场转变发生的部分原因是,人们普遍愿意浪漫化地把软件创造看成一种个人表达的形式,并对此加以庆祝。

　　而且,这可能并不局限于知识产权。正如卡罗·罗斯(Carol Rose)所言,产权本身曾经一度在美国法律传统中扮演"基石权利"的角色,并作为自由这一理念的模型。[①] 结果,产权已经胜过了其他所有权利,比如言论自由权;购物中心老总或报纸老总的权利,显然已经远远高于在购物中心消费或是在报社工作的个体的权利。这一模式在美国的司法决策中已经存续了几乎整整一个世纪。然而,在过去的十年里,开源运动为我们提供了一次重新思考这一问题的机会:它生动地向我们展示了,过分严厉的产权保护是如何与言论和自我表达权利发生冲突的。未来,开源运动也许能够成为这样一个起点,让美国人心中产权和其他形式的自由之间的联系发生明显松动。

---

　　① 参见 Rose, "Property as the Keystone Right", *Notre Dame Law Review* 71 (1995): 329—65。

结论:资本主义、激情与民主

回到 1994 年,《连线》杂志受股市泡沫触动,对马克·安德森做了一期专访,在专访接近尾声之际,记者格雷·沃尔夫(Gray Wolf)逼问安德森,让他说清楚,他的所作所为与被他视作"黑暗力量"的微软有何区别。沃尔夫问道,难道网景不是一家以营利为导向的软件公司,试图通过建立专利标准以支配市场吗?(网景开放了当时还叫作"马赛克"的浏览器项目,但并不包括源代码,并且,它迅速建立了一套新的网络内容专利标准。)在一番闲聊后,沃尔夫迫使安德森回应这个话题。安德森回答道:"对于开放标准而言,微软是压倒一切的危险……[但是]通过一种或者另一种方式(one way or another)……我觉得马赛克将会应用于世界上每一台电脑。"沃尔夫等着他继续展开,而安德森则自言自语重复道:"一种或者另一种方式。"[1]

值得赞赏的是,沃尔夫的文章以安德森悬而未决地重复"一种或者另一种方式"作结,传达出一种模棱两可的态度。这是一个能够说明问题的时刻,诚然,它指向的并不是乌托邦。年轻的马克·安德森充满了冒险精神与野心,很难被视为现行生产模式

---

① Wolf,"The(Second Phase of the)Revolution Has Begun".

替代模式的支持者。但是,这里并不是为了说明这种观念的错误。这篇文章提示的最为重要的一点是,即便像安德森这样身处股市泡沫中心的人物,在全球自由市场资本主义取得震撼人心的巨大胜利和意识形态霸权之始,也不得不说"以一种或者另一种方式",并将"另一种方式"视作理所当然。这是又一个证据,证明了浪漫主义贯穿美国文化共识的结构中,对于自由市场的替代模式保持开放的态度,即便这在当时并非占据主导的美国意识形态。

就像沃尔夫一样,批判思想家需要在普遍的话语体系中倾听"另一种方式",去适应技术解放的不同叙事之间的张力,将它们视作此刻具有生命力的现实的一部分,而不仅仅是被歌颂或者被谴责的唯一选择。沃尔夫对浪漫主义显而易见的热爱,并不应该被简化为某种意识形态或者愚蠢,他的讽刺意识值得关注,也可以被当作一个有价值的起点,从这里将浪漫主义归置到更加宏大的语境中。① 这是本书采取的路径:虽然并不是不加批判地接受浪漫主义,但仍给予它值得尊重的关注。最重要的是,浪漫主义在美国文化中发挥着既持久又有效的作用。

诚然,黑客伦理并没有带来一整套连贯的软件生产的组织原则,轻信 90 年代那些声称互联网改变经济法则的人是愚蠢的。然

---

① 一些记者和专家以浪漫主义叙事讲述数字技术,在他们之中,沃尔夫和《黑客》作者史蒂芬·利维凭着机敏的反讽,以及寻找个人生命与编年事件的张力而鹤立鸡群。随着这些人的浪漫故事越来越像安德森和沃兹尼亚克,两位作者却能够注意到围绕这些人们崇拜的名人的张力,特别是围绕以营利为目的的企业结构的原则,与以自我兴趣满足为创新动力之间的张力。就像沃尔夫指出的,安德森如屠龙般攻击微软垄断,而他自己的公司也同时参与知识产权实践。利维的《黑客》当时抓住了市场特权,与"自由进入"和免费信息的黑客伦理之间的张力。利维将世界注意力引向了年轻的比尔·盖茨同自制电脑俱乐部(Homebrew Computer Club)在代码共享上的分歧,同时他给理查德·斯托曼贴上了"最后的真正的黑客"的标签(Levy, *Hackers*, 413),这比其他人早了差不多十年预见到开源运动,是相当有先见之明的。

当他们激活的许多浪漫主义的概念变得古怪和老旧之后,沃尔夫和利维关于计算机文化的观念仍然值得阅读。

而,就像没有互联网就没有奥巴马总统,①从 1997 年开源运动开始,在法律和政治层面上,知识产权的决定因素已经发生了戏剧性的变化,草根民主的理念与实践与互联网相结合,在美国和全球政治中获得了新的说服力。依赖广告的私有媒体,受到了自 60 年代以来最为广泛的质疑。自由这一核心理念,以崭新而醒目的方式远离知识产权,向进步主义时代之初就已丧失的可能性重新开放。不,这不是革命,以及,是的,在 90 年代中期,所有这些都被用来为新自由主义注入新生命。然而,从 80 年代里根改革和 60 年代不同政见运动以来(它同样也不是革命,但它以一种不同的持久的方式改变了这个国家),互联网已经在美国政治实践中,造就或者接近一系列最为重要的彻底转变。

结论章节将总结本书的发现,并提出一些对过去几十年的观察,看它们教会我们如何认识资本主义、技术、文化和日常生活之间的关系,借此,我们能够解释这些彻底转变是如何发生的。它证明,互联网之所以是开放和分裂的,并不是因为技术的内在本质,而是因为历史环境允许它被叙述成是开放的,因为那些讲述互联网的老生常谈让它成为开放的象征,并且,这些故事也反过来塑造了人们接受和发展互联网的方式。互联网之所以存在开放的潜能,是因为人们使其如此,而在这一简单的事实中,我们可以寻找教益。

21 世纪浪漫主义

为什么浪漫个人主义持续留存?

为什么本书讨论的浪漫主义行动在过去数十年里不断重现?

---

①　奥巴马 2007—2008 年总统选举活动成功不可或缺的组成部分,是在总统初选中依靠小额捐助者获取前所未有的资金,同时发挥一系列充满活力的草根阶层组织的作用。这不仅利用了互联网,同时也策略性学习和改进了 2003 年霍华德总统竞选的网络策略。对于这样一个非技术决定论的分析,可参见 *Mousepads, Shoe Leather, and Hope: Lessons from the Howard Dean Campaign for the Future of Internet Politics*, Street and Zephyt Teachout(Paradigm Publishers,2007)。

1968 年道格拉斯·恩格尔巴特展示的参与者，70 年代泰德·尼尔森的粉丝读者，80 年代歌颂史蒂夫·乔布斯为反叛企业家的记者，90 年代初期《连线》的读者以及 90 年代后期开源运动的支持者，他们都对浪漫主义的行动和阐释充满了热情，这在电脑通信技术和使用方式的演变中扮演了基础性角色。浪漫主义作为一种社会建构具有持续性和有效性，对此互联网发展史告诉了我们什么？

　　韦伯关于现代性祛魅的叙述（也是第二章中我探讨浪漫主义的开篇）提供了一个令人信服的普遍概念，描绘浪漫主义的立场和叙事。在韦伯那里，面对现代性铁笼中的生活，我们绝望于迷魅的匮乏，并且试图将它召回。艾伦·刘（Allan Liu）在《酷法则》（*The Laws of Cool*）中，将其概述为"信息文化"，"我们在这里工作，但我们很酷"。[①] 这很好地抓住了一种感觉，即与其他人区别开来的期望——一种想搞清楚"我是谁"的感觉——在大多数工作方式中，他们常常感到自己是机器上的一个齿轮，而他们想要在此表达另一个版本的自我。这种距离感，是人们向浪漫主义起飞的平台。

　　但是，人们把一些与特定工作场合相联系的身份认定为"不酷"，将其排除在外，通过"不酷"来定义"酷"。相似地，很大程度上韦伯路径也在消极意义上定义迷魅，通过其所对抗的东西（现代工具理性的生活世界）来定义，通过其补偿性行为（compensatory manner）来解释，而不是在积极语境中定义。当韦伯在积极语境中谈论迷魅观念时，他倾向于通过怀旧的方式定义它，回首过去，将其视作我们似乎已经失去的东西。但是，这里讨论的技术中心浪漫主义首先是向未来看的。偶尔也有一些复原过去特定情境的例子，比如地球村，但是已经建立的互联网浪漫主义，毫无疑问是

---

　　① Alan Liu, *The Laws of Cool : Knowledge Work and the Culture of Information* (University of Chicago Press, 2004) 76.

在一个技术中心的世界中建构的,在韦伯的想象中,这恰恰是迷魅的对立面。[①]

那么,这种模式如何才能得到最佳解释呢? 首先,需要指出的是,在许多情况下,并不是数字技术本身传送浪漫理念。事实上,浪漫主义的修辞在很大程度上是由印刷文本引发的。绝大多数围绕计算机的浪漫主义思想惯习,特别是在 90 年代中期之前,是通过传统印刷方式传播(甚至包括《连线》杂志,在 1993 年到 1994 年达到其影响巅峰之际,仍然主要通过印刷媒体传播)。如果没有满架的书籍描写阿尔卑斯登山运动,它也不会成为今天的样子,在计算机以及更加普遍的领域里,如果没有那些印刷杂志文章、论文和书籍谈论浪漫主义的创造性,没有这些内容的书写和阅读,计算机使用经验也不会被理解成是不可预知的惊险与创造。

其次,计算机反文化的浪漫主义拥有特定的历史和文化情境。约翰·佩里·巴洛、泰德·尼尔森和斯图尔特·布兰德阅读和创造了大量 60 年代反文化文学,并且拥有许多读者。到了 70 年代末,即便没有明显的反文化倾向,普通的计算机工程师也经历了足够多的实践,在被林·康维描述为"重大技术项目"的五角大楼研究机构里,人们以非正式的姿态工作——"我们并不需要形成正式机构"——而这种姿态是清晰可辨的。

第三,浪漫主义是回应性的。浪漫主义并不应该被过度推演,成为黑格尔意义上的时代精神,成为一种渗透到社会和文化各个层面的本质性存在。它只有在面对对立面和对照物的时候才有意义。在计算机反文化的例子中,它是通过回应其他特定的思维模式及其矛盾而发展出来的。当利克莱德与恩格尔巴特试图合理化交互式与开放式的计算机使用方式时,他们挣脱的是新兴企业与

---

　　① 詹姆斯·凯瑞曾经将其形容为"对未来的怀旧"。这种模式用令人回味的方式来描述,但是它有点回避了数字浪漫主义内部结构问题的实质。参见 Carey, "The History of the Future", in *Communication as Culture*, 152。

军事官僚机构控制的工具理性主导语境。系统科学和办公自动化运动的主导逻辑想要排除不确定性，然而利克莱德与恩格尔巴特恰恰想要探索它。当记者们将乔布斯和沃兹尼亚克歌颂为浪漫主义反叛企业家时，他们在下述这样的社会语境下有意为之——根深蒂固的公司官僚主义，垄断统一的消费品全国品牌，以及枯燥、可预测、利润计算的社会常态。两个车库男孩的故事之所以值得一提，是因为它与社会常态迥然不同——需要指出的是，这些故事也被系统性地夸大了。当《连线》杂志将股市泡沫和互联网引入我们的日常生活，它之所以吸引我们的注意力，是因为它站在常规的职业道路、政治行为和资本进程的对立面。杂志上的荧光色字体和创新排版设计是否具有可读性，这并不重要，最重要的是它必须让自己鹤立鸡群。埃里克·雷蒙德成功说服形形色色的公司首脑，最好的程序员并不是为了薪水而工作，而是为了充满激情的编程本身。貌似难以管束的微软垄断及其生产的毫无特色的软件让这种说法显得颇具说服力。

计算机作为不可预测性机器

然而，仍然存在的问题是，计算机——其包含的所有的东西！——产生的效应似乎很容易由浪漫主义修辞表述。想一想它最初的建构是工具理性的具体化，那么它们是如何成为工具理性的首要敌手之一呢？

在这里，人们与计算机互动而产生的强烈兴趣扮演了重要角色。大多数计算机用户都有过沉迷于网上冲浪或者编程的体验，然后发现自己失去了时间流逝的感觉，最终在意外之处结束。我们已经看到，这种体验可配置无数不同的含义（比如上瘾、兴奋），而且可以（并且可能经常）被当作毫无意义的怪癖而随意摒弃。然而，对于一些重要的少数群体而言，它与浪漫主义的两个关键因素相接合：对不可预测性的主张，以及对内在经验独特性的声明。

　　浪漫主义对于各种理性主义的批判,其最大优势在于可预测性的局限。启蒙运动假设,行星运行和苹果落地可以用相同的法则进行数学预测,生命的其他方面,比如人的行为,同样也是可预测的。浪漫主义的回答是,至少在人类事务上并非如此。浪漫主义思想家着迷于语言、艺术和历史,因为它们是历史性的,并且受内在系统以及固有且偶然的进程所驱动,其前进路径不能被提前预测。

　　交互性计算机为坐在键盘边的人们提供了一个相对不确定的世界。计算机使用的结果常常并不比打开和使用洗衣机或剪草机拥有更少的可预测性。不可预期可以被解释成缺陷或者错误(为什么这这该死的东西不做它应该做的事情?)。然而,从发现不可预期的缺陷,到输入一些能得到反馈的内容,再到稳定而持续的交互,这之间的转换是很快的。在特定意义上,因为交互性使用,计算机成为一种不可预测性机器。说实话,这是一种受到限制的不可预测性,它更类似于阅读一个危险的登山探险故事,而不是实际参与登山。这种有限的不可预测性,或者说被安全封闭的上网与黑客经验,能够将一个人吸引进来,并且与浪漫主义价值相接合,突破充分可预测与可计算的理性的界限,在这种理性下,最初的意图被假设成固定不变的。计算机交互的漂流经验与浪漫主义的探险意识同源,都是一个自我塑造的过程,这些经验根据自身的逻辑展开,并不能通过外界坐标定位。①

　　然而,这种同源性在抵抗和质疑对人类行为的预测、理性化与控制时,在社会意义上变得十分活跃。正如我们所见,许多人遇见交互性计算机都发生在这样的情境中——老板和同事都支持使用

---

　　①　这并不是说,所有卷入互联网浪漫主义中的人都是电脑成瘾者。令人难以自控的电脑传播和浪漫主义之间的连接应该在接受度的层面上理解。随着交互性电脑通过文化自由扩散,难以控制的交互经验变得足够普遍,这种经历的表达以及各种浪漫主义的感知变得很容易获得。

工具逻辑挣脱人类困境：以某种方式控制恐怖的核武器，将秘书工作工业化，计算某人如何逃离贫民区冲突，通过计算赢得越南战争，将学生转变为电子百科全书勤勉而听话的用户，或者解决利益导向的由专家委员会管理的公司与民主之间的剧烈政治冲突。一个人的生命不断被迷失于机器或者误入歧途的工具理性打断，浪漫主义传统合理化并歌颂前者，也对后者提出质疑。最重要的是，它提供了一条路径，通过一套习得的惯例，接合共同经验，联系那些拥有相似观点的他人。意识到自己是一个独一无二的表达个体，意味着发现别人也乐于这样认知自我，围绕感知差异创造联系，无论他们是不顾一切投身互联网创业的网络弄潮儿，还是为Linux内核募捐的开源运动倡导者。并且，随着时间推移，这个另类的路径在预测未来发展的准确性上记录还不错。80年代初，施乐的麦科洛把计算机想象成是预测和秩序的工具，相较而言，泰德·尼尔森和斯图尔特·布兰德比传统大公司更好地预测了计算机的发展方向。

随着微型计算机的普及，计算机交互经验被广泛地接受，越来越多的人有机会将着迷的计算机互动经验，理解为自我以及周遭世界的浪漫化转变。当某人使用计算机完成某个理性主义者不可能完成的任务时，也许会将计算行为重新理解为非工具性的——将他们的所作所为视为一种表达，一种探索，一种艺术，将他们自己视为艺术家，或者反叛者，或者兼而有之，而找到具有相似经历的社区则会强化这种理解。我们的文化在将近两个世纪的时间里养成了歌颂爱默生格言的惯习，他说，我们应该理解自己，信任自己，自我是"科学难以解释的恒星，既没有视差也没有可计量的元素……而这就是天才、美德和生命的本质，也就是我们说的自发性（Spontaneity）"。[①] 计算机交互经验，在反抗已成病态的工具理性

---

① Emerson, "Self-Reliance", 60—61.

的语境下，可以并且已经被不断当作浪漫主义自我建构的启动者
和强化者。

互联网浪漫主义的影响

为什么浪漫主义很重要？当然，浪漫主义并不能仅凭一己之
力塑造互联网。许多非浪漫的、传统的人类癖性以及经济和政治
力量深远地塑造了创新与互联网技术的全球应用。比如，人们对
于高效和丰富的传播形式的固有渴望与兴趣，塑造了漫长的互联
网发展史的很大一部分。资本家必然要开发新产品——根据每个
人理论信仰的不同，它可能导致创造性破坏、产能过剩的趋势或者
生产过剩的危机——无疑在持续的技术探索和发展中扮演了关键
角色。国家对技术创新直接或者间接的鼓励和培育，以及国家在
稳定市场关系和规范市场力量中的角色，也发挥着至关重要的
作用。

浪漫主义帮助确定了何时、如何以及在什么背景下应用互联
网，反过来也确定了我们对互联网的期待，确定了它整合进人类生
活的方式。从作为计算工具，到作为通信工具的计算机，这一广泛
的变化更多是由百科全书式、理性主义的图景所驱动的，而非浪漫
主义。尽管利克莱德和恩格尔巴特找到了指引新方向的开放式互
动性，并赋予其合法性，但在大多数情况下他们仍是理性主义者。
然而，到了 70 年代，浪漫主义的反文化变体在活跃、传播和巩固这
一转变中居功甚伟。在 80 年代，浪漫主义对非正式性的看重，在
推动"大致共识与运行代码"文化中发挥了重要作用，引领互联网
转变为广泛可及、精力充沛的"网络的网络"，通过不同的、创业精
神的形式，给了"个人"电脑的扩散和成功以合法性与能量，而个人
电脑为接下来几十年的互联网爆炸提供了技术基础设施。浪漫主
义很可能是许多因素中的一个，导致互联网能够超过其他竞争性
的技术尝试，比如 80 年代欧洲公司自由主义框架下的 Minimal 和

OSI。

在 90 年代，浪漫主义迎来了《连线》变体，第一次更加强调互联网的普及而非建设。但是，随着 90 年代的发展，《连线》在鼓吹股市泡沫的过程中扮演了必不可少的角色，最终反过来导致规模巨大的资本迅速涌入互联网相关产业。愚蠢和股市泡沫一样多，它让这项技术迅速建立并普及，淹没了其他可能的计算机通信的发展方向。从桌上电脑，到电信业架构，到全社会范围内大规模的基础设施投资，到交互界面技术和计算机图形软硬件，都被股市泡沫力量加满了油，将互联网送进我们的家庭和单位，互联网成了一项物质基础，在全球范围内融入人们的日常生活。

但是，浪漫主义不仅为互联网爆炸创造了条件，它也帮助人们建立对互联网的期待，尤其是在美国，而这反过来塑造了它进一步的发展以及整合进生活的方式。我们的社会充斥着各种故事，个人不可预测的行为通过计算机让建制权威陷入混乱：有关令人咋舌的计算机相关产业创业公司的故事，从 80 年代的苹果和微软，到今天的谷歌；荒诞的数字发明将世界卷入风暴的故事；政治反叛者使用计算机的故事，比如杰西·文图拉（Jesse Ventura）、霍华德·迪恩、巴拉克·奥巴马；破坏性的事件扰乱整个行业的故事，比如大学生下载音乐或者上传视频。我们习惯将互联网与迷人的不可预测性叙述联系起来，以至于我们现在做互联网规范和进一步建设的决策时，也采用这种叙述。① 我们照例会把互联网想象成是管制之外的自由交易空间，无视所有指向反面的证据，结果，我们忍受大量网络欺诈（比如垃圾邮件）和网络色情，而在广播和电话中，同样的东西却不被政策所允许。尽管受到股市崩溃和 21

---

① 例如，在美国宪法中，最高法院将"互联网是唯一适合完全开放言论自由的媒介"作为公理对待。参见 John Paul Stevens，"Opinion of the Court"，in *Reno v. Aclu*，521 U. S. 844（U. S. Supreme Court 1997）。

世纪早期舞弊丑闻的记忆挫伤，往互联网相关产业砸钱的习惯得以维持，以展示和勇敢行为的联系。[①]

维系互联网开放和无政府属性的最强大力量之一，简而言之，是我们关于互联网浪漫故事的所有记忆。这些故事教会我们对互联网的解放与不可预测抱有期待，而这些期待又反过来维持互联网的解放与不可预测。[②] 互联网是开放的，并不是因为技术本身，或者技术中潜藏着什么独一无二的民主潜能，而是因为我们将它叙述成是开放的，最终，我们信奉它，并将它建设成为开放的。

忽然崛起的开源运动证明了浪漫个人主义不仅是市场的附带现象或者自我忏悔，而有其相对自发性。有机社会的浪漫主义叙述，将编程视作一种艺术，强调个人表达，正以某种方式转变围绕知识产权的广泛讨论，在工业层面上，并逐步在法律层面上，改变广泛接受的所谓常识。在互联网政策制定层面上，开源运动完成了其他新自由主义思潮批评所没有完成的事情（比如豪本的社群主义、詹姆斯·波利的公民共和主义批评、猛烈的新马克思主义批评，[③]以及托马斯·休斯对万内瓦尔·布什学派军工学联合体思想的支持）；它松动了关键性的主流统治，即互联网作为洛克式市场成功的新自由主义迷思。

从更大范围上看，互联网是否是一项划时代的技术，或者只是人类在过去五百年里超越时空束缚进行彼此交流的通信工具序列中的一个，现在下定论还为时过早。但是，当历史学家回望互联网在 20 世纪 90 年代和 21 世纪初扮演的角色时，过去几十年间，认为互联网具有基本的不可预测性，并与蔓延到其他议题的表达自

---

① 参见 Michael Barbaro and Lesilie Walker, "Dot-Coms Get Back in IPO Game", *Washington Post*, 18 Aug. 2004。

② 这种关于互联网历史的观念，即我们被告知它是如何出现的故事已经嵌入互联网本质之中，并与 Gitelman 的"媒介历史与媒介本身具有不可分离性"的观点产生了共鸣。参见 Gitelman, *Always Already New*。

③ 参见 Webster and Robbins, *Information Technology*。

由相联系,这种观点的隐喻性力量可能将会凸显。至少在美国,公众和政策制定者对于互联网充满信仰,都认为它蕴含了某种令主导思维习惯困惑不已的新力量,如果不考虑这点,就无法理解行业规范、反垄断法、第一修正案、知识产权法和财产法之外更大的轨迹。如果互联网仅仅被认为是另一种电子通信装置,被认为是与传真机和 DVD 播放器相仿的东西,商业和政府世界的事件将以另一种不同的面貌呈现。正如我们所见,这种观念往往并不是特别微妙,甚至不怎么精确,但是,如果互联网不是集体思考如何治理社会的新思想的历史性重要资源,这些观念也不会变得如此有力。浪漫主义与互联网之间的联系,并不是设计图和人造物之间的联系,而是一种具有实质重要性的联系。

互联网浪漫个人主义的局限性

将浪漫主义作为一种必需的传统进行研究,让我们开始质疑浪漫主义的自我形象:号称是传统颠覆者,自己却成了传统,是从书本中习得的东西,而并非自发产生的。法学教授尤查·班克拉(Yochai Benkeler)在讨论互联网基础的同侪生产(peer-production)时,有一次警告道:"能够说出'这关乎自由'也是一种奢侈。"[1]从经验层面上来看,这种观点是可取的。在一个国家,大部分公民都面临营养、健康保障和其他生活必需品的匮乏,非公民甚至部分公民被剥夺应有的法律程序最基本的保护,系统性的财富集中削弱民主程序,计算机通信实质上能带来多少方便? 尤其是那些已经充斥电话、复印机、廉价的摄像机、传真机,以及数不清的

---

[1]　Yochai Benkler, "Freedom in the Commons—The Emergence of Peer-Production as an Alternative to Markets and Hierarchies, and the Battle over the Institutional Ecosystem in Which They Compete", paper presented at the Symposium on Cybercapitalism, School of Social Science, Institute for Advanced Study, Princeton, N. J. 29—30. Mar. 2001).

其他通信方式的世界？要论证如下观点是一回事:要求电信公司向竞争者开放硬件设施是合理的、高效的,甚至可能帮助建立一个开放民主社会。但要求拥有 iPhone 的自由——有些人已经这么做了,或者宣称计算机管制源自自由力量与压制力量之间的战斗,则是另一回事。①

但是,浪漫主义之所以引人入胜,部分原因恰恰是它的奢侈。当泰德·尼尔森在 1974 年无畏地宣称"计算机的目的是人类自由",②这一宣言之所以令人着迷,并不是因为它提供了某种关于自由本质、民主以及任何直接的计算机公共化的明确主张,它们还有几十年的路要走,而是因为这个宣言的粗率和极端,将所有谨慎丢在风中,完全反转了人们公认的智慧,这些抓住了人们的注意力。在那时,拥有计算机使用经验的少量个体之所以易于接受这一主张,更多来自经验而非逻辑,来自与计算机一起工作的愉悦体验,也许混杂着一些对老板们误入歧途的管理想象的质疑,后者认为计算机是一种命令和控制的设备。尼尔森的修辞为愉悦与质疑的混合提供了一个框架,在这里人们可以用新的眼光与计算机一起工作,确定自我身份。尼尔森写作中的幽默软化了其豪言,并使之带有个人色彩——而并非是采取理性推导或经验证据来介绍复杂事物。

在这样的时刻,不可否认这种深思熟虑的放纵言行具有显著的吸引力和力量。在许多情境下,简单斥之为愚蠢,常常只会将自己逐出辩论。浪漫主义叙事有时候可以被当作对各种官方浮夸的矫正。互联网并不是五角大楼发明的,也不是立法或者美国国家科学基金会项目自动产生的结果。但是在股市泡沫的故事里,网景网页浏览器是革命性的,年轻顽皮的程序员马克·安德森是它

---

① 例如,参见"Free the iPhone: Support Wireless Freedom!", http://www.free-theiphone.org/.

② Nelson, *Computer Lib*, I.

天才的创造者,这些叙述掩盖了一些重要的信息,比如网景浏览器只是对已经存在的其他浏览器进行了改进,以及非营利平台中所产生的技术创新对此的贡献。与此相似,认为开源软件的想法是那些充满激情的艺术家程序员社区的创造,他们从公司约束的锁链中脱身,这掩盖的事实是,这种编程活动家仍然需要机构的支持——学术界或者公司财团——更别说社会基础设施的支持。利努斯·托瓦尔兹在芬兰上大学时编写了第一版 Linux 内核,他说过,如果没有斯堪的纳维亚社会福利国家保障了基本生活需要,他也不会在没有收入的情况下花时间维系 Linux。[①]

所以,作为一个社会变革的框架,浪漫主义并不足以自我维系。如果说浪漫主义最大的力量来自它对理性主义的可预测性想象的批判,它的盲点则在社会关系和历史语境上。浪漫主义聚焦于英雄主义叙事,遮蔽了使这些"英雄主义"成为可能的广泛的社会关系。女性主义科技作家宝琳娜·博苏克(Paulina Borsook)在批判驱动股市泡沫的狂热时,描述了所谓"尿布谬误"的现象:

> 生孩子,或者考虑生孩子⋯⋯是很有趣的。但是想一想现实里,你有多少次不得不给他们换尿布(以及购买、清洗、处理、制造、买单)则并不有趣⋯⋯神圣的天道将会提供财富,这种宏大抽象的思考显然比费心考虑谁给孩子擦鼻子、收拾垃圾、为日常生活中的损耗付钱更有趣。[②]

---

① 参见 Terry Gross,"Computer Programmer Linus Torvalds:NPR",interview. Fresh Air from WHYY. 4 June 2001, www. npr. org/templates/story/story. php? storyId=1123917。在这次采访中,Torvalds 说:"有段时间,我关心的是金钱,而我不喜欢这样的感觉⋯⋯我相信我从来没有太过在乎金钱的一个原因是,我来自芬兰,那里有一个非常强大的社会支持网络。例如,大学基本上是免费的,医疗基本上是免费的,所以我的故乡文化就是不必担心基本生活。我认为这是我在心理上可以忽略 Linux 商业前景的原因。我成长的环境,并不像美国那样重视商业。"

② Paulina Borsook,"The Diaper Fallacy Strikes Again",*Rewired*,3Dec 1997, www. paulinaborsook. com/Doco/diaper_fallacy. pdf.

博苏克的"尿布谬误"在两个层面上发挥作用：一方面，换尿布让我们想起所有为了维系人类生命的乏味的工作，既不值得歌颂，并且常常是没有或者只有很少回报的，而经理人、投资人，以及其他绝大部分男性领导者拿走了大部分的成果。另一方面，它指出政治经济学的理论问题：觉醒的女性主义者，已经在无报酬的、劳动再生产的问题上，对马克思（及其他）劳动价值理论进行了充分的批判。女性主义经济学家指出，在某种意义上，资本主义总是漂浮在体量巨大的无报酬劳动之上；男人离开家庭去工厂，担任经理或者工人，总得有人养育孩子。这不仅仅是一个机械的任务。必要的工作在一个家庭里通常都是由女性完成，从换尿布，到做家务，再到为了养育下一代而创造并复制一种文化和机制——即设计社会关系，大都发生在市场交易系统之外。①

一些关键性的工作也许并不是为了利益，而是为了别的目的，并且存在着促进合作的结构，这些很难说有什么新奇的，女性一直都在这样做。免费开源软件生产只有发生在男性主导的世界才是稀奇的，在这里工程师们对抗的立法和经济制度，试图将激进的个人主义自由市场体系思想应用于高科技。

无论是同侪劳动（peer-to-peer labor）生产的自愿参与者②，还是他们的新马克思主义批评家③也许都大惑不解，为何基于热情和献身的无报酬劳动被收编进了当代全球资本主义的结构中。软件工程师们并没有通过互联网发现一种全新的工作方式；程序员们只

---

① 例如，可以参见 Batya Weinbaum and Amy Bridges, "The Other Side of the Paycheck: Monopoly Capital and the Structure of Consumption ", *Monthly Review* 28, no. 3 (1976):88—103。晚近资料，参见 Nancy Folbre, *Who Pays for the Kids*? (Routledge, 1994)。

② 参见 Benkler, *The Wealth of Networks: How Social Production Transforms Markets and Freedom* (Yale University Press, 2007)。

③ 参见 Tiziana Terranova, "Free Labor: Producing Culture for the Global Economy", *Social Text* 18, no. 2 (2000): 33—57, and Andrew Ross, *Nice Work If You Can Get It* (New York University press, 2009)。

是偶然发现了一些大部分其他世界都存在的惯例，只不过它们之前被主导意识形态长期遮蔽。通过将这些发现包装在浪漫主义外衣和技术成功中——透过以拜伦名义的重新叙述，可以说——程序员能够以某种方式穿透法律和政治的世界，而其他人则不能。

但是，这种成功也伴随着盲点。博苏克的写作关注浪漫主义与激进市场原则融合的 90 年代中期，这一时期的隐喻可以归纳为：浪漫主义的个性化，及其特定方式。一方面，通过模糊机构和广泛决策的作用，它将注意力引向多姿多彩的个人。个体是创新时刻的中心，这些人或因为个人风格，或因为权力从周围人中脱颖而出——利克莱德、恩格尔巴特、尼尔森、乔布斯、安德森、巴洛——他们站在聚光灯下，而一些缺乏传奇色彩的个人做的重要工作，比如范·达姆，则往往默默无闻。

另一方面，浪漫主义致力于无中生有的自发性创造，它设想，创新性就是自身最好的解释，它歌颂颠覆传统，遮蔽历史与社会情境，比如为其发展提供必要养料的社会机构——学校、医疗系统、政府资助研究，以及所有培育科学研究和技术创新的基础设施体系——这一切，是允许人们把精力投入到技术试验中的社会条件，而不仅仅是年轻的天才，比如史蒂夫·沃兹尼亚克或者利努斯·托瓦尔兹；最终，这和资本主义的垄断趋势有关，而不仅仅是微软高管偶然的傲慢行为；重要的是建设一个剥削性的行为不被认可的社会制度，而不是仅仅依赖谷歌创始人那样的英雄企业家，他们具有戏剧性的爆发力，口口声声说其管理原则之一就是"不作恶"。歌颂不确定性及其传奇故事是一回事，但是如果我们歌颂不确定性，而遮蔽了像换尿布这样维持我们基本生存的事情，那就是另一回事了。

资本主义、文化与自我

尽管存在诸多局限，浪漫主义不断重现，成为一种有机力量，不时发挥影响。关于资本主义社会的本质，这带给我们什么教益？

　　在写作本书的时候，很难回想起 90 年代中期是什么样子的，那时候，如果一个人认为美国在线/时代华纳的合并是荒诞的，或者对互联网已经深远改变经济规则的主张表达质疑，他会被可怜地无视。随着几乎同时的互联网股市泡沫破灭以及 2001 年世贸大厦遭受恐怖袭击，这些主导性的常识在不久前从人间蒸发了。接踵而来的意识形态转变，让这些信仰显得十分怪诞，因此也变得更加容易处理分析；这一历史性的情势也构成了本书构思和草创阶段的语境。

　　现在，另一系列主导思维模式的转变正在进行。这本书的最后部分完成于 2008 年秋天，本书费尽心思解释的一些意识形态结构——尤其是新自由主义的放松管制和市场政策——已经被撕成碎片。一场从美国住房抵押市场开始的经济危机，蔓延成为自大萧条以来最严重的全球经济崩溃。对此，先后在一个共和党总统和一个民主党总统的统治下，美国政府采取了一系列措施，将一系列核心机构事实上国有化，从银行，到主要的抵押借贷方，到保险公司和汽车公司，而这些措施在过去的三十年间是不可想象的。几乎一夜之间，凯恩斯主义死灰复燃，并一度成为华盛顿政策制定者（以及数量惊人的公司董事会）的统治性共识。但是，直到 2009 年，旧有的思维方式将会被怎样以及被什么取代仍然是未知的。我们正处于另一场意识形态构造转型，以及思想与权力关系重构的第一阶段，但是，旧秩序崩溃后的尘埃仍然围绕着我们，遮蔽了未来的轮廓。所以，本书所关注的这几十年，必须放到另一场主导性世界观的转变中去审视。

　　本书讨论的重大事件，不应该被仅仅视作是历史兴趣，或者仅仅作为警示性的传说，让我们在未来避免重蹈覆辙。回首以前的意识形态框架的余烬，能够为我们提供文化、政治和经济之间关系的教益，无论未来会怎样发展，这些都会被证明是有用的。

首先，浪漫主义持续留存，在计算机的协助下不时成为如下陈述的证明：文化不仅是经济力量的反映或者独立于经济力量，它在宏观的结构性事件中具有自身的相对自主性。文化很重要，不仅是对于其自身而言。浪漫主义文化惯习是人类历史上最大的股市泡沫的必要条件，在世界范围内塑造了电子通信技术结构的设计和组织形态，在法律制定中扮演角色，也塑造了我们这个时代对于"自由"内涵的感受。

此外，互联网浪漫主义的故事提示了文化发挥作用的特定方式；浪漫主义通过"自我"发挥影响，人们借此理解自己与他人，与工作，与世界的关系，这不仅可以与不同的经济行为（比如，编写一个用户友好交互界面，或者开始借此营业），也可以和宏观经济哲学相接合（比如，新自由主义政策，或者开源政策）。浪漫主义实践合法化了对权威智慧的质疑，提供了集体表达的、不一样的自我意识，它采用了方兴未艾的有生命力的经验——比如，对交互计算的着迷，或者对办公自动化等理性主义计划的局限的恼怒——并将其与一个引人入胜和意义非凡的理解体系联系在一起；追寻内心的真理，个人也许会发现自我表达的满足感，或者战胜既有权力的成就感，与此同时这种成就感也来自超越了那些未能做到这一点的人。如我们所见，这一模式已经为主导政治话语和整个经济部门的转向创造了条件。①

再次，市场观念作为对经济状况的经验描述，尽管具有不足之处，在某种意义上仍然抓住了一种特定的乌托邦希望——"洛克式"的梦想，在这一梦想中，如清晰的产权制度将为我们提供应得的报酬，可能在所有时间，所有地点，对所有人都生效，超越历史与既有的不平等。当安·兰德正式歌颂这一抽象的、自私的、计算性

---

① 这里为阿尔都塞的说法提供了实例，阿尔都塞认为意识形态是人们对于真实生存状况中个体之间关系的想象（这种想象被理解为媒介化的符号，而不是错误的符号）。

的功利主义个人传统,有人争辩她是"最后的浪漫主义者";她歌颂的虚构的或者真实的人物,往往是艺术家或者建筑师,在文化和思想上而不仅在追求利润上,富有且具有探索性。[①] 兰德将富有表现力的浪漫个人主义与功利主义简单地混为一谈,对于新古典主义经济理论专家而言可能并不重要,但它能够解释,为什么他们的理论有如此巨大的文化吸引力。当市场观念与其他东西,而非自我利益最大化捆绑在一起时,它会变得更加有吸引力。

　　然而,市场与浪漫主义自我的联系是依情况而定的。这是斯图尔特·霍尔意义上的"接合"(articulate),而非逻辑上的必然。[②] 我们已经看到,浪漫主义与资本主义整体的"接合"是灵活的;有时候浪漫主义话语与资本主义扩张相协调,正如它在 80 年代所为,而有时候浪漫主义则站在资本主义的对立面,如 90 年代末期兴起的开源运动。将这一进程塑造为"抵抗 VS 收编(cooptation)"的二元对立,为资本主义的抽象概念提供了太多的连贯性和能动性;资本主义并不需要任何东西,它是各种人类活动的积累,而不是自洽的实体。它并不外在于人类的能动性。它夸大了资本主义文化矛盾问题的普遍性,说得好像资本主义简单存在两个相互冲突的需求:让我们努力工作并勤俭节约,以及让我们成为享乐主义者并且消费。当马克斯·韦伯辨明殖民地新教文化与 18 世纪涌现的工业资本主义的产生条件之间的选择性亲和关系时,他指出,这种情况是特定时间和地点的产物,专属于资本主义落地和运转的北美,并不存在一种在任何时间地点和任何资本主义发展都需要的、普遍的资产阶级主体。实际上,韦伯开启了一个问题——在后世

---

① 参见 Edward Rothstein, "Considering the Last Romantic, Ayn RAND, at 100", *The New York Times*, 2 Feb. 2005, www. nytimes. com/2005/02/02/books/02rand. html. 关于兰德在艺术上的浪漫主义品味,参见 Rand, *The Romantic Manifesto*(Signer,1971).

② 参见 Hall, "On Postmodernism and Articulation".

还有其他什么样的资本主义文化关系得到了发展。互联网浪漫主义的故事提示我们的是,浪漫主义建构与资产阶级个人之间的关系是间接的,且存在历史转向。

也许最大的问题是,人们体验了根植于专利关系的现存生产体系,他们将一些东西与有意义的生活和自由相联系,而这种体验和联系之间存在着一条鸿沟。正如许多经济学家所设想的,市场关系并不完全具有生活价值。市场和专利关系最多只能提供一些粗陋的类似物,满足人类对于自由、公正和表达的渴望;只有在一些特定的情况和重大事件的交汇中,这些类似物才是有意义的。生活需要意义,仅仅提供金钱回报是远远不够的,这并不仅仅是一个道德说教。作为一种整全的生活方式和一个完整的原则体系,资本主义并不适于人们长期生存;有时候人们需要比计算利益最大化的驱动更多的东西,这也是为什么人们会寻求替代物,或者将利益驱动与其他结构相接合。这可以说是一个可靠的历史归纳:长期以来,许多人都接合或者寻找其他生活形式,能够提供更多的东西或者不同的东西,这些形式并不总是怀旧的或者回头看的,也能够热情地拥抱最新的技术。"接合"的具体模式是非常重要的。

这并不意味着资本主义面临危机,而仅仅意味着资本主义及其内在运作既不是必然的,也不是浅薄的(就像不假思索或者自动运行),资本主义仍然依靠非资本主义的社会组织模式并被其塑造,重要的是勾勒它是如何与这些非资本主义结构产生关系的。资本主义机器的困境和斗争伴随着互联网技术的发展——围绕所有权、法律和权力组织的观念斗争——告诉我们人类的各种欲望——财富的欲望,当然,还有对尊严、公正、表达、社群、爱和自我转变的欲望——与金钱、合同、财产或者全球企业权力金字塔的世界提供的"自我"形式,最多只有一个勉强而临时的关系。

（重新）发现社会

　　那种勉强也许会种下社会变革的种子。我们需要更加丰富地理解自主性，知道"自由"前往何方，而不仅仅是"自由"从何而来，将"自由"建构理解为人与人之间的关系，而不仅仅简单理解为摆脱联系的自由。如何拿出一个可行的、积极的自由理解当然是困难且不确定的；对于积极自由过于抽象或者苛刻的定义，只不过将其推向压制和官僚主义。但是，互联网发展的经验也许能给我们一些线索。与互联网相关的所有激进个人主义，有时候也伴随着对民主社会关系本质的公共反思。

　　需要指出的是，这里要说的并不是技术本身是民主的，也不是说曾经出现过很多程序员横向协作的时刻，或者某些民主革命的时刻。在互联网上谈论初生的民主努力和希望，谈论技术的民主潜能是非常普遍的。而这种处理问题的方式有效地考虑到人类的能动性——它指出，我们可以选择参与或者不参与这种潜能——它仍然设想民主在某种意义上潜藏于技术本身。但是，我并没有采用这种特殊的伎俩。《网络效应》证明，对于赛博修辞而言，一系列幼稚或者险恶的政治经济学主张并不是最好的路径，而应该将其视为一系列丰富的、嵌入不同政治表达的历史文化话语，这提供了更加精确的图景，帮助我们理解正在发生什么，并对未来有更好的把握。我的主张并非互联网天生是民主的，而是，因为一系列互联网历史的遭遇与碰撞，开启并让人们聚焦于民主问题，而这一问题在其他情形中很少进入公共讨论。

　　这种碰撞成功扩大了我们在学术批评中没能实现的辩论。当林·康维培育人们的意识，告诉人们如何设计横向协作的微芯片制造的方法；当 Unix 的创造者推进他的理念，介绍基于共享工具和自觉培育的互动社区的编程环境；当早期互联网开发者被"端到端设计"(end-to-end design)所吸引；当这些凝聚成为互联网发展和管理的"大致共识与运行代码"集体习惯，这些实践中并没有天然的政治属性。技术创新的爆发，往往首先由不同工程师社区成员之间的紧密合作所驱动，他们在不同维度上谨慎地围绕或者对抗既有的统治集团。弗雷德·特纳正确地判断，工程师之间精力充沛的横向协作既不是新鲜的，也不必然是开源浪漫主义有时候想象的乌托邦时刻；正如托马斯·休斯观察到的一些细节，50年代建造洲际弹道导弹的工程师们同样也在高度合作的、非正式的模式下工作，受到冷战热情的鼓舞，而不是任何草根民主热情。[①]之前，这类时刻往往被战争（冷战或者热战）或者类似的危机引发。如今，与所谓的基于网络的同侪生产相联系的政治心理效价（valence）是偶然产生的；它来自这些特定实践出现的历史环境。

　　而这些历史环境对于一种广泛共享的感觉而言至关重要，即互联网结构中的一些东西，与开放和民主的政治价值具有特别的联系。将这些价值钉在互联网技术结构之上的诱惑是强烈的。比如，在本书中我们面临"网络中立性"的政治辩论，这场辩论的一方严重倚靠围绕"端到端设计"优越本质的技术争论，在这种设计中互联网的中间环节尽可能地保持简单和基本，对网络的控制被交给与网络连接的设备。[②] 我们被告知，按照建设互联网所依据的技术原则，分配带宽——也就是说，通过购买力来分配流量——不仅是反民主的，而且在技术上是天真的。因此，这暗示了民主在技术上是优越的，而互联网是一种优越的通信技术，因为它具有民主特征。这是一个非常有力的论点，它将民主与优越技术的"硬"价

---

　　① 参见 Hughes, *Rescuing Prometheus*, 11, 107。

　　② 例如，莱斯格和麦克切斯尼认为，网络中立意味着所有的互联网内容必须被一视同仁，在网络中以相同的速度移动，网络提供商不能有所歧视。这种简单而聪明的"端到端"互联网设计使其成为一个促进经济和社会良善的强大力量：所有的智能控制是由供应商和用户掌控，而非连接他们的网络。（Lessig and Robert W. McChesney, "No Tolls on the Internet", *Washington Post*, 8 June 2006.）

值相联系，而不仅仅是与"软"道德相联系。

　　然而，虽然现在这一论点具有强大的力量，但它建立在一个薄弱的基础之上。[①] 在过去二十年间，将政治道德说教纳入互联网技术成功故事的诱惑几乎势不可挡，但是它们在现实经验的重压之下往往难以彻底交融。90年代中期自由至上主义主张互联网代表着自由市场的成功，显然忽略了所有帮助创造它的非营利和政府资助研究，也忽略了常见的非专利共享标准与协议在其运作中的中心地位。一个常常被重复的口号是"互联网将审查制度视为破坏性的，并绕过它"，[②]被一些政府努力所推翻。（在最广泛的意义上，这也许是一个例子，说明充分联结互联网的社会也许会让威权主义更难维系，但绝不是不可能——同样的话也可以用在印刷媒体、电话和复印机上。）互联网并不是社会和政治民主困境的技术修理方案。

　　美国社会充斥着已经建立的、组织良好的、受人尊敬的非资本主义或超资本主义机构，从市政府，到地方电力合作社，到家长们的换尿布行为。七八十年代网络先驱们工作的历史独特性，并不在于他们协作，或者在专利框架之外工作，而在于这一系列特定的超资本主义进程在没有军事紧迫性的情况下，出现在新兴高科技部门的核心，与不同的反文化魅力相联系，而当时，美国的公共话语正剧烈地滑向普遍的亲市场话语一边。互联网发展史中随处可见的乌托邦特征，不仅与互联网发展本身的特性相关，而且在与当时主导话语的比较中涌现。相较于万尼瓦尔·布什的后继者，互联网先驱并不会滔滔不绝地蹦出一个个首字母缩略语，也不会喜

---

　　① 潘扎里斯指出他自20世纪90年代中期开始强调所谓互联网的"修辞自然化"，强调互联网成为它如今这个模样是具有必然性的，随后标准的断言都是建立在这个基础之上。参见 Panzaris, "Machines and Romances", 1—5。

　　② Attributed to John Gilmore in Philip Elmer-Dewitt, David S. Jackson and Wendy King, "First Nation in Cybersapace", *Time*, 6 Dec. 1993, http://www.time.com/time/magazine/article/0,9171,979768,00.html.

欢国家的紧急状态，而在一些至关重要的时刻，他们有着保持非正式性的智慧（"征求意见"，"我们并不需要形成一些正式机构"），并且在战略上必要时谢绝联邦基金。相较于 80 年代主流政治文化的"企业家时代"的修辞，互联网先驱从经验中获知，排外的利益最大化行为并不足以创造一个繁荣的网络体系。这需要做出一定的政治妥协，耐心培育的协作文化，以及对技术本身的热情，它们为互联网的腾飞提供了必要条件，或者至少有所助益。所以，当 90年代早期互联网将整个世界卷入风暴，共和党领袖纽特·金里奇之流试图将互联网当作支持其激进的亲市场哲学的论据，活动家们可以回顾创造互联网的深层结构，在那里发现一些令人信服的教益，将金里奇的主张釜底抽薪。

　　开源运动动摇了互联网发展的故事大纲，形成了开放的 Gnu/Linus 与封闭的微软之间鲜明对比的戏剧性叙事。可以说，开源运动真正的成功在于互联网本身，而不是 Linux。然而，互联网更像一个专利与开放系统的混合，从长达几十年的微小实践决策中积累形成。作为对比，Linux 与智能纯净的 Gnu 通用公共许可恰好出现在微软崛起的过程中，此时后者完成了对操作系统市场的统治，同时这也是知识产权专有化达到历史最高水平的时候。如果互联网需要一个深思熟虑、讽刺的政治经济细节解读，那 Linux就是一个大卫对抗歌利亚的英雄叙事。

　　这一叙事无疑产生了强大的影响。我们已经看到，当浪漫主义冲动让某人无视换尿布之类的生活琐碎，它打破旧习，松动了既存假定和机构等级制度的纽带，并提供了新的社会形式的试验条件。互联网的案例提供了一个令人信服的模型，告诉我们如何组织集体劳动。计算机网络先驱在七八十年代重新发现并制度化的和 90 年代开源运动抓住并普及的东西，是横向非正式协作也可以简单高效，并且在某些情况下比专利关系和市场竞争更加高效。互联网时而非专利，时而非等级制的形式，并不比市政府或地区电力合作社拥有更多或者更少的无政府主义意味。市政府和合作社——以及互联网——的简单持久,证明了逐利的结构总是更加高效的主张是虚假的。由此类推,它们中也没有一个是天然的乌托邦或者必然自由、免于压迫。但是,互联网创生的例子提供一系列催人行动的符号和社会思想目标,推动了如何在更广泛文化中实践民主的讨论。如果某人想要举例说明非营利的制度结构,互联网是一个有价值的修辞工具,也是一个讨论的出发点(如果不是一个终结点)。

这并不意味着,互联网发展的特性已经没有什么值得学习研究的了。几十年来计算机网络的发展反复提供了有用的教益,关于促进群体有效地横向沟通的行动,如何将社会关系推向意识前沿。在互联网中,不管是很具体的小任务,比如在网络社区中协调人们的观点和减少冲突,还是一些大一点的任务,比如引导脆弱的技术联合穿越华盛顿政治和竞争性公司利益的浅滩,都鼓励人们认识并且关注,在粗陋的自上而下的指令等级制度之外,存在另一种社会关系。互联网的发展提供了一个卓越的例子,告诉我们,超资本主义的社会关系既不源自商业,也不源自大政府,而在两者之间的混合地带产生。这些关系在前沿高科技的核心中运作,所以不需要被视作某种补偿性方式,作为对市场失灵或者边缘社会的反应,它们是一个更加重要的 20 世纪技术创新的中心。超资本主义的行事方式就运作于这个中心而非边缘。

然而,如果这些经验教训想要更加持久,围绕它们的讨论最终需要跳出浪漫个人主义的叙事框架,尽管后者有效地将它们带入了更广泛的公共讨论。Linux 并非革命性的,它是一个卓越的例子,反驳了重大创新只会产生于利润刺激的主张。互联网技术并非天生是民主的,但是有趣而丰富的民主实践试验频繁地在互联网中发生,以至于我们会期待它们的存在,并将这种期待扩展至法律规定和底层代码库,而如今这种期待在某种程度上成了一种传统。贯穿互联网发展史，成群的人们将不同的社会和政治关切带入技术架构的讨论中，而这一讨论形塑了我们的社会以何种方式接受和延续互联网的发展。我们对于互联网的接受很大程度上由长期以来的文化传统所驱动，这些文化传统是由我们带给互联网的，而不是互联网带给我们的。作为一种技术，互联网镌刻进传统的程度，至少和它标榜自己决裂传统的程度相当。是我们接受技术的方式，而不是技术本身，让它融入开放、松散的民主制度当中，融入今天最受欢迎的前瞻性的、小民主的（small d domocratic）实践模式中。

但是，这是一件好事。它告诉我们，人——而不是技术，也不是机构——在其生命过程中使用和创造了技术，并创造了民主希望和试验的新条件。作为其结果，互联网不时成为一种情境，人们在此持续探索那些核心原则的内涵，比如权利、财产、自由、资本主义。同时，社会也变得活力充沛和充满思辨精神，超越了通常的精英讨论模式。互联网政策制定的前设问题，已经成了我们如何想象社会关系组织过程中的创造和生产。创造如何发生？什么样的社会和法律结构能够最好地培育创造性？最后，互联网为我们上了重要的一课，让我们认识到，想象社会关系并将其纳入讨论的重要性与困难性，而我们将会从中获益匪浅。

换言之，互联网是社会唤醒的对象。① 它本身并不能保证民主，但是过去几十年的互联网演变提供了一系列共享经验，充当了政治体的民主教诲。那些经验扮演了关键角色，动摇过去五十年的主导思想的确定性，拓宽了民主讨论和行动的可能限度，将 60 年代甚至更早时候就开始潜伏的政治议题摆上了台面。这一历史经验的结果是，互联网的历史已经被刻进了它的实践特征和用途。

---

①　这是对雪莉·特克尔表述的效仿，在其更为心理学意义上的"唤醒对象"之外，加上"社会的"一词，以示区别。参见 Turkle, *Evocative Objects*：*Things We think With*（MIT Press，2007）。

但是这种开放性的繁盛(efflorescence)并不意味着,技术的(或者进步的,或者人性的)基本事实已经打破了传统和不平等的外壳。这是历史和文化的变异,是历史的偶然性,而不是技术的必然性。也许,这个故事还有一个更大的寓意:民主是一个值得培育的历史意外。

图书在版编目(CIP)数据

网络效应:浪漫主义、资本主义与互联网 /(美)
托马斯·斯特里特著;王星等译.--上海:华东师范
大学出版社,2019

ISBN 978 - 7 - 5675 - 9760 - 0

Ⅰ.①网… Ⅱ.①托…②王… Ⅲ.①互联网络—
关系—浪漫主义—文学研究—美国 ②互联网络—
关系—资本主义—研究—美国 Ⅳ.①I712.06
②D097.125

中国版本图书馆 CIP 数据核字(2020)第 039072 号

华东师范大学出版社六点分社

企划人　倪为国

网络效应:浪漫主义、资本主义与互联网

著　　者　[美]托马斯·斯特里特
译　　者　王星　裴苒迪　管泽旭　卢南峰　应武　刘晨
校　　者　吴靖　卢南峰
责任编辑　王寅军
责任校对　彭文曼
封面设计　吴元瑛

出版发行　华东师范大学出版社
社　　址　上海市中山北路 3663 号　邮编　200062
网　　址　www.ecnupress.com.cn
电　　话　021 - 60821666　行政传真　021 - 62572105
客服电话　021 - 62865537
门市(邮购)电话　021 - 62869887
地　　址　上海市中山北路 3663 号华东师范大学校内先锋路口
网　　店　http://hdsdcbs.tmall.com/

印　刷　者　上海盛隆印务有限公司
开　　本　700×1000　1/16
印　　张　18
字　　数　204 千字
版　　次　2020 年 5 月第 1 版
印　　次　2020 年 5 月第 1 次
书　　号　ISBN 978 - 7 - 5675 - 9760 - 0
定　　价　68.00 元

出 版 人　王　焰